致青春 005

冰糖燉雪梨

(上)

酒小七 著

高寶書版集團

目錄

第一章 記得當時年紀小

《我的同桌》

作者：棠雪（二年級）

我的同桌叫黎語冰，是個非常討厭的傢伙。我為什麼討厭他呢？因為爺爺答應我，如果我考了全班第一，就帶我去迪士尼玩。我好想去迪士尼呀！可是我不是全班第一，黎語冰才是。老師在家長會上表揚了黎語冰。爸爸對我說，你看看人家黎語冰，再看看你。我希望老師不要表揚黎語冰了，因為他太討厭了。

棠雪這篇作文收穫的評語是一串刪節號，她也不知道趙老師想要表達什麼，反正她要表達的已經表達清楚了。

趙老師在下課間時把棠雪叫到辦公室，跟她講了一些道理，大概意思是要團結友愛同學，學習上的事情要多從自身找問題，只要下功夫，全班第一還是可以期待一下的云云。

棠雪晃著小腦袋瓜，點頭如搗蒜，態度相當誠懇。

然後趙老師又表揚她：「你這次的作文沒有錯別字和語病，標點使用也正確，這一點做得很好，要堅持哦。」

棠雪很高興：「謝謝老師。老師，我是叫黎語冰幫我改的，那我下次再叫他改！」

「咳，我不是這個意思……」趙老師額角冒起黑線，「棠雪，你看，黎語冰在作文裡寫的都是你的好，他說喜歡你這樣的同桌。」

棠雪得意地一晃小腦袋：「他敢說我的壞話？！」

趙老師無奈扶額，心想黎語冰這孩子都被欺負成什麼樣了……

她只好又把道理搬出來對棠雪講了一下。

棠雪在趙老師那裡接受完精神洗禮，回到班裡，看到自己的好同桌身邊圍了幾個人。

黎語冰每次考試都是滿分，無論大小考，從無例外，再加上他長得好看，老師很喜歡他，同學們一個個狗腿似地跟風，下課時總有人找黎語冰說話，這傢伙都快成小明星了。

「黎語冰，幫我削鉛筆。」棠雪還沒坐定就開始指揮他。

黎語冰淡淡地哦了一聲，拿出自動削鉛筆機幫她削鉛筆，順便幫自己也削了兩根。

他翻鉛筆盒的時候，棠雪眼尖，看到他的鉛筆盒裡疊著一小堆貼紙。她明知故問：「那是什麼呀？」

「貼紙。」

「廢話嘛，我知道是貼紙，是什麼貼紙？」

「《快樂星球》的。」

棠雪勾了一下手指：「給我看看。」

黎語冰假裝沒聽到，自顧自地削鉛筆。木屑一圈圈地從自動削鉛筆機裡吐出來，層層疊疊地堆積在桌面上，像是秋天滿地的枯葉。他小心地把木屑收攏在一起。

棠雪見他不理自己，便厚著臉皮一伸手臂，自己把貼紙拿過來，仔細品鑑一番，覺得很不錯，於是她說：「我幫你貼吧？」

「隨便。」

棠雪撕開貼紙，幾乎沒有猶豫，直接把它貼在了自己的鉛筆盒和書包上。

黎語冰在她看不見的地方翻了個大大的白眼。

放學後，趙老師作為班主任，要把孩子們一個個交到家長手裡才可以下班。

黎語冰是最後一個小孩，趙老師和他一起站在校門口等著他的家長。

九月份，天氣已經有些涼了，黎語冰穿著藍白相間的長袖校服，立在傍晚淡金色的陽光裡，好奇地看著過往的行人。他一張小臉白皙而精緻，眉目清秀端正，趙老師在一旁看著，心想這小孩長大以後也不知要禍害多少女孩，阿彌陀佛，善哉善哉。

彷彿感覺到趙老師的注視，黎語冰仰頭看向她。

趙老師掩唇咳了一聲，想到黎語冰那個霸王般的同桌，突然同情起他來，柔聲喚他：「黎語冰。」

「趙老師，什麼事？」

「棠雪她……她要是欺負你，你就跟老師講，不要害怕。」

黎語冰歪了一下腦袋，眼望著趙老師，問：「趙老師，我為什麼會和棠雪當同桌？」

趙老師哽了一下：「咳……」

被那樣一雙黑白分明乾乾淨淨的眼睛注視著，趙老師是有點心虛的。

她沒有回答，黎語冰幫她回答了：「因為棠雪的爸爸是校長，對嗎？」

趙老師有些感慨：現在的小孩不簡單啊，什麼都懂，讓我們當老師的要怎麼糊弄過去啊……

黎語冰說的算是標準答案了。在一個班級裡，成績好的學生永遠是稀缺資源，黎語冰又聰明又聽話，棠校長就希望自家女兒和這樣優秀的小孩綁定，近朱者赤嘛。

趙老師被黎語冰這樣一問，目光飄了飄，手掌搭在他的肩膀上，問出了她一直擔心的事情：「黎語冰，你和老師說實話，棠雪她打過你嗎？」

黎語冰搖頭：「沒有。」

「她有沒有罵過你，說很難聽的話？」

「沒有。」

趙老師悄悄鬆了口氣，安慰他：「我已經批評過棠雪了。以後要是誰欺負你，你記得和老師說。」

黎語冰並不想得罪棠雪，確切地說，全班同學都不想得罪她。

小學生的認知簡單而明確：校長管老師，老師管學生，也就是說，他們做學生的，永遠無法撼動校長的權威，自然也撼不動校長他女兒的權威。

黎語冰的媽媽開著一輛香檳色的商務車，停在校門口。這車從外形到顏色都挺顯眼。

黎媽媽化著淡妝，穿著小西裝、高跟鞋，看起來很年輕。她牽著黎語冰的手，對趙老師說：「抱歉抱歉，有點事情耽誤了，辛苦趙老師了。」

「沒事。」趙老師揮了下手，笑問，「黎語冰最近在上什麼補習班？」

「聽了趙老師的建議，課業輔導班都幫他退掉了。現在他在學大提琴，學得很快。」黎媽媽微微笑了笑。父母們談自己孩子時，表情總是溫柔而驕傲的。

「沒上點運動課嗎？我們班不少男生在學游泳、跆拳道，還有人學擊劍。」

黎媽媽有點惆悵：「他不愛運動，游泳班去了一次就不肯去了，別的運動他也都不感興趣。」

兩個大人沒寒暄太久，因為黎媽媽要趕著送黎語冰去上大提琴課。

車上，黎媽媽問黎語冰：「今天過得怎麼樣？」

黎語冰思考了一下，模棱兩可地答：「還行。」

黎媽媽偏頭就看到兒子的眉頭輕輕鎖起來，一副心事重重的樣子。她噗哧一笑，說：「你怎麼了？」

黎語冰不好意思告訴她自己在學校被一個女生欺負，沉默了一會，小聲說：「我的同桌太笨了。」

「你不能這麼說同學。」黎媽媽把他教育了一頓，「善良才是一個人最重要的品質，你因為覺得同學笨而抱怨，是非常狹隘的，懂了嗎？」

黎語冰感覺挺委屈的，還不得不點頭承認錯誤：「懂了。」

「這學期你的同桌還是棠雪？」

「嗯。」

黎媽媽笑了：「棠雪很可愛嘛！」

黎語冰臉都繃起來了：「一點也不可愛。」

黎媽媽心想：傻小子。她不想和兒子說話了，於是打開車上的廣播。

廣播調的是交通頻道，這時是點歌節目。聲線低沉的男主播說：「手機尾號四五九一這位叫『菠菜』的聽眾，想點一首歌給自己的青梅竹馬……」

黎語冰問媽媽：「青梅竹馬是什麼意思？」

「青梅竹馬啊，就是從小一起長大的玩伴，就像你和你的同桌棠雪。」

「哦，不是個好詞。」

「……」

棠雪撿到一根紅色的原子筆芯，於是拿著這根筆芯寫寫畫畫，在自己的作業本上寫了幾個一百分，給黎語冰寫了零蛋。

再之後，黎語冰的語文課本就遭了殃，插圖裡但凡是個活物都被塗上了血紅的唇色，連青蛙都不放過……乍看像一本妖怪百科。

這還沒完，她又在黎語冰的手腕上畫手錶。

她抓著他的手，黎語冰又生氣，又彆扭，漲紅著臉說：「你別鬧了。」

「別動，再給你畫個戒指。」

黎語冰氣得直翻白眼。

趙老師發現黎語冰又被欺負了，有點心疼。

所以，這天開完全校大會，棠校長把她叫住詢問班級情況時，趙老師猶豫了一下，決定實話實說。

「您的女兒，她真是個霸王啊……」

棠校長聽完趙老師一五一十的彙報，氣得鼻孔都變大了，當天傍晚回到家就打了棠雪的手心。才打了一下，他根本沒怎麼用力，這傢伙就開始飆淚花，淚水在眼睛裡打轉，好不可憐。

棠校長恨自己無能啊，一下就心軟了。

他板著臉看著小渾蛋：「你知道錯了沒?!」

「知道了……」

「以後還敢不敢欺負同學了?」

「不敢了……」

棠雪沒有再挨打，但還是被罰站了，吃飯站著吃，作業站著寫。

她一邊寫作業，一邊咬牙，嘴裡唸唸有詞：「竟然還敢告狀?黎語冰，你給我等著!」

第二天來到學校，棠雪做的第一件事是給了黎語冰一本嶄新的課本——這是她爸爸嚴厲要求的。

第二件事，就是指責黎語冰打小報告。

黎語冰一臉莫名其妙：「我沒有。」

棠雪當然不指望他承認。

她一氣之下吃了他的小熊餅乾，喝了他的旺仔牛奶。午飯時大家一起在食堂吃飯，她又把他的糖醋里肌吃了個乾淨，而黎語冰不得不吃掉被棠雪嫌棄的芹菜。

這還沒完。吃完飯，棠雪拉著黎語冰去小賣部，逼著他買了一個奇趣蛋給她。

奇趣蛋是現在小學生之間最流行的東西，形狀是一個鴨蛋，打開有巧克力和不同的玩具，很有意思，唯一的缺點就是貴。

買完奇趣蛋，黎語冰摸著口袋裡僅存的兩個硬幣，臉都黑了。

小學生存錢難道容易嗎……

得到奇趣蛋的棠雪心情爆好，一邊吃巧克力一邊玩剛從蛋裡拿出來的直升機，回去之後拿著直升機跟周圍人炫耀，享受同學們羨慕的目光，儼然一個人生勝利組。

棠雪對黎語冰說：「我決定原諒你了，」頓了頓，她又補充，「不過你明天的旺仔牛奶還是要給我喝。」

黎語冰覺得，不能這樣下去了。

他要反擊。

黎語冰家裡有很多糖果，大部分是爸媽的朋友送的，但是呢，爸爸媽媽又不允許他吃太多糖，所以很多糖放著放著就過期了。

這天，黎語冰看到媽媽又把過期的糖果丟掉，突然問：「吃了這些糖會怎樣？」

黎媽媽嚇唬他：「會肚子疼，要去醫院打針才能好。所以你以後都不要吃過期的東西。」

黎語冰乖巧地點點頭，指著垃圾桶裡的糖罐子，說：「我能不能拿幾塊？」

「嗯？你想幹嘛？」

「給流浪狗吃。」

黎語冰帶著這些過期的糖果去學校，果然不出他所料，他剛把糖拿出來，棠雪就像是狗見到骨頭一樣，立刻湊了過來。

「還是進口糖呢。」棠雪指著那糖紙上的外國字，說道。

「嗯。」黎語冰故意語氣淡淡的，顯得和平常沒兩樣。

棠雪吞了一下口水：「我幫你嚐嚐吧？」

聽聽，聽聽，這人臉皮怎麼這麼厚呢？

不等黎語冰答應，棠雪自顧自地拿了他的糖果，飛快地剝開送進嘴裡，絲毫不給他拒絕的機會。

黎語冰撇開臉，悄悄地彎了彎嘴角。

「流浪狗。」他背對著她，小聲說。

「你說什麼？」棠雪沒聽清楚，含著糖追問。

黎語冰沒應聲，只是將手裡剩下的兩塊糖扣在她的課桌上，然後掏出嶄新的語文課本。

雖然眼睛盯著課本，黎語冰的注意力卻都在身邊的棠雪身上。他迫切地希望看到這個傢伙肚子疼，然後被送進醫院打針的場面，要是能親耳聽到她打針時的哀號，那就完美了。

喀嘣。

棠雪咬了一下嘴裡的糖果，突然感覺到哪裡不對勁，咬完就停住了。

黎語冰側著腦袋偷偷觀察她，只看了她一眼，他的腦袋立刻嗡地一下，一片空白。

棠雪在流血。

她一邊的臉蛋被糖塊撐起一個包，嘴巴微微張著，鮮紅的血液順著嘴角向外淌，越淌越多，越淌越多，像一條紅色瀑布，令人觸目驚心。

黎語冰嚇得渾身冰冷，手足發麻。

棠雪感覺到嘴邊發癢，抬手摸了一下，低頭一看，指尖上都是鮮血。

她直接嚇傻了，轉過腦袋，呆呆地看著黎語冰。

黎語冰也呆呆地看著她，小臉煞白，眼睛裡開始泛淚花。

兩人的異常很快引起了周圍同學的注意。正好這時上課鈴響了，趙老師踩著鈴聲走進教室，說道：

「別吵了，上課了沒聽到嗎？都坐好！」

棠雪前桌的莫曉璐尖聲喊道：「老師，棠雪吐血了！」

趙老師聞言看向棠雪，果然見她臉色慘白口吐鮮血，更奇怪的是臉蛋還鼓起一塊。趙老師嚇了一跳，立刻放下教案跑過去，然後彎腰捧著棠雪的臉蛋，拇指輕輕按了按鼓起來的那塊地方，硬梆梆的。

「怎麼回事？你吃了什麼？」

棠雪已經被嚇傻了，呆呆地望著趙老師，也不說話。
黎語冰抖著聲音說：「是糖，是過、過……」
趙老師打斷他，對棠雪說：「先吐出來。」
棠雪乖乖地低頭，張嘴吐了一口，吐出來的是被咬成兩半的糖。
接著她又吐了一下，吐出來一顆白色的物體，沾著血沫。
趙老師只看了一眼，立刻肩膀一鬆：「棠雪，你換牙了。」
趙老師帶棠雪去漱了口，回來後照常上課。班上已經有不少孩子換過牙了，不過像棠雪這樣換牙換出驚悚片效果的還真是少見。
棠雪驚魂甫定，這時看起來尤為文靜。她坐下來後，對黎語冰說：「我還以為我要死了呢。」
黎語冰小聲說：「我也是。」
棠雪覺得自己這時需要吃塊糖壓壓驚，於是默默地伸手去拿自己課桌上剩下的兩塊糖。
黎語冰卻突然把那兩塊糖收走了。
「喂。」棠雪有些不高興。
「不要吃了。」黎語冰說。
棠雪哪裡聽得進去，朝他攤手：「你已經給我了。」
黎語冰：「我後悔了。」
趙老師在講台上敲黑板：「注意聽講！棠雪、黎語冰，你們有多少話要說？要不要把講台讓給你們，你們來講？」

棠雪立刻住了嘴，卻依舊瞪著黎語冰，手掌固執地向他攤著。

黎語冰把兩塊糖剝開，每塊都親自舔了一下，然後包好糖紙，放到她的手心裡。

「吃吧。」

棠雪：「……」

棠雪要過生日了，她提前一個星期就跟黎語冰打了招呼，要求他準備禮物。

黎語冰並不想花費心思給這個傢伙過生日，本打算摺個紙飛機當生日禮物應付她。

不過這天，他在社區超市看到有賣假蜘蛛的。假蜘蛛是用塑膠做的，有湯碗那麼大，黑漆漆的，非常逼真，看得人頭皮發麻。

這麼噁心的東西，很適合拿去讓壞蛋噁心。

於是黎語冰偷偷買了蜘蛛，還多花了兩塊人民幣讓老闆包上禮物紙。

老闆一邊包禮物紙一邊問：「這是送給誰的禮物呀？」

黎語冰抿了下嘴角，如實答道：「我同桌。」

「哦，你同桌是男的女的？」

「女的。」

老闆把包好的禮物遞給他，一臉擔憂地提醒道：「小朋友，你送女孩子這個，恐怕會被打哦。」

黎語冰把生日禮物交給棠雪後，棠雪迫不及待地開始拆。

他就在一旁默默地觀察她的表情，期待看到她大驚失色的樣子。

棠雪看到蜘蛛後一臉驚奇，用指尖摸著蜘蛛的後背，說：「我還以為是真的呢，嚇我一跳。」

嚇你一跳……你倒是跳啊……

黎語冰一陣失望，問她：「你不害怕嗎？」

「不怕呀。我媽媽說，所有的動物都怕人。」

黎語冰感覺棠雪有點可怕。

午飯時，棠雪把大蜘蛛掛在黎語冰背後，兩人出現在食堂時，嚇哭了一整個食堂的小朋友，還差一點發生踩踏事件。

他們的家長都因此被叫來了。

黎媽媽聽了事情的來龍去脈，覺得特別不可思議。回家的路上，她對黎語冰說：「你是不是傻子呀，給女孩子的生日禮物，你送蜘蛛？你這樣將來怕是要打一輩子光棍。」

黎語冰心情低落，面無表情地看著車窗外。

在反擊棠雪的道路上，他走得太艱辛了。

十一月上旬，棠雪迎來了她最喜歡的活動——秋遊。

今年他們的秋遊地點定在郊區的鷺山。鷺山臨著鷺湖公園，是一片小山，山上種著很多蘋果樹，一到秋天，漫山都是紅通通的蘋果，錯錯落落，像千盞萬盞小燈籠，特別漂亮，所以當地人又稱鷺山「蘋果山」。

既然去蘋果山，那肯定是要圍觀農民伯伯摘蘋果的，而且據說，如果夠聽話，他們還有機會親手摘蘋果。

一到鷺山，小孩兒們便像出籠的鳥一樣嘰嘰喳喳個不停，趙老師看著騷動的小蘿蔔頭們，警告道：「聽我指揮，不要亂跑，山上有老虎，專吃小孩……棠雪，你的紅領巾是怎麼回事？」

棠雪剛才玩紅領巾不小心拆開了，繫不回原先的樣子，試了幾次她就放棄了，就那麼隨意地把紅領巾搭在脖子上，像是剛從澡堂裡出來的。

「老師，我不會繫。」棠雪說。

趙老師這時沒時間管她，便指派黎語冰：「黎語冰，你幫棠雪繫一下紅領巾。」

黎語冰有點不情願，卻只能照做。

他幫她繫紅領巾的時候她搖頭晃腦地亂動，黎語冰不耐煩地說：「別動。」

兩人離得那麼近，棠雪看著黎語冰的臉，他的眼睫毛很長，像兩把小扇子，嘴巴緊緊地抿著，看起來相當嚴肅。

「黎語冰，你長得好像我的娃娃。」

「別說話。」

棠雪突然手癢癢，於是抬手，開始揉黎語冰的臉，左一下右一下，揉一揉捏一捏，像是玩麵團一樣。

黎語冰皺著眉說：「你別鬧了。」

他真是倒了一百輩子的楣，又要幫她繫紅領巾，又要給她玩臉。

趙老師帶著孩子們步行到一片平坦的地方，這裡視野開闊，可以看到鷺湖全貌，是絕佳的午餐地點。

然後她讓他們坐下吃午飯。

吃過午餐孩子們可以自由活動一會，但不許跑太遠，絕對不能離開老師的視線。

黎語冰坐在草地上安靜地觀察著這裡的景物：湖光、山色、飛鳥、行船……這次秋遊不是白來的，回去他們要寫作文。

慶幸的是，棠雪那個傢伙沒來煩他，她在和別人追逐打鬧。

黎語冰坐了一會，突然有人敲他的後背。他轉頭，看到棠雪那張眉開眼笑的臉。

「黎語冰，你看這是什麼。」棠雪笑瞇瞇地朝他抖了抖手。

黎語冰目光一偏，看到她的右手捏著一條肉蟲。肉蟲有手指那麼長，手指那麼粗，豆綠的顏色，背上一串彩色斑點，此時這肉蟲被倒提著，正掙扎著扭動肥胖的身軀。

黎語冰臉色一變，起身拔腿就跑。

真的，他不怕蛇，不怕老鼠，甚至不怕蟑螂，就怕這類蟲子。

因為他以前被毛毛蟲鑽過耳朵，那簡直是噩夢般的經歷。

棠雪一看黎語冰跑了，哈哈大笑，一邊捏著蟲子追上去，一邊說：「你不要跑嘛，快看看牠多可愛呀！」

黎語冰跑得更快了，像一匹小野馬一樣，慌不擇路地沿著來路跑。趙老師發現情況不妙，高聲喊道：「嘿！黎語冰、棠雪，你們幹嘛呢？別跑了，給我回來！」

黎語冰充耳不聞。

他跑得太快了，快得不正常。棠雪有點害怕，連忙把蟲子一扔，說道：「我已經扔了，你別跑了。你看我手裡現在什麼都沒有！」

但是晚了。

黎語冰跑得太急，不知被什麼東西絆住，瞬間跌出去，小小的身軀嗖地一下飛起，像是一片飄零的樹葉被秋風捲起。趙老師看得心都提起來了。

然後他落下時栽進了路邊的灌木叢裡。

趙老師只覺太陽穴突突直跳，連忙跑過去。

黎媽媽聽說自己兒子在醫院，丟開手裡的工作就趕過來了。

她跑進兒科診間，看到兒子正坐在椅子上，有個醫生正在用棉花棒幫他擦藥。那醫生是個女的，燙著花捲頭，戴一副金絲眼鏡，一邊擦藥，一邊說：「疼就說啊，別忍著。」

趙老師站在一旁看著，一臉關切。

黎媽媽鬆了口氣。在她腦補的畫面裡，兒子已經快接近一具屍體了，現在還能好好地坐在椅子上，萬幸萬幸。

她走進去，緩了緩語氣，問道：「醫生，我兒子他……怎麼樣了？」

醫生沒抬頭，一邊繼續擦著藥一邊說：「掉到荊棘叢裡了，沒事，不用擔心……你兒子骨頭很硬啊，大半天半個『疼』字都不喊，不哭不鬧，長大了肯定有出息。」

「沒事為什麼還擦藥呢？」

「臉上扎了點刺，我剛幫他清理乾淨了，現在擦點碘酒消毒。幸好是秋天，孩子穿得多，身上沒有刺。」

黎媽媽擰著眉看著黎語冰。不管有事沒事，當媽的心疼啊。

趙老師說：「對不起，黎語冰媽媽，是我失職，沒看好孩子。他們跑得太快了，都沒給我反應時間。」

黎媽媽正要說話，突然發現趙老師身後探出來一個小人兒。

小人兒紮著兩條馬尾辮，白皙的小圓臉，紫葡萄一樣的眼睛，別提多可愛了。

小孩兒走到黎媽媽面前，往她手裡塞了一個蘋果。紅通通的蘋果，特別新鮮，果皮上還掛著點霜白，像是剛從樹上摘下來的。

黎媽媽的心都要化了，她彎腰摸了摸小孩兒的頭，笑道：「棠雪？你怎麼在這兒呀？喲喲喲，眼睛怎麼紅了？誰惹你哭了啊？不要哭，阿姨幫你打他。」

趙老師解釋道：「黎語冰摔了一跤，她非跟過來，怎麼樣趕都不走。」

這時，那正在給黎語冰擦藥的醫生突然哧地一笑，說道：「她這是心虛了，趙老師你回去審審她吧，這件事跟她脫不了關係，她要是敢不說實話，你告訴她爸。」

黎媽媽感覺這醫生講話有點奇怪，問道：「你認識棠雪？」

「認識，我是她媽。」

「……」

黎媽媽第一反應是驚訝，第二反應是親切。她這是第一次見到棠雪的媽媽，以前開家長會都是棠校長去的。既然兩家孩子是同桌，那感覺自然比一般的同學家長要親近一些，而且棠雪還這麼可愛。

棠媽媽直起腰，有些抱歉地看了黎媽媽一眼，說道：「真對不起，我們家孩子太皮了，我向你道歉。」

「啊？沒事沒事，小孩子打鬧很正常。」黎媽媽摸了摸棠雪的小腦袋，關切地看了眼黎語冰，對一個問題挺擔憂的，於是小心翼翼地問道，「那個……我們家黎語冰他，會不會毀容啊？以後一臉麻子，怎麼娶媳婦呢？」

棠媽媽被逗笑了，答道：「你放心，你兒子要是毀了容，我把我女兒賠給他當媳婦。」

就在這時，鐵骨錚錚多疼都不哭的黎語冰，眼睛突然濕了。

「我能不要嗎……」他弱弱地說。

棠雪快被黎語冰嚇死了，著實乖了兩天。第三天，她要黎語冰幫她買奇趣蛋時，還破天荒地把蛋殼給了黎語冰，以示對他的人道主義關懷。

黎語冰：「……」

他真是好感動哦。

又過了幾天，黎語冰的臉徹底好了。他終於沒有變成麻子臉，只是在鼻樑右側多了一顆小小的淡褐色的痣，距離右眼有些近。如果說他的眼睛是月亮，那麼這顆痣就是一顆遙望月亮的小星星。

唔，還挺好看的。

棠雪用手指肚碰了碰這顆痣，問黎語冰：「還疼不疼呀？」

小女孩的指尖柔軟細嫩，黎語冰很不適應地別開頭，沒說話。

「黎語冰，我們來玩扮家家酒吧！」

「我不……」

他還沒說完拒絕的話呢，已經被棠雪抓走了。

最近電視上在演《金枝欲孽》，棠雪召集了一幫人，她演皇上，其他人演妃子，黎語冰演最受寵愛的妃子。

棠雪勾著黎語冰的肩膀，其他小朋友把他們兩個簇擁在中間，大家都喊她「皇上」，她滿意地點點頭，那表情、那儀態，昏君無疑。

她用爪子拍了下黎語冰的肩頭：「愛妃，你說話呀，你不說話你就失寵了。」

黎語冰一臉英勇就義的樣子，像是隨時準備赴死。

這兩人，一個在拍宮廷劇，一個在拍抗戰片，根本沒在同一個頻道上。

棠雪撓了撓腦袋，想著下一步該做什麼，她偏頭看向她的「愛妃」黎語冰……哦呵呵，她知道了！

她突然湊過去，在「愛妃」臉上啾地親了一下。

黎語冰臉都綠了。

同樣綠了臉的還有一個人。

棠校長今天來棠雪他們班聽課，這時離上課還有兩分鐘，他和幾個老師一起來到班級門口，正好看到棠雪一手攬著黎語冰的肩，像個小惡霸一樣，還親人家。

小學二年級她就耍流氓！

還當著那麼多老師的面！

讓他這個當校長的臉往哪裡放！

棠校長氣得呼吸沉重，鼻孔都變大了，看起來有種莫名的喜感。

「呼……呼……」

「棠、雪！」

棠雪見勢不妙，早一溜煙回班裡去了。

之後上課她就乖乖地一動不動。

棠校長當然不肯就這麼放過她。

所以這天棠雪放學回家後又被罰站了。

「你說你都多大了，怎麼還像小孩似的？」棠校長指著她，教訓道。

「我本來就是小孩。」

「你！你怎麼不知道羞愧啊？我都替你羞！」棠校長說著，還故意用食指在自己臉上劃著，「太丟臉了！」

就在這時，棠媽媽提著菜籃子進來了，她今天休假。

棠媽媽一見這陣仗，真是太熟悉了，一邊換鞋，一邊隨意地問道：「又怎麼了？」

「你問她！」

棠雪可憐巴巴地看著媽媽：「媽媽，今天老師提問我都答對了，老師還表揚我了，然後爸爸要我罰站。」

棠媽媽：「……」

棠校長連忙解釋：「不是因為這個。這孩子公然調戲男同學，還親上了。我要不是親眼看見，都不敢相信。」說著他把今天看到的那一幕講了。

棠校長在教育界也算混了些年，管別人的小孩在行，輪到管自己的孩子就頭大。

棠媽媽蹲下身，問棠雪：「你為什麼親黎語冰？」

「因為我在演皇上，黎語冰是愛妃。」

棠媽媽樂了：「你對自己的定位還挺高端的。」說著她看了一眼棠校長，「小孩子玩扮家家酒呢，你別用你成年人的思維過度解讀。」

棠校長稍稍安了心，然後又強調：「扮家家酒也不行，已經是大女孩了。」

棠媽媽摸了摸棠雪的小腦袋瓜，說道：「棠雪，你長大了，不可以親男的了，也不可以讓男的親你。」

「為什麼？」

「親了之後就會長口瘡，要打針才能好，等一下你跟我去醫院打一針。」

棠雪本來陽光明媚的小臉立刻垮了，她哭喪著臉答了一聲：「哦。」

想了想，她又有些不甘心：「那媽媽為什麼可以親爸爸呢？」

「咳。」

兩個大人都是老臉一紅。

棠校長重重地哼了一聲，用誇張的語氣掩飾尷尬，說道：「因為我是校長，校長無論親別人還是被別人親，雙方都不會生病。」

「哦——」棠雪恍然大悟，「難怪爸爸可以親黃老師呢。」

棠媽媽聽到這話，勃然變色，唰地站起身，捲起袖子正要動手，突然想到女兒就在跟前，怕嚇壞小孩，於是極力克制自己，只是陰沉著臉說：「棠鴻江，你把話給我講清楚。」

「小孩亂說呀！我冤枉！什麼黃老師，我根本不認識！」

棠媽媽把他拉進臥室，砰地一下關上門，然後一把擰住他的耳朵，咬著牙冷笑：「再給你一次機會，交代。」

「哎疼疼疼！老婆，我冤枉，我真的冤枉，棠雪故意陷害我啊！那個小渾蛋，肯定是對我懷恨在心，你等我去打她，我、我，哎喲，疼疼疼……」

「說不說？」

「說什麼呀？」

臥室的隔音很好，棠雪也不知道爸爸媽媽在裡面做什麼，但是她本能地感覺到恐懼，於是重重地拍門：「爸爸媽媽快出來……」

她拍了好一會，門終於被拉開了，棠校長從裡面走出來。

他左眼烏青，臉色陰鬱，低頭看著棠雪說：「你這個小渾蛋，趕緊解釋清楚，什麼黃老師黑老師，小小年紀就敢編假話陷害自己親爹，我可是你親爹啊，你這個坑爹的倒楣孩子……」他越說越委屈，快哭了。

棠雪有些懼怕，倒退了兩步。

棠媽媽抱著手臂走出來，深吸一口氣，盡量把語氣放得平和，問棠雪：「棠雪，你告訴媽媽，誰是黃老師？」

「黃老師就是門衛……」

「門衛！棠鴻江你這個禽獸，連門衛都不放過！」

「她胡說！門衛是個男的，也不姓黃，而且都六十歲了！」

「門衛爺爺養的狗。」

「……」

「……」

棠媽媽扶著額頭，不知道該怎麼面對老公。

棠校長爆發了：「那條狗叫黃獅！你這倒楣孩子，你幹嘛叫人家黃老師？人家叫黃獅！黃獅！你這坑爹的孩子，氣死我了！」

「爸爸……」

棠校長揮手：「不敢當不敢當，從今往後你是我爸爸。」

「……」

趙老師帶著棠雪他們去參觀了一次養雞場。

養雞場太臭了，棠雪被熏得都快靈魂出竅了。她捂著鼻子問黎語冰：「你有聞到臭味嗎？」

「你說呢？」黎語冰捂著鼻子回答。

「我們走吧？我不想待在這裡了。」

「不行，老師要我們撿雞蛋，每個人撿五個。」

「哦，那你幫我撿。」棠雪把自己的小籃子塞到黎語冰手裡。

黎語冰翻了個白眼。他翻白眼都成習慣了。

撿完雞蛋，趙老師帶他們去參觀了孵化室。在這裡，棠雪第一次圍觀了小雞破殼的全程。小雞在裡面一下下地啄破蛋殼，然後艱難卻成功地鑽出來，跌跌撞撞地走路……真是太可愛了！

棠雪不知道怎麼描述自己此刻的心情。她回去跟爸爸說，雖然快被熏死了，但是看到小雞從蛋殼裡鑽出來的那一刻，她覺得好快樂，一點也不後悔……

棠校長教了她一個成語，叫「不虛此行」，還大致解釋了一下意思。

棠雪一臉醍醐灌頂的樣子，小雞啄米般狂點頭：「就是這樣！」

女兒乖的時候真是要多可愛有多可愛，棠校長一開心，摸著她的小腦袋瓜，又跟她講了雞蛋孵化的原理。

這下惹了麻煩。

棠雪聽完原理，自己從冰箱裡拿了個雞蛋，握在手心裡，決定親自孵一隻小雞出來。

棠校長只當她是一時好玩，沒當回事。哪知道這小傢伙天天握著雞蛋，吃飯睡覺也不放下，連續一個星期如此了。
這個時候，棠校長又不忍心告訴她，這種雞蛋孵不出小雞。
棠雪上課也握著雞蛋。趙老師經常是課上著上著，望一眼學生，看到棠雪身體坐得筆直，一臉認真地看著她，然後放在課桌上的左手裡握著個肉粉色的雞蛋……那畫面真是，看多少次都不能適應。
最不適應的人是黎語冰。
雞蛋裡還沒蹦出小雞呢，棠雪就已經把它認定為自己的寶寶，以媽媽自居。她當媽媽，當然就要讓黎語冰當爸爸了，她還煞有介事地和黎語冰商量他們的寶寶應該叫什麼名字。
莫名其妙地就要當一顆雞蛋的爸爸，雖然說不上哪裡不對，但黎語冰就是覺得彆扭。
他表達抗拒的方式唯有逃避。
自從有了雞蛋兒子，黎語冰這個當爸爸的一下課就開溜，跑得比誰都快。連趙老師都感嘆：「黎語冰現在喜歡出去活動了，真不容易啊。」
黎語冰的表現自然讓棠雪有些不滿意，她回去跟媽媽訴苦，棠媽媽說，這是「喪偶式育兒」，非常符合中國的基本國情，無需大驚小怪。
雖然沒聽懂，但棠雪感覺得到了安慰。
黎語冰總是逃避身為父親的責任，他為此付出了一點小代價——他被一股校園惡勢力盯上了。
有幾個高年級的學生組成了一個小團體，專門敲詐低年級孩子的零用錢，還用暴力威脅受害者不許告訴老師家長。
黎語冰瘦小又安靜，不怎麼合群，很輕易地就成為他們的目標。

在觀察了幾次之後，他們終於動手了。

這天下課，黎語冰跑出教室，在校園裡溜達了一會，猝不及防地被人拽到了角落裡。

幾個在黎語冰眼裡算是「人高馬大」的男生一臉獰笑，要向黎語冰「借點錢花花」。

黎語冰記得老師講過遇到敲詐時的正確措施：先把錢給出去避免被揍，過後再找老師家長報警。所以這時他雖有些緊張，但也不是太害怕，默默地開始掏錢。

就在這時，一聲稚嫩卻響亮的呼喝打斷了他們：「你們幹什麼呢？！」聲音又嫩又脆，彷彿春天初生的柳芽。

幾人循聲望去，看到一個小蘿莉。小蘿莉個子小小的，紮著兩條馬尾辮，穿著寬鬆的校服，頸上的紅領巾繫得亂七八糟，藍色的校服褲子太肥大，幾乎遮住了腳。

小蘿莉一臉正氣凜然，右手氣勢洶洶地插著腰，左手……左手握著個雞蛋。

那畫面看起來有些詭異。

雖然她一身正氣（忽略掉雞蛋），但惡勢力怎麼可能懼怕這麼小一個小孩，於是帶頭那人惡狠狠地嚇唬她：「滾！再不走連你一起打！」

「你敢！我爸爸可是校長，連你和你爸爸一起打！」

「校長」這兩個字有如尚方寶劍，那幾人立刻怕了，幾乎沒猶豫就放了黎語冰，走之前還不忘警告他們：「不准告狀！」

黎語冰靠在牆上，看著棠雪朝他走來。

她握著雞蛋，走路一蹦一蹦的，志得意滿的樣子，看樣子心情相當好，兩條馬尾辮就隨著她的動作搖擺，使她看起來像隻小兔子。

有一瞬間，黎語冰覺得這人似乎沒那麼討厭了。

棠雪走到他跟前，喊他：「蛋蛋它爸。」

黎語冰想撞牆。

棠雪說：「錢還在嗎？」

「嗯。」黎語冰抿著嘴角，糾結了一下，低聲說，「謝謝。」

「不用客氣，你的錢只有我能花。」

黎語冰心裡剛剛湧起來的那點感激硬生生被打散了。

棠校長認為，棠雪這丫頭一天到晚惹是生非多半是因為閒，他得找點事情給她做。

課業輔導班之類的暫時不用，他自己就能幫孩子補習。

「練點活動筋骨的運動吧？比如跳舞、游泳、跆拳道？」棠媽媽和他商量。

「跆拳道肯定不行，現在她就欺負同學了，學了跆拳道還得了？」棠校長首先 pass 掉一切可能引發暴力的活動。

棠校長放學後在校門口兜了一圈，收到宣傳單若干。經過層層篩選並參考棠雪本人的意見，他們暫時敲定了滑冰。

於是這天，棠雪放了學沒有直接回家，而是跟著爸爸站在校門口等公車。剛放學的校門口有點亂，熙熙攘攘的，像菜市場，人車擁堵不說，還有推著小車賣零食的。

棠雪背著小書包東張西望，突然朝著某一處喊道：「黎語冰！」

黎語冰的媽媽看到是棠雪，領著黎語冰笑呵呵地走過來。棠雪就住在家屬大樓，黎媽媽是知道的，這時看到他們等公車，就知道不是回家，於是問道：「要去做什麼呢？」

「我幫她報了個班。」

「什麼班呀？」

「滑冰的。」

「怎麼樣呀？」

「還沒去呢，今天第一堂課試滑。你要不要帶黎語冰去看看？試滑不收費的。」

黎媽媽覺得挺新鮮，低頭看向兒子，問道：「要不要去看看？」

黎語冰果斷搖頭。

黎媽媽連哄帶勸，終於勸得兒子勉為其難地點了點頭。黎媽媽不給他後悔的時間，開開心心地將他拖上了車。

棠雪和棠爸爸也有幸搭上了順風車。

黎語冰說到做到，答應了來看看，來了之後就真的只是看看。他端端正正地坐在室內冰場旁邊的塑膠排椅上，那派頭，像個視察工作的領導。

教練把裝備拿到他面前邀請他試試，他只是搖頭。

黎媽媽有些頭痛：「他最討厭的就是運動。唉，我們家這個孩子，人小主意大，我這當媽的都勸不動他。」

棠雪換好了冰鞋和護具，跟著爸爸走上冰場。沒錯，校長大人也是會滑冰的。

然後，爸爸把她丟給教練，自己去玩了。

任何一個小朋友初學滑冰都是從摔跤開始的。棠雪在教練的指導下，幾乎還沒挪地方呢，就咚地一下摔倒在冰面上。

場外的黎語冰抿嘴笑。

棠雪沒哭，站起來繼續滑，過不久又摔了一跤。

黎語冰笑得眼睛都亮了。

然後就是棠雪不停地摔，黎語冰不停地笑，後來黎語冰還忍不住鼓掌了。

黎媽媽額角滴汗，恨鐵不成鋼地推了一把他的腦袋：「你這傻小子！不幫人家加油就算了，哪有人還鼓掌的？！」

不管怎麼說，黎語冰對滑冰這項運動的好感度噌噌噌暴漲，以至於他都願意親自嘗試一下了。

黎語冰換上裝備，進場，然後毫無意外，第一步也是摔跤。

棠雪：「哈哈哈哈！」

假如沒有棠雪在旁邊幸災樂禍，他可能摔一兩跤覺得不好玩就放棄了，可偏偏有這樣一個討厭的傢伙盯著，他有些負氣，摔倒就爬起來繼續，一邊總結經驗一邊按照教練講授的去做，這樣過了沒多久，他竟然不再摔跤了。

然後他滑著冰從棠雪面前經過，動作不算流暢，表情絕對鎮定，裝蒜技能滿分。

「咦？」棠雪有些驚奇。

黎語冰背著手，留給棠雪一個高深莫測的背影。

「你是怎麼做到的呀？」棠雪追上去，一著急，咚地一下又摔了，她忍不住哎喲一聲。

黎語冰一邊滑一邊笑，又不敢笑得太明顯，便只是淺淺地牽著嘴角。

總之，他的快樂就是建立在她的痛苦之上。

棠校長滑著冰經過教練身邊，聽到教練在感嘆：「悟性不錯。」

棠校長挺開心的：「你說我們家丫頭？」

「不是，我說那個小男孩。」教練仰了仰下巴，看著黎語冰的背影。

「那我們家的呢？」棠校長不甘心地追問。

教練想了一下，盡量尋找了一些優點：「皮厚，經得起摔。」

棠校長很生氣：「你當她是**Nokia**嗎？」

棠雪和黎語冰本來都是報名花式滑冰，不過學了幾次他們兩個就分道揚鑣了。根據滑冰俱樂部給出的建議，棠雪去學了速滑，而黎語冰被隔壁某冰球俱樂部的一個教練看中，那教練把他拐去學了冰球。

反正都是鍛煉身體，兩家家長倒沒太在意。

慢慢地就到了期末。

棠雪去爺爺家，爺爺跟她重申了一遍自己的承諾：如果棠雪能考全班第一，就帶她去香港迪士尼玩。

這個時候，上海還沒有迪士尼。

為了夢中的迪士尼樂園，棠雪只好拿出自己的看家本領——壓迫黎語冰。她對黎語冰說：你要是再考雙百，我就朝你的鉛筆盒裡塞毛毛蟲，一天塞一條，不重覆的。

黎語冰迫於她的淫威，考數學的時候故意答錯了一道填空題，結果只考了98分。

加上語文成績，總分是198。

嗯，還是全班第一。

棠雪有點絕望。

媽媽說，凡事要從自身找原因。

棠雪覺得有道理。從那以後，她養成了每天吃核桃的習慣。沒錯，她要補腦。

寒假時，棠雪和黎語冰都報了一項市里規劃的小學生公益活動——少年講解員。他們被派到各大景點幫遊客們做免費講解，棠雪和黎語冰去的是城西的一處古戰場遺址。古戰場外荒草叢生破敗不堪，裡頭有些東西是出土文物，還有一些是人們根據記載修建的，總之弄得蠻熱鬧的。可惜了，和平年代好像大部分人都不喜歡參觀戰場，所以這裡的人流量比那院外的景色還荒涼。

為了提高孩子們的積極性，活動組織者規定，少年講解員每完成一次講解，可以向遊客索取票根，三張票根可以換一朵小紅花，小紅花能用來換各種各樣的獎品，有書包、文具、玩具等。

古戰場景點每次有四個講解員同時值班，在這樣一個毫無人氣的景點裡，勢必形成僧多粥少的尷尬局面。

面對如此競爭，棠雪如魚得水。

一看到人，這傢伙就蹦蹦跳跳地跑過去，眨著大眼睛脆生生地問：「哥哥、姊姊、叔叔、阿姨、爺爺、奶奶，我能幫你講解嗎？不用錢的！」

誰能拒絕？

然後這幫人就傻呼呼地被棠雪領著走了。

古戰場的知識比較枯燥，棠雪培訓的時候根本沒有認真記，這時講著講著就忘了詞，腦子裡一片空白。

不過那都不重要！做人呢，最重要的是自信！

所以她只停頓了一下，就開始瞎掰了，一本正經地在那胡說八道。

遊客傻呼呼地來了，又傻呼呼地走了，走之前把自己的票根給了棠雪。

棠校長在門口攔住遊客，悄悄問道：「她講得怎麼樣？」

遊客的表情彷彿做夢：「她說這裡是奧特曼和哥斯拉打架的戰場，還展示了兵器。」

棠校長尷尬得想撞牆，同時也有些不解：「那你怎麼還把票根給她？」

遊客星星眼狀：「因為她太可愛了！」

棠雪又幹完一票，出來時看到有新的遊客來。那遊客是個年輕女人，身邊圍了兩個小男生，搶著要當她的解說員，而黎語冰站在講解桌後面，安靜地看著他們。

他看起來有些孤單。

棠雪胸中湧起一股情緒，大概類似於「這人是我罩的」。她走過去牽起黎語冰的手，走到那位年輕女遊客面前。

那兩個小男生還在競爭，這個說「阿姨我背得熟練，選我吧」，那個說「阿姨我演講比賽得過獎，選我選我」。

棠雪開口了，自帶蘿莉音，慢悠悠、一個字一個字地說：「姊姊好。」

三個字，一下擊中了女遊客的小心臟。

女遊客精神一振，笑望著她：「你怎麼喊我姊姊啊？」

「你這麼年輕，我難道要喊你阿姨嗎？」

嗷！女遊客捂著胸口。這誰家孩子，好想偷回家！

棠雪拉了一下黎語冰的手，說道：「姊姊，他叫黎語冰。我們是這裡的講解員，不用錢的。黎語冰今天還沒有講過呢，你能讓他幫你講嗎？拜託拜託！」

女遊客看著黎語冰。嗷，這個也想偷！

「叫姊姊。」棠雪笑瞇瞇地對黎語冰說。

黎語冰有點不好意思，小聲叫了一句：「姊姊。」

然後他終於迎來了今天的首講。

從那之後，古戰場的遊客基本被棠雪和黎語冰壟斷了，同組的其他人敢怒不敢言。

活動結束後，棠雪一共集了七朵小紅花，黎語冰集了六朵。棠雪拿著十三朵小紅花，去老師那裡幫自己換了一個超大的毛絨絨小熊維尼，幫黎語冰換了一塊橡皮擦。

黎語冰看著手裡的橡皮擦，感動得想打人。

早該料到的，他只是在替她做白工。

之前他那些感動真是腦子長包了才會出現的幻覺。

＊＊＊

在棠雪的印象裡，她的童年生活總和一個叫黎語冰的人脫不開關係。那段回憶的每個角落都有他的名字、他的身影。

那後來呢？

後來啊……

小學六年級，棠雪和黎語冰面臨選校的問題。湖城市是一座千萬人口等級的大城市，中學很多，但最好的中學只有兩所，一所是湖城一中，另一所是花西中學。兩所中學各有特色，每年有無數的家長打破頭想把自己孩子送進這兩所學校。

兩所學校中，花西中學的課外活動更豐富一些，而且有著全市最好的中學生滑冰隊。棠雪和黎語冰約好了，一起去花西中學。棠雪自己速滑拿過獎，就算小學升初中的考試成績差一點問題應該也不大；而黎語冰就更不用擔心了，不提課外活動，光看學習成績，他就是兩所學校都要爭搶的學生。

小學畢業的這個暑假，棠雪過得特別開心，因為爺爺終於帶她去迪士尼了。

雖然她小學六年都沒考過全班第一，但爺爺覺得自己年紀大了，活到什麼時候不一定呢，萬一等不到她考第一的那一天呢……所以還是先帶她去吧，不要留下終生遺憾。

這個暑假，黎語冰去了國外的訓練營，一連兩個月杳無音訊。

九月份開學，棠雪正式成為一名中學生。她換了新校服、新書包、新文具，坐了半個多小時地鐵，終於來到新學校。

棠校長不放心自家孩子，所以一起過來了。

父女兩人站在公告欄前，仰著脖子，盯著公告欄上的分班表，動作一模一樣，一看就是親生的。

公告欄前就他們兩人在看。

警衛好心提醒他們：「分班情況能自己上網查。」

棠校長點頭：「謝謝，我知道，我就看看……找到了嗎？」後面這句他是問棠雪的。

棠雪搖了搖頭：「沒有。」

她找的是黎語冰。

棠校長說：「會不會不在這所學校啊？」

「不可能！」

「好好好，那再找找，再找找。」

兩人再找了找，還是沒有。

棠校長見女兒臉色不好，便安慰她：「你先去上課，我打個電話給黎語冰家裡問問不就知道了？」

勸走了女兒，棠校長給黎語冰的媽媽打了個電話。

「喂，棠校長？棠雪上學去了嗎？」

「上學去了。黎語冰呢？」

「黎語冰也上學去了。棠雪是哪個班？我今天帶他報到都沒看到你們。」

「棠雪是一班，黎語冰呢？」

黎媽媽一聽，笑了：「黎語冰也是一班，又可以當同學了，真是緣分呢。回頭我們跟老師說說，讓他們再當同桌吧？」

棠校長暗道不妙：「等、等一下，黎語冰上的是花西中學吧？」

「咦？什麼花西中學？不是棠雪說想去一中嗎？黎語冰說他們兩個約好了去一中的。」

「……」棠校長可想明白了。自家這傻丫頭啊……

為了不讓女兒太過傷心，棠校長編了個謊話，等下午放學接棠雪回家時，他在路上迫不及待地說了自己天衣無縫的謊言：「黎語冰本來確實打算來花西中學的，但是一中那邊搶學生，給了他一筆可觀的獎學金，他爸媽就同意了。黎語冰不好意思跟你說。這是內部機密，你就假裝不知道，懂嗎？」

棠雪對這個結果倒是能接受，說：「原來黎語冰這麼值錢呀。那我呢？我要是去一中，他們給我多少錢？」

「你屬於清倉大拍賣，不值幾個錢，你可給我省省事吧，老實待在花西。」

「哼。」棠雪鼓了一下腮幫子。

棠校長在旁看著，心想，我女兒連生氣都可愛，不知道以後會便宜哪個小王八蛋，想想就惆悵。

雖然棠校長很理解黎語冰想要擺脫棠雪的迫切欲望，但他依舊無法原諒這小子對棠雪的欺騙。同時，棠校長認為，既然他嫌棄棠雪，那以後我們家棠雪也不要和這樣的人來往了，沒必要熱臉貼人家冷屁股嘛。

所以棠校長把黎語冰家的家用電話設成黑名單了。

棠雪到家打電話給黎語冰打不通，問爸爸是怎麼回事。

「黎語冰住校了，他家裡的電話用不到，就停掉了。現在誰還用電話啊，都用手機了。」棠校長面不改色地繼續撒謊。

「哦。」

後來棠雪給黎語冰寫過幾封信，都石沉大海，她的熱情也就慢慢地消磨掉了。

所以如果有人問她「後來呢」，那她的答案一定是「沒有後來」。

爸爸說，人生就是那麼一條路，每個人都在往前走。你可能暫時和某個人熟悉，有說有笑，但是走著走著，也許就走散了。

你心裡的遺憾，都源自不習慣。

不過不要緊，繼續走，你會遇到新的人，會有新的歡聲笑語填充你的世界。

至於走散的那個，就讓他活在回憶裡吧，就像相冊裡的老照片，閒的時候翻出來看一下，看完再放回去，該幹嘛就幹嘛。

棠雪在花西中學有了新的朋友、新的生活。中學六年，她再也沒有見過黎語冰。

她以為這輩子都不會再見到他了。

第二章
朕的大清亡了啊！

棠雪大學考的是霖城聯大，簡稱「霖大」。霖城聯大的前身是位於霖城大學城的七所大學。這七所大學本身的特色是小而精，在各自的專業領域很有分量，但綜合實力在全國來看都不算特別突出。五年前，七所大學合併為霖城大學，綜合實力立刻躋身國內大學前五名，分數線自然也是水漲船高。

棠雪擦著霖城聯大的分數線邊緣被錄取，但她的分數不夠上自己填的科系，於是被調去獸醫系。

也是這個時候她才知道，原來大學裡還有獸醫這種科系。

棠校長有些擔憂：「獸醫不就是幫母豬催奶的嗎？難道你以後要進養豬場幫母豬催奶？啊不行不行，我一想到那個畫面就頭暈……你給我好好學習，爭取走學術路線吧，以後進大學可以當老師，教別人怎麼幫母豬催奶。」

棠雪並沒覺得學術路線更靠譜，不過她天生心大，也就眼前發黑了那麼一下下，之後該吃就吃該玩就玩，玩完剩下的暑假，拖著行李箱開開心心地上學去了。

獸醫系又怎樣呢，至少「霖大」這塊牌子說出去還是很有面子的。

棠校長不放心，跟著她一起上了高鐵。

同行的還有棠雪的高中同學，廖振羽。

廖振羽和棠雪當了三年同學，基本算是棠雪的小跟班，平常都喊棠雪「老大」，不過在棠校長面前他不敢造次，怕老大被老大的爸爸罵，所以只能喊她的名字，但「棠雪」兩個字從嘴裡講出來時他彆扭扭扭的，很不習慣。

棠校長就覺得這廖振羽有問題，扭扭捏捏的樣子，搞不好又是想挖自家小白菜的豬[1]，這都不知道是第幾頭了，呵呵。

他老人家就狀似不經意地透露了一下自己年輕時玩散打的經歷：路上遇到小混混，一拳頭下去，小混混哭著報警了；在丈母娘家殺雞不用刀，他擰一下雞脖子，雞就斷氣了……

廖振羽在一旁聽得心驚肉跳，講話都快結巴了。

棠校長滿意了。

棠雪坐在窗邊，手撐著下巴，看窗外飛速掠過的風景。高鐵的速度太快了，她看得有點頭暈，扭了扭脖子，說：「好無聊啊。廖振羽，要不你轉系吧？」

廖振羽呆了一下：「轉、轉什麼？」

「轉到獸醫系來啊，我一個人多無聊。」

坐在兩人中間的棠校長聽完這話，都想給她腦袋上來一巴掌了：「人家好好的醫學院，你要他轉獸醫？別胡鬧。」

1 白菜被豬挖出來，指美好的東西被糟蹋。白菜指女孩子，豬指男孩子，意近「鮮花插在牛糞上」。

「獸醫怎麼了呀？反正都是看病，幫人看幫豬看不都是救死扶傷嗎？再說，你看電視上那些新聞，幫人看病有可能被人打，幫豬看病，豬會打你嗎？」

棠校長被她的歪理邪說驚到了，一時又找不到詞辯駁，指著她說：「你，你這，你這個……渾蛋！」

棠雪有些委屈和惆悵，趴在面前的小桌板上，嘟著嘴小聲說：「我是怕又走散了變成一個人啊……」

棠校長愣了愣。

廖振羽說：「老……老……棠雪。」

棠校長有些不高興地看了他一眼：「你怎麼叫她『老棠雪』？我女兒很老嗎？」

「啊？不不不不是，我的意思是……棠雪，我看過地圖，農學院和醫學院離得不遠，我們還可以一起吃飯和自習。」

「嗯，好吧。」棠雪趴在小桌板上點了一下頭。

從湖城到霖城的高鐵是三個多小時。棠校長陪兩個孩子辦好入學手續，安排好宿舍，在霖大的食堂吃了頓晚飯，就要坐晚上的高鐵回去了。

棠雪想把他送去高鐵站，棠校長死活不肯。

在校門口分別的時候，棠校長又囑咐她：「你好好學習，爭取保送研究所，碩博連讀更好，當然了，想出國也行，你放心，我們家有錢的，現在進大學工作都要博士以上了，嘖嘖……」他還惦記著她的學術道路呢。

「爸爸，我覺得你越來越嘮叨了。」

棠校長轉過身，在心裡默默地嘆了口氣。

因為爸爸老了啊。

棠雪住的地方是七校合併時建的新宿舍大樓，四人一間，有空調和獨立洗手間。算上她，寢室裡已經搬進來三個人，另兩個人分別是趙芹和葉柳鶯，都是學農業工程的。還有個叫夏夢歡的室友，倒是和棠雪同系，可惜還沒來。棠雪有點懷疑這個叫夏夢歡的妹子是接受不了現實，打算複習重考了。

已經到的三人都來自不同省份。晚上棠雪回寢室，和趙芹、葉柳鶯聊天，說到各自的科系，另外兩人聽說她是被調到獸醫的，都安慰她，說獸醫系畢業以後的出路很好的，做寵物醫生，開寵物醫院，進動物保護組織，都是不錯的選擇呢。棠雪聽著，心想：怎麼別人的思路都這麼洋氣，我爸淨想著幫母豬催奶了？他老人家到底經歷過什麼？

這晚棠雪帶著對未來的美好憧憬進入夢鄉，第二天早上醒來時，發現寢室裡多了一個人。

此人身高一百六十公分左右，瘦瘦的，膚色蒼白，一頭深褐色的長髮披在肩上，隨著她的動作，堆在肩頭的柔軟髮絲像水波一樣輕微晃動。

她這時剛進門，把兩個大行李箱拖進來，一轉頭，看到趴在床上盯著她看的棠雪，朝棠雪笑了笑：「你好哦。」

語氣好溫柔啊。

棠雪都快融化了，連忙起身說道：「你好你好，你就是夏夢歡吧？我還以為你不來了呢。」

「我家離這裡不遠，所以昨天就沒來。」

四個室友正式會師，趙芹指了指夏夢歡的大箱子，問：「你自己提過來的？」

「不是，路上遇到了好心人。」

「我怎麼遇不到好心人？一定是因為你漂亮。」

「這個，如果你遇到男人，不管高矮胖瘦老少美醜，只要喊他一聲『帥哥』，他多半會成為好心人的。」

棠雪覺得這個夏夢歡講話蠻好玩的。她看了眼時間，來不及吃早餐了，於是打了個電話給廖振羽。

棠雪：「帥哥。」

廖振羽：「……」

棠雪：「帥哥——」

「老大你怎麼了?你別這樣，我害怕……你還是叫我小廖、小羽子吧，實在不行叫『賤貨』也行……」

棠雪扶了一下額：「別廢話了，給我帶點早餐。」

「喳。」

廖振羽昨天儲值電話費，被送了一輛自行車，自行車的外形走賣萌路線，很小的一輛，廖振羽身材高大，騎這麼一輛自行車像是騎著一頭小綿羊飛奔，畫面不忍直視。

他騎著「羊」停在農學院教學大樓的門口，把早餐遞給了棠雪。

夏夢歡站在棠雪身邊，饒有興致地打量著他，然後悄悄問棠雪：「男朋友？」

雖她壓低了聲音，但還是被廖振羽聽到了，他朝夏夢歡勾了勾手指：「同學，你過來一下。」

「蛤？」夏夢歡走近了一些。

廖振羽一臉嚴肅：「看著我的眼睛。」

夏夢歡莫名其妙，但還是照做。

廖振羽：「我瞎嗎？」

「……」

棠雪本來在研究早餐有什麼，聽到這話，飛起一腳作勢要踢他。廖振羽腳下發力一蹬，騎上「小綿羊」躥了出去，速度有如瘋狗，留下一句話飄在風中：「老大，午飯一起吃！」

棠雪和夏夢歡一起上課時，看到夏夢歡寫的字清秀漂亮，字如其人，加上她瘦弱蒼白的外表，講話時溫柔的語氣、神態，棠雪就覺得這是一個柔弱清純的妹子。

這個印象維持了四個多小時，直到午飯時間。

午飯時夏夢歡買了一根烤香腸和兩顆香芋丸子，她把烤香腸放在盤子中間，香芋丸子放在了烤腸的一端，分居兩側。

這造型，生物課本裡也有。

棠雪的下巴差點掉下來。

廖振羽坐在棠雪身邊，偷偷傳微信給棠雪。

廖振羽：「老大，你室友好像是個流氓耶？」

棠雪：「你閉嘴。」

廖振羽：「我沒有張嘴，我只是在打字。」

廖振羽：「老大，我現在比較擔心你的安全了。」

廖振羽：「啊，我在害怕什麼，我老大可是流氓頭子耶，還能怕這個小流氓？」

棠雪重重地踩了他一腳，他終於消停了。

棠雪感覺夏夢歡應該是不小心才擺出這種形狀的，於是悄悄提醒她。

棠雪：「歡妹，你盤子裡有個小雞雞！」

夏夢歡：「不是小雞雞，是大雞雞。」

棠雪：「……」

這個故事告訴我們，人還是應該多見見世面的，不出去走走，你永遠不知道外面有多少奇葩。

吃完飯，棠雪他們在食堂外面的公告牆上看到一份招聘啟事。公告牆上貼著那麼多花花綠綠的公告，一張張像是青樓小姊姊抖的花手絹，恨不得使出渾身解數吸引看客的注意力，唯有角落裡那份招聘啟事，A4紙列印，仿宋體，黑底白字，簡單乾淨，與周圍的花花世界格格不入。

這張招聘啟事上說，本校室內滑冰場招聘兼職若干，工作內容呢大概就是打打雜，待遇按照時薪計算，還可以免費滑冰。

棠雪看到最後面，眼睛一亮，撓著下巴笑瞇瞇地道：「這個適合我。」

「老大，我們要報名嗎？」

棠雪正要說話，忽然被旁邊一個陌生的女生打斷了。女生看著他們，問道：「妹子，大一的吧？」

「對啊，學姐，你好像有話要說？」

那位學姐指了指招聘啟事：「這個你們別想了，還是去做做家教吧，或找速食店、咖啡店的打工。」

「為什麼呀？」

「因為競爭太激烈了，必須有關係才能進。你們有關係嗎？」

三人齊刷刷搖頭。

棠雪還是不理解，追問道：「為什麼這個競爭激烈呢？看待遇也沒有很好吧。」

「這你就不懂了，在冰場打工可以見到冰球校隊的人，知道冰球隊嗎？」學姐說到這裡嘿嘿一笑，笑容裡有三分猥瑣七分憧憬，「全校顏值最高的男人都集中在那裡了。」

棠雪有點失望，撇了下嘴角小聲說：「可是我好想免費滑冰啊。」

廖振羽說：「那我們就去試試唄，反正又不用付錢。」

三人下載列印了空白的報名表，為了吸引招聘官的注意力，他們決定手填報名表，手貼照片，這樣一看就很有誠意。

三人之中，廖振羽寫的字最好看，一手端正又飄逸的行楷，他的高考作文就是靠這手好字得的分。所以廖振羽和棠雪交換寫報名表，棠雪唸，他寫。過一會廖振羽吐槽道：「短道速滑得過全市第一？還被市長接見？還真能吹牛！老大，你為了成功可真是不擇手段啊！」

「都是事實，我以前不說是因為我低調。」

一旁正咬著筆沉思的夏夢歡聽聞此言，問道：「那你後來怎麼沒繼續滑了呢？我覺得短道速滑挺酷的。」

棠雪咬了下嘴唇說：「後來不就是要考大學嘛。」

填完表格，三人一起去滑冰場一層的辦公室交報名表。辦公室裡就一個人在值班，是個年輕女孩，姓馬，棠雪他們管她叫「馬老師」。

馬老師笑吟吟地接過報名表，翻了翻問道：「你們都是大一的呀？」

「嗯！」

「獸醫系？」

「呃……」

「什麼系的不重要，」馬老師安慰他們，「大一的時間相對寬鬆一些，也挺好的。」

「謝謝馬老師！」

馬老師把他們的報名表放在桌上，那裡已經積累了半尺多高的報名表。

棠雪看著那報名表的厚度，懷疑全校的女生都報名了。

神經病嗎，兼職就是兼職，滑冰就是滑冰，看什麼男神，要看男神就去網路上看啊！

棠雪的心情有點低落。

三人離開後，馬老師又抽出棠雪的那份報名表，嘖嘖搖頭：「字倒是不錯，可惜了。」

棠雪他們並不知道，馬老師不是什麼老師，而是驍龍冰球俱樂部駐霖大滑冰場的一名辦事員，叫馬小杉。

驍龍俱樂部和霖大合作緊密，這次招聘也是他們辦的。不過，就算是俱樂部招人，也是要給學生會、校團委這些人面子，他們要往裡塞人就塞唄，反正只是兼職員工，沒太多技術含量。

招聘名額已經快被內定滿了，這些沒有門路的報名表注定會石沉大海。馬小杉良心上有一點點過不去，可又沒什麼辦法。

日落西山時，馬小杉快下班了。這個時候，辦公室響起了敲門聲。

「請進！」

門被推開時，她剛好抬頭，看到了門外的人。

隔著從窗間漏進來的一道陽光，馬小杉望著來人高大的身影，然後她開口了，聲音有些緊繃，因為太緊張了。

馬小杉：「冰、冰神好。」

那人一手插著口袋，一邊肩膀上掛著個雙肩包，這時邁開長腿走進辦公室，聽到問好，他嗯了一聲，說道：「我拿快遞。」

「哦哦！」馬小杉幾乎是從椅子上彈起來的，連忙幫冰神找出快遞。

他接過快遞，道了聲謝。馬小杉臉一紅：「不、不客氣。」

他正打算轉身離去，目光不經意間一掃，看到桌上那厚厚一堆報名表。

怪只怪他視力太好了，最上面那張報名表，姓名欄裡的「棠雪」兩個字他看得清清楚楚。

即將邁出去的長腿折了回來，那人走向辦公桌，白皙有力的手伸過去，拿起那張報名表。

馬小杉在旁邊偷偷看著，感覺冰神的表情好詭異，不過再怎麼詭異都很帥就是了。

看了一會，他變幻莫測的表情突然舒展開：「呵……」

然後他屈指彈了一下那張報名表，微微一笑：「這個人，歸我了。」

棠雪像隻剛破殼的小雛鳥一樣，在新環境裡適應了一個星期，剛剛對新生活習慣了一點，立刻被大巴士拉到了離學校上百千公尺的軍訓基地。

他們要在這前不著村後不著店的地方度過一個月的時光，而這個時間段包含了國慶長假。這意味著，同學們要用軍訓的方式為祖國慶生了。

同學們感動得想號啕大哭。

夏夢歡這妹子演技了得，訓練的時候經常蒼白著臉色哐嘰往地上一倒，然後就可以休息了。棠雪也試過一次，卻被教官揭穿罰跑步，從那之後她就放棄抵抗，任勞任怨了。

一個月之後，棠雪結束軍訓，正好趕上週末，於是回了趟家。

她和廖振羽一起，兩人出了高鐵站後，棠雪打了個電話給爸爸：「爸，你在哪呢？」

「我在一號出站口，你們到了沒？」

「到了，我們兩個也在一號出站口……」棠雪正講著話，看到老爸一手握著手機走過來，她高興地朝爸爸揮了下手。

棠校長視而不見，從她面前走過去了。

棠雪：「……」

手機裡，棠校長還疑惑呢：「你沒在一號出站口啊，你是不是走錯了？」

「爸……」棠雪在他身後幽幽地叫了一聲。

棠校長猛地轉身，看到棠雪，他張了張嘴，一臉震驚，緊接著爆笑出聲：「哈哈哈哈哈哈！」

棠雪：「……」

棠校長：「怎麼黑成這樣了？哎喲我的天，我都認不出來了！你們這是去軍訓了嗎，你們其實去挖煤礦了吧？」

棠雪有點崩潰：「我知道我變黑了，你不要提醒我啊！」

「哦，對不起，是爸爸不好，不提醒不提醒。」棠校長一邊說一邊忍著笑，領著他們去停車場。路上廖振羽和棠雪都去了洗手間，棠校長在洗手間外面迫不及待地打了個電話給老婆：「接到了，等一下就回家。你早點回來，快回來看看，都黑成什麼樣了，我走在她跟前都沒認出來，就像非洲偷渡來的……嘖嘖嘖，雞蛋變皮蛋！呃……」棠校長正說得興致高昂，一轉頭，發現女兒去而復返，好嘛，被抓了個正著。

棠雪面無表情地看著親爹。

棠校長有點尷尬，弱弱地安慰她：「沒事，黑色顯瘦……」

棠雪故意語氣天真地衝著手機喊：「爸爸，剛才那個阿姨好像和我們順路耶？要不要載她一程？就是你誇她漂亮的那個呀，你們兩個還加微信了呢，一下子就忘啦？」說完她笑瞇瞇地進了洗手間。

留下棠校長在那裡解釋：「老婆我沒有！你別聽她亂說！你要相信我，我才不是那樣的人……」

棠雪在家這兩天基本上可以用一個成語「暴飲暴食」來概括，可惜快樂的時光總是短暫的，沒吃幾頓她又要打包滾回學校。

她媽媽往她的行李裡塞了很多吃的，還發了一萬塊的紅包給她。

「買點好的保養品。」媽媽說。

棠雪心想：看在你是我媽媽的分上我勉為其難地收下吧。

在回霖城的高鐵上，棠雪收到一則奇怪的訊息。

棠雪：

恭喜你被霖大滑冰場錄取。

崗位名稱：運動員助理。

崗位性質：兼職。

請於下週一至週三上午九點至下午六點間，攜本人有效身份證件於滑冰場東區一樓辦公室報到，逾時作廢。

運動員助理？這是個什麼職位？

她正納悶，忽然聽到身旁的廖振羽低呼：「老大，我收到錄取簡訊了！我被滑冰場錄取了！」

棠雪把廖振羽的手機拿過來看了一眼。跟她的簡訊內容差不多，只有崗位名稱不同，他的崗位名稱是「巡冰員」。這個多正常啊，一聽就是打雜的，配得上鐘點工的身價。

廖振羽得知棠雪的崗位是運動員助理，說道：「這個也正常啦，霖大冰雪項目的運動員蠻多的，速滑隊、花滑隊，還有冰球隊，你就是去幫運動員打打雜跑跑腿唄。」

棠雪想想也有道理。

回到宿舍，她得知夏夢歡也被錄取了。

第二天，三人小分隊趁午飯時間便去滑冰場報到。

夏夢歡和廖振羽一樣也是「巡冰員」，兩人登記資料簽到，記下培訓時間，就可以離開了。

棠雪卻被單獨留下了。

馬小杉打了個電話，不一會，辦公室來了個人。來人性別男，三十歲上下，中等個子，微胖，戴眼鏡，皮膚白淨，看起來一團和氣。

「你好，你就是棠雪吧？」他一進門就問。

「啊？我是。您是？」

「自我介紹一下，我是我們校冰球隊的經理，我姓吳，你可以叫我吳經理。」

「您好，吳經理。」棠雪不動聲色，心裡有點疑惑：怎麼校冰球隊還有經理了？弄得跟職業俱樂部似的……

吳經理似乎看出她心中所想，推了下眼鏡，笑道：「你可能還不了解情況，我簡單介紹一下吧。從去年開始，霖大和驍龍冰球俱樂部強強聯手，開創了一個『企業與大學合辦冰球隊』的全新模式，並且取得了很不錯的成績。我原本在總部那邊工作，今年被調過來負責霖大冰球隊這塊。」

「哦哦。」

「霖大冰球隊培養了自己的明星球員，為了照顧好明星球員的生活，又不打擾到他們，所以運動員助理這個崗位的招聘是保密的，沒有公開進行。我們經過層層篩選，認為你很符合條件。首先你自己有滑冰這方面的經歷，從你的陳述上看，你是非常細心周到的人，來滑冰場應聘的目的也很純粹，與此同時……」吳經理一條條分析，把棠雪捧得有些飄飄然。

吳經理說完，問：「你還有什麼問題嗎？」

「請問，可以免費滑冰嗎？」

吳經理笑得和藹可親：「當然可以。」

然後吳經理拿出一份協議給棠雪。協議寫得很瑣碎，棠雪一條條看下來，感覺沒什麼問題，時薪比廖振羽他們高一倍呢，於是她龍心大悅，爽快地簽了。

簽完協議，吳經理說要帶棠雪去樓上見她未來的服務對象，校隊的「明星球員」。吳經理很紳士地幫棠雪開了門，棠雪走在前面時，沒有看到身後的吳經理偷偷地抹了一下額上的細汗。

吳經理掏出手機，低頭傳了則訊息：「老大，我們上去了。」

很快，那邊回了個「嗯」字。

棠雪被帶到了三樓一間會議室外。

吳經理推開門，示意她進去，棠雪覺得哪裡不對勁，還沒等她想明白呢，吳經理突然輕輕推了她一下，她就這麼被推進會議室了。

「我想起來我還有點事，我先走了，你們聊。」吳經理說著，不給她反應時間，砰地一下關上了門。

「喂……」棠雪有點莫名其妙。

她轉過身，打量起這間會議室。

會議室四方形，面積不小，陳設簡單，顯得整個房間很空曠。中央一張會議桌，會議桌的盡頭是落地窗，灰色的窗簾完全拉開，可以透過明亮的玻璃窗看到外面的廣場、綠樹、行人。

落地窗前擺著把老闆椅，老闆椅上坐著個人。

此刻那人面向落地窗坐著，把一個後腦勺留給了她。

好裝哦，棠雪在心裡默默地吐槽。

「你好。」她開口喚他。

老闆椅緩緩地掉轉，終於正對著她。

那人穿著白色運動服，留著不過耳的短髮，背對著透過窗子灑進來的陽光，面龐不算十分清晰，但棠雪看到他時，依舊驚豔了一下，心裡嘆道：這個人可真好看啊！

臉龐白皙，眉眼周正，目光清澈，氣質乾淨，穩當當的美少年一個。

他安靜地坐在那裡，沐著陽光，全身鍍了一層柔和的碎金般的光暈，使他看起來像一幅油畫，溫柔嫻靜，欲語還休。

棠雪又說了一遍：「你好。」

他嗯了一聲，算是回應，然後緩緩問道：「你就是我的新助理？」聲音低沉，如琴弦輕輕撥動，分外好聽。

棠雪胸膛一挺：「嗯嗯！」

他一本正經地點頭，然後評價：「真黑。」

棠雪有些尷尬，連忙解釋道：「我是軍訓時曬的，過不了多久就白回來了，真的！」

他不置可否，站起身走向她。

他站起身時，棠雪才發現這個人好高啊。他背著手慢悠悠地走向她時，陽光中那道影子越來越長，無形中竟有股壓迫感，彷彿一段繩子的兩端猛然拉緊，越來越緊，緊得繃起來，繃得筆直。

她便緊張起來，肩背挺直，吞了吞口水，望著他。

那人越走越近，近到棠雪已能看清楚他的五官。

然後她突然困惑了：這個人，好眼熟啊！

那眉毛、那鼻子，尤其那雙眼睛，外形是圓潤的平行四邊形，偏窄的雙眼皮，是英俊又不張揚的眼型，睫毛又長又密，染了墨一般，像從小黑雞身上拔下來的羽毛……啊，她以前這樣形容過一個人，是誰……

就快想起來了，她就快想起來了！棠雪有些激動，目光一晃，看到他鼻樑右側靠近眼角處有一顆小小的淡褐色的痣，像一顆小星星護衛著月亮般的眼睛。

啊！她腦子裡電光一閃，脫口而出道：「黎語冰！你是黎語冰？！」

黎語冰輕輕側了一下頭，故意裝作疑惑地看著她：「你是？」

「我是棠雪啊，棠雪！你忘了？」棠雪真想不到會在這裡遇到黎語冰，還挺驚訝的，也挺開心，畢竟他們是老同學嘛。

「棠雪。」黎語冰的表情變得有些恍惚。

「對，我是棠雪，你不記得我了？」

「記得，童年陰影。」

「呃……」

這就有點尷尬了。

黎語冰：「承蒙你的關照，我小學六年一分零用錢都沒花過。」

棠雪更尷尬了，搖了搖手說：「好說，好說……」

黎語冰又把棠雪打量了一遍，一副很不可思議的樣子，問她：「你怎麼黑成這樣了？」

「我都說了是軍訓，你怎麼不信哪？欸，等一下……」棠雪突然一臉古怪，「我們是同屆的，我軍訓你也軍訓，你怎麼沒變黑？這不科學。」

「哦，我跳級了，今年大二。」

棠雪有點羨慕嫉妒恨。原來真有人可以從小到大一直優秀的。黎語冰是千里馬，總是比那些小騾子、小毛驢跑得快。

「恭喜你。」棠雪咬了下嘴唇，語氣有點酸，然後又說：「你現在還打冰球啊？我聽吳經理說，你是校隊主力？」

「嗯，他們怕我忙不過來，所以請了助理，沒想到是你。」

一句話提醒了棠雪，她現在是來當黎語冰的助理的。

黎語冰啊，那曾經是她的小跟班，她指東他不敢往西，比現在的廖振羽還聽話，而現在，她要反過來當他的小跟班了……

朕的大清亡了啊！

物是人非，悲從中來，棠雪內心酸楚無比，一時間接受不了這個事實。
她沮喪地撇著嘴，一臉生無可戀。
黎語冰在旁邊欣賞著她的表情，禁不住輕輕勾了一下嘴角，淺笑過後立刻恢復一本正經的樣子。
棠雪可以當任何人的助理，唯獨不能伺候黎語冰，這個她曾經的小跟班。她脖子微微一仰，說：
「這助理，我不能做了，我突然想起來我得好好學習，以後我要走學術路線的。」
「可以，解約金付一下。」
「什麼解約金？」
黎語冰指了指她手裡那份協議：「自己看。」
協議一式兩份，剛才簽好之後吳經理直接給了她這份。棠雪翻開協議找到解約條款，上面寫著如果她立刻走人需要支付十萬人民幣解約金，同時還要賠償損失。她也可以走正常程序，但需要提前一個月提出解約。
意思是如果現在提解約，她要等一個月才能離開。
好嘛，一個月就一個月，忍了！
「你從明天開始正式入職。」黎語冰說。
「我要做什麼？」
「我要你做什麼，你就做什麼。」黎語冰說道，又在心裡補了一句：就像小時候你對我那樣。
棠雪感覺黎語冰現在的說話方式很欠打，可是他長得好高，已經完全不是小時候那個小包子了，她打不過他……

黎語冰拿起掛在椅子上的一個雙肩包，背在一邊肩膀上，手插著口袋：「走了。」

「幹嘛去啊？」

「上課。」

棠雪看了眼時間，確實該上課了。她跟在他身後，酸溜溜地說：「原來你們體育生也要上課呀。」

「我不是體育生。」

「哦？那你高考多少分呀？」

黎語冰一手拉開門，回頭望了她一眼：「確定想聽？」

他似笑非笑的樣子好討打。棠雪連忙搖頭：「不不不我不想聽，我不會給你這個吹牛的機會。」

兩人出了門，黎語冰走進樓梯間，棠雪像個小尾巴一樣跟在他身後，一邊走一邊追問：「那你為什麼讀霖大呢？」

他頭也不回，答道：「霖大有冰球隊。」

這人好看又聰明，成績又好，還做了自己喜歡的事……總結起來就是人生勝利組。

棠雪那股羨慕嫉妒恨的情緒又開始往外冒。

走出滑冰場，黎語冰從牆邊一排自行車裡找到自己那輛，推出來。棠雪問他：「你現在是什麼科系呀？」

「天文系。你呢？」

「我，我農學院的。」

「農學院，什麼系？」

「獸醫……」棠雪仰頭看著天空，小聲說，音量太小，像蚊子哼哼。

偏偏他聽清楚了，然後笑了一聲。低沉地笑，短短一聲，像是琴弦輕輕地撥了那麼一下。音雖停了，笑意卻繚繞不散。

棠雪耳畔生出一股燥熱，她有點無地自容。

黎語冰邁開腿坐在自行車上，一條腿蹬著自行車，另一條腿撐在地面上，問她：「要不要載你一程？」

「好吧。」棠雪接受了他的示好，走到自行車後座前，輕輕地一躍。

恰好在這個時刻，黎語冰足下用力一蹬，自行車像一條疾行的劍魚，嗖地一下就滑出去了，棠雪猝不及防，一屁股坐在地上。

「想得美。」黎語冰說。

黎語冰悠悠然騎著自行車，想像著後面那傢伙的表情，忍不住又勾起嘴角，笑得眼睛微微瞇起來。

路邊有女生看到他，捧著臉低呼「好帥」。

棠雪悲憤地站起身。

她看著他漸漸遠去的背影，想著記憶裡那個軟萌好欺負的小男生，實在沒辦法把這兩個人畫上等號。

好好的一個孩子，怎麼就長歪了呢？

「笨狗，你變了。」她揉著屁股，一臉憂傷。

晚飯時，棠雪把自己在滑冰場偶遇小學同學的事情跟廖振羽、夏夢歡說了。

曾經你壓他一頭，再相逢時，他功成名就，你碌碌無為，這種鮮明的落差，就是命運對你的淩辱。

而且，碌碌無為的你還要鞍前馬後地伺候功成名就的他，接受命運的二次淩辱。

廖振羽用手機登上校冰球隊的官網看了看：「老大，我們應該提前做好調查的，這個黎語冰就在官網的頭條上。」

棠雪一手托著臉，一手攪著碗裡的蛋花湯，有氣無力地道：「現在說這個已經沒用了。」

夏夢歡看著官網路上黎語冰的照片，讚嘆道：「這個人長得好帥哦。」

廖振羽嚴肅地看著她：「妹子，說話注意場合，他現在是我老大的敵人。」

「哦哦，這個黎語冰長得真醜！」夏夢歡「從善如流」。

正好有人端著餐盤經過他們這桌，聽到夏夢歡這句話，那人丟下了一句：「眼瞎。」

棠雪輕輕敲了敲桌子，把重點拉回來：「想想辦法啊……黎語冰這傢伙小心眼，他要報復我。」

廖振羽：「老大不要怕，我們可是學醫的，以後學了藥劑學，給他下毒。」

夏夢歡：「學了解剖學，給他放血。」

廖振羽：「學了臨床，打斷他的腿。」

夏夢歡：「學了外科，給他做閹割。」

廖振羽：「學了內科，騙他買保健品。」

夏夢歡：「廖振羽，你這個走向我不知道怎麼接了……」

棠雪托著臉，表情麻木：「挺好的。等你們學成歸來，我的屍骨已經涼了，清明節時幫我帶點吃的就行了，別燒紙，污染環境。還有，我的墓誌銘要寫：我有兩個朋友，一個是智障，另一個也是智障。」

廖振羽抹了把臉，又低頭看向黎語冰的照片，說：「要不我們來點簡單粗暴的，這人一看就是小白臉，老大，你說，我跟他打架有幾分勝算？」

棠雪哭笑不得地撇頭看他：「大兄弟，你知不知道冰球是什麼運動？」

夏夢歡舉手：「我知道，冰球是可以打架的運動。」

「不是打架那麼簡單。冰球比賽中的肢體衝撞很激烈，想要在冰球場上立足，身體素質必須是這個，」棠雪說著，比了個大拇指，「別看他長得一副小白臉的樣子，這傢伙不簡單，校隊專門幫他請助理，這是絕對主力才有的待遇。你要是跟他打一架，明年清明節我幫你送八寶粥和章魚小丸子。」

「那怎麼辦？老大，難道讓我眼睜睜看著你掉進火坑嗎？」

「現在說掉進火坑為時還早，走一步看一步吧，」棠雪悠悠嘆了口氣，「我就是有點不甘心。皇帝當得好好的，突然成了太監。」她越想越委屈好嗎。

棠雪第二天的正式入職，是從清晨六點半的一通電話開始的。

黎語冰低沉的聲音帶著點清晨六點半特有的清新和討打，他說：「我早上七點鐘要準時吃早餐。」

「哦，關我什麼事？」

「你幫我買早餐。」

「滾蛋。」

「我的助理，」他的聲音帶了點笑意，更討打了，「第一天就不聽話。」

「黎語冰，你故意的吧？」

「我早上七點要吃飯，你幫我買早餐能節省我至少十五分鐘的時間，這就是校隊雇你的意義。」

棠雪咬著牙說：「黎語冰，我忍你一個月。一個月之後，我讓你知道誰是爸爸。」

黎語冰絲毫沒有被威脅到，說：「我要吃水煮蛋、牛肉餅、豬肉粉條餡和菠菜蝦仁餡的包子、皮蛋瘦肉粥……」

棠雪大怒：「你這是在報菜名啊？！」

「還要鮮奶，要兩份。早點去，晚了就沒了。」

「你給老子等著。」

「東操場北出口，等你。」

「……」

棠雪艱難地爬起來。她剛才滿腦子混沌，也沒記住黎語冰報的菜名，就記得最後一個鮮奶了，於是去食堂隨便買了點。

然後她提著早餐去了那個什麼東操場北出口，一眼就看到了黎語冰。這傢伙穿著白色運動服和跑鞋，戴著個湖藍色的防汗髮箍，一身運動少年的配置，這時正抱著手臂悠閒地靠在操場門口的楊樹上，低著頭，不知在想什麼。清晨的陽光打在他身上，斑駁的樹幹，明亮的少年，背景是藍色的鐵絲網圍牆，圍牆那頭是操場的磚紅色跑道和綠色足球場……這些元素組合起來，像一幅精心拍攝的寫真照。

真的，雖然黎語冰讓她很生氣，但是這傢伙裝蒜的水準……首屈一指，傲視群雄，誰與爭鋒，不服不行。

棠雪帶著一肚子起床氣走過去，喂了一聲。

黎語冰抬頭看她。

他面色紅潤，看起來像是剛剛運動完。一看是棠雪，他說：「遲到了五分鐘。」

「黎語冰，我警告你，做人呢最好適可而止，否則明年的今天我就該幫你送菊花了。」棠雪說完，重重一抬手，「你的狗糧。」

黎語冰聽她如此說，也不氣惱，接過早餐。他剛跑完步，這時有些口乾，於是喝了一大口牛奶。

棠雪看著他吃東西，突然邪惡一笑：「快趁熱吃吧，我親自拉的。」

噗——

黎語冰口吐鮮奶。

他擦掉嘴角的白色液體，面無表情地看著她，咬了咬牙。

棠雪硬著脖子瞪著眼睛，微微一揚眉，眼神有些挑釁。

兩人這樣對峙了不知多久，黎語冰先開口了：「黑人。」

「笨狗。」

黎語冰發現，這麼多年沒見，棠雪一點也沒變。

還是那麼渾蛋。

中午下課時，棠雪又被黎語冰傳喚，他要求她去天文學院找他，然後兩人一起去食堂。

棠雪翻了個大白眼。這人真把自己當皇帝了？等著她去迎駕？

「黎語冰你是狗嗎？沒人牽著就不能出門？」她對著手機吐槽。

黎語冰氣定神閒地甩出兩個字「等你」，接著就掛斷電話。

棠雪召集了自己的小夥伴廖振羽和夏夢歡。人多了走在一起很壯氣勢，她雄赳赳氣昂昂，覺得自己是正義的化身，走到天文學院外，距離挺遠就看到黎語冰站在學院大門口。沒辦法，這傢伙太顯眼了。

廖振羽騎著「小綿羊」歪歪扭扭地跟在棠雪身邊，看到黎語冰時，他有些擔心地問棠雪：「老大，他好像比我還高。他多高啊？」

「好像是一百八十八公分。他小時候還沒我高呢，不知道吃了什麼，現在這麼大隻。小龍蝦變大龍蝦，嘖嘖嘖。」

廖振羽有點羨慕：「那他扣籃一定很穩。」

這時，黎語冰回神，恰好看到他們，他朝棠雪勾了一下手指。

廖振羽很不服氣：「把我家老大當狗嗎？」

「你給我閉嘴……」看破不說破謝謝！

棠雪走過去時，黎語冰一揚手臂，將自己的書包扔進她懷裡。棠雪接住書包，轉手給了身旁的廖振羽，廖振羽把書包放在了「小綿羊」的車籃裡。

整個過程就和擊鼓傳花一樣。

黎語冰這才正眼看了一眼廖振羽，接著又掃了一眼旁邊的夏夢歡。

廖振羽濃眉大眼面相忠厚，夏夢歡蒼白纖細柔弱好欺負，這兩人看起來很像是棠雪新收的小奴隸。

黎語冰想到自己的過去，難免生出一點同情心理，搖頭點評了一句：「江山易改，本性難移。」

四個人往食堂走去，氣氛有點尷尬。黎語冰本來就話少，棠雪不爽他自然也不搭理他，廖振羽本著敵不動我不動的原則，推著「小綿羊」只在一旁靜靜觀察，夏夢歡跟在三個人身後，直接成了空氣。

到了食堂，夏夢歡和廖振羽本能地奔著香氣去搶飯了。

棠雪捲起袖子也想去，剛邁出一步，就被黎語冰按住了。他一手扣住她的肩膀，她立刻感覺到肩頭一沉，轉頭瞪他：「幹什麼？」

「我要吃……」

開始了，他又要報菜名。

棠雪深吸一口氣，瞇著眼睛看他，突然一笑：「黎語冰，你有沒有在餐廳打過工？」

「沒有，怎樣？」

「你知不知道，餐廳服務生不爽的時候，是會往飯菜裡吐口水的。」棠雪說著，還朝他擠了一下眼睛，賤兮兮的樣子，討打得很。

黎語冰：「你要往我的飯菜裡吐口水嗎？」

「那要看我的心情囉。」棠雪踐踐的樣子。

「如果我吃了你的口水，」黎語冰說到這裡故意頓了頓，彷彿接下來的事情有些難以啟齒，於是他低下頭，湊到她耳邊壓低聲音說，「那就相當於，我和你間接接吻了。」

棠雪窘得很，吐槽道：「黎語冰，你現在怎麼變得這麼寡廉鮮恥呢？」

黎語冰微微一揚眉：「過獎，給你一個叫棠雪的同桌，你也能做到。」

棠雪氣得扯了扯嘴角，瞪著他。

黎語冰淡定地直起腰，垂著眼睛和她對視。

兩人對峙了一會，棠雪指著他說：「你強，你贏了，你等著。」

黎語冰往旁邊空著的座位上一坐，悠閒地向後靠去，一手搭在桌面上，蹺起二郎腿，那姿勢、那氣場，真把自己當皇上了。

他學著她剛才的樣子，朝她擠了一下眼睛：「等你。」

棠雪氣哼哼地走了。

黎語冰發現一個真理——

對付渾蛋呢就該比她更渾蛋。

他以前吃虧就吃虧在太厚道了。

棠雪還在買飯，廖振羽和夏夢歡已經買好了，放下餐盤坐在黎語冰對面，兩人虎視眈眈地看著他。

廖振羽突然理解自家老大那深深的羨慕嫉妒恨了。這黎語冰典型的人生勝利組，長得又高又帥還是個學霸，身後肯定尾隨著一票小迷妹，別說老大，連他也嫉妒了。

「我警告你。」廖振羽突然開口。

「警告你。」夏夢歡專業捧哏二十年，緊隨其後。

廖振羽：「我們可是學醫的。」

夏夢歡：「學醫的。」

廖振羽：「你要是敢欺負我老大。」

夏夢歡：「你要是敢。」

廖振羽：「我有一百種方法讓你走不動路。」

夏夢歡：「讓你下不了床。」

廖振羽：「咳咳咳……」

這走向實在令人猝不及防，他後面話接不下去了，憋得臉紅脖子粗，只能悄悄地瞪了夏夢歡一眼。

夏夢歡摸了摸鼻子。

氣氛一度十分尷尬，幸好這時棠雪端著餐盤風風火火地回來了。見廖振羽紅著臉，夏夢歡目光飄忽，都不太正常的樣子，她放下餐盤，奇怪地問道：「怎麼了？」

黎語冰仰臉看著她，一臉無辜：「他們說你要讓我下不了床。」

棠雪面無表情地看了眼在座三位：「打擾了，告辭。」說完她轉身就走。

走出去沒多遠，她又折回來，黑著臉氣勢洶洶地把廖振羽從座位上扯起來：「我看你是不想混了！」她一邊說一邊拉著他往外走，也不知道要去哪個角落對他動刑。

沒招誰沒惹誰，一口鍋就直飛腦門，廖振羽感覺好委屈，拚命解釋道：「不是我不是我不是我！」

夏夢歡好內疚，趕緊離座追上去：「是我是我是我！」

黎語冰看著三人的背影，突然有點同情棠雪，這傢伙現在的交友檔次，嘖……

心情莫名好愉快，他吃飯都吃得香了。

第三章

口吐鮮奶

黎語冰晚上有訓練，訓練結束時不到九點。他沖了個澡，背上書包出了滑冰場就直奔圖書館自習。

當然了，他免不了要叫上棠雪去「侍駕」。

棠雪才不信他真的是去自習，在電話裡非常不客氣地揭穿他：「黎語冰，你也太鬧事了，也不看看現在幾點了，別人都從自習室回來了，你現在去自習？是不是想去自拍一張照片發朋友圈？別否認，我都懂。」

「等你。」

「……」

棠雪被他氣得有點沒脾氣。

她本來都跟廖振羽和夏夢歡約好去吃宵夜了，這下不得不改道去圖書館。

圖書館這時人還真不少，看來霖大的學生們都十分好學。

棠雪在二樓自習室找到了黎語冰。這傢伙竟然真的在學習，看書看得可認真了，以至於都沒發覺到棠雪的到來。棠雪站在不遠處幫他拍了張照片，在照片上加了一排文字：這個人好像一條狗哦。

黎語冰抬頭，發現了她。

棠雪坐在他對面，朝他勾手指：「來，加個微信。」

加完微信，她把剛才那張加工過的圖片傳給了黎語冰。

黎語冰倒沒生氣，手指一動刪掉圖片，低頭繼續看書。

挑釁都打在棉花上，棠雪頓覺沒勁，轉身去書架上抽了本人物傳記隨意地翻著。這本傳記講的是唐朝一個公主，尺度特別大，作者動不動就加床戲，可刺激了。棠雪正看到刺激的地方，面前突然推過來一個淺灰色的保溫杯。

她將視線從書上抬起來，看著保溫杯。

黎語冰低沉又討打的聲音在桌對面響起：「幫我裝水。」

「黎語冰，」棠雪把書往桌上一扣，瞪了他一眼，「你是不是上廁所也要我扶著？」

「別對我耍流氓。」

棠雪一腦門問號，罵了句「神經病」，起身拿著保溫杯走了，一邊走一邊還在想，黎語冰到底為什麼說她耍流氓？她怎麼就耍流氓了？雖然對那個傢伙很不齒，但她真的很好奇很想知道答案耶……

本來還一頭霧水，可經過洗手間門口，看到有男生進出時，她突然福至心靈，腦袋裡彷彿劈下來一道閃電，一下子就明白了。

黎語冰怕不是以為，她說的「扶著」，是扶著……呃……

「我去他大爺的！」棠雪站在洗手間門口，氣急敗壞地罵道。

罵完了，她握著保溫杯往洗手間的門框上咚地一敲：「還想喝水？尿都不給你喝！」

剛上完廁所想出來的兩個同學嚇了一跳，躲在那裡，不敢跨過這扇門。

棠雪本來是想把保溫杯直接扔了，又擔心扔掉之後黎語冰趁機索賠獅子大開口陰她，衡量之下，只好將就著還是拿在手裡，背著手大步走開了。

反正她是不打算回去找他了，渴死他最好！

棠雪拿著保溫杯走出圖書館，打了個電話給廖振羽，得知他和夏夢歡還在吃宵夜。

廖振羽傳了個位置給她，就在霖大東門美食一條街，吃飯的地方叫「衛紅燒烤家常菜」。棠雪騎了輛小黃車，用了不到十分鐘就到了。

這家餐廳人聲鼎沸，幾乎所有桌都坐滿了，生意很好的樣子。棠雪一進門就看到廖振羽了，他正背對著她坐著，夏夢歡這時不在，大概是去隔壁買吃的了。

棠雪笑瞇瞇地走過去，在廖振羽背後用力一拍：「呆瓜！」

他被拍得肩膀重重一抖，轉頭看著她。

然後棠雪的視線對上一雙陌生的眼睛，她的笑容立刻僵住：「呃……」

這人一雙眼睛黑白分明，溫柔濕潤，這時他斜仰著頭望向她，那樣子很是無辜。

棠雪被這樣一雙眼睛看著，心裡湧起深重的罪惡感，連忙把手舉高到臉側，食指和中指快要抵到太陽穴，連聲道歉：「對不起對不起，認錯人了，你繼續……」說著，視線向下移，越過他的肩頭，她看到他面前放著一碗餛飩。

桌面有幾片水漬，大概是剛才他被她拍到時，不小心濺出來的湯汁。

棠雪抽了餐巾紙幫他擦桌子，擦完之後說：「你慢用。」然後她就一溜煙跑了。

她動作太快了，一陣風似地來了，一陣風似地走了，留他一個人像是沒反應過來，一言不發地左右看了看，然後繼續埋頭吃餛飩。

棠雪在靠牆角的地方找到了廖振羽和夏夢歡。

廖振羽扯著自己的衣服，安慰棠雪：「老大，不怪你，你看，我和他撞衫了！」

「廢話，我知道，不然怎麼可能認錯。」

夏夢歡說：「你那個樣子真的好像是在調戲他。」

廖振羽：「我老大的氣質就是這樣的，以後你就知道了……哎喲！」他吃痛地喊了一聲。

棠雪敲了一下他的腦殼。

廖振羽揉著腦袋，問：「你這樣跑出來，那個傢伙不會找你麻煩吧？」

棠雪一扯嘴角：「他敢。」

廖振羽知道老大其實已經外強中乾，但作為老大的好小弟，他不會揭穿她，這時只是說：「老大你放心，我們不會放棄你的，不會讓你孤軍奮戰。」

棠雪想到中午那件事，一臉誠懇地看著他：「要不你們還是放棄我吧，讓我孤軍奮戰，自生自滅。」

夏夢歡輕輕推了一下棠雪的手臂，悄聲說道：「大王，我打探到一個重要情報。」

棠雪一聽來勁了，咬著羊肉串說：「什麼東西？說來聽聽。」

「我發現了黎語冰的粉絲群，就在我們學校，而且我已經成功混進去了。」

棠雪覺得挺不可思議的：「這傢伙還有粉絲群？我們學校有這麼多瞎子嗎？」

「我也不清楚。我把你拉進去，這個粉絲群是非官方的，管理不太嚴格。」夏夢歡說著，點開手機螢幕要拉她。

棠雪攔住了夏夢歡：「我才不加他的粉絲群，我又不是他的粉絲。」

廖振羽：「老大，知己知彼，方能百戰百勝。這個粉絲群，你一定要加。」

「唔，倒也有點道理。」

廖振羽招呼服務生又加了點菜，問棠雪想喝什麼，棠雪點了豆漿。想到剛才自己幹的好事，她對服務生說：「多加一瓶豆漿，送給那位小哥。」說著，她指了指自己右前方那桌的位置。

那邊坐著剛才被她嚇到的小哥哥，這時還在吃餛飩。

過了一會，服務生拿來豆漿，先給了棠雪，又給了那位小哥，小哥聽服務生講了幾句，便望向棠雪這桌。

棠雪正撐著下巴看他呢，這時他也看向她，兩人的目光在空氣裡交會。

棠雪朝他笑了笑。

廖振羽湊到棠雪耳邊，小聲說：「老大，我今天第一次看到有人用豆漿撩男，我真是目瞪口呆……家常菜館被你搞出深夜酒吧的氣質，不愧是我老大，佩服，佩服。」

「切！」棠雪一腳踢到他的椅子上，廖振羽隨著椅子退開一段距離。

棠雪：「我那是表達歉意，懂不懂？」

「老大喜歡什麼樣的類型，我最懂了。」

「滾滾滾……」

後來那位小哥沒喝豆漿，但是把它帶走了。

黎語冰打了兩次電話給棠雪，都被棠雪直接按掉了，她理都不想理他。

黎語冰傳了則訊息給她：「書包不要了？」

棠雪一拍腦袋，這才想起書包。她看了一眼時間，都十點半了。

「散了散了，走走走。」

三人騎自行車回去，棠雪繞路去拿書包。快到圖書館時，她看到黎語冰正站在圖書館門口的路燈下，身材修長挺拔，氣質純淨，往那裡一站就與眾不同。來來往往的行人裡，他最顯眼。

嘰——

棠雪來了個急剎車，停在黎語冰面前。

兩人像交換信物一樣，他把她的書包遞過來，她把他的保溫杯塞過去。

「以後不要叫我幫你裝水，小心給你下毒。」棠雪氣哼哼地丟下這麼一句話，腳下一蹬，騎著自行車走了。

黎語冰掂了一下手裡的保溫杯，沉甸甸的有些壓手，應該是有大半杯水。他心想，這傢伙還算有點良知。

黎語冰回到宿舍，室友老鄧正在打遊戲，其他兩個室友還沒回來。

他放下東西打算洗澡，老鄧看到黎語冰的保溫杯，問他：「你有水嗎？」

「嗯。」

「給我喝一點，渴死了。」

叫。

「自己拿。」

老鄧放下親愛的鍵盤滑鼠，急匆匆跑過來拿保溫杯。黎語冰脫下外套，聽到身旁的老鄧在那裡怪叫。

「黎語冰，你有病吧？」

黎語冰一陣莫名其妙，掃了他一眼：「你才有病。」

「麻煩您幫我解答一下，您這是要作什麼妖法呢？」老鄧說著，把保溫杯遞向他。

黎語冰順著保溫杯的杯口向裡看，裡面根本沒有水，只有一根大骨頭。

黎語冰：「……」

那根大骨頭沒啃太乾淨，上面還有牙印呢。

黎語冰幾乎能想像出棠雪啃骨頭時滿嘴油光的可怕樣子。

他晃了兩下保溫杯，大骨頭穩穩地卡在裡頭，紋絲不動。他想把骨頭弄出來，但那個油膩的、帶著牙印的東西讓他碰都不想碰。

黎語冰覺得，就算把骨頭弄出來了，這保溫杯他用著也會有心理陰影，甚至還有可能在喝水的時候產生喝骨頭湯的幻覺。

想到這裡，他直接把保溫杯丟進了垃圾桶。

老鄧在旁邊看著一陣肉痛，心想這位少爺太不會過日子了。

自從棠雪加了黎語冰的粉絲群，手機就嘟嘟嘟一直有訊息通知。她回到寢室翻看這群粉絲的聊天紀錄，發現她們也不是只聊黎語冰，還有八卦、明星、美容、飲食，亂七八糟的。

棠雪在聊天紀錄裡也沒發現什麼重要訊息，突然感覺自己加粉絲群去知己知彼的做法有點行不通——黎語冰是什麼貨色，她比這些粉絲更清楚。

粉絲群裡的人本來在聊口紅，突然有人傳了張圖片。棠雪看著那圖片覺得眼熟，點開一看，差點沒跳起來。

圖片的主角是她和黎語冰，兩人正面對面坐在圖書館裡自習。

這不就是今晚才發生的事嘛……

現在的網路太可怕了，招呼都不打一聲就偷拍人家，不好吧？

更氣人的是，拍照的人連個濾鏡都不加，棠雪皮膚還黑著呢，晚上的光線又不如白天好，這麼拍出來的照片，效果慘不忍睹。

隨著這張照片的出現，粉絲群裡炸開了鍋。

「這誰？和我冰神一起自習？我沒看錯吧？」

「安啦，也可能是路人，剛好坐一起。」

「他們認識，我看到她和冰神講話了。」

「認識又怎樣，我和冰神也認識呢。」

「那你和冰神一起自習過嗎？」

「放心，這人長得這麼黑，冰神才看不上。」

「冰神連外語系系花都拒絕了，能看上這種貨色？你們用腦子想一想。」

「你們都是妖怪。」

橫插進來的一句話把聊天群裡安靜祥和的氣氛完全打亂了，眾人沉默數秒，後來她們說了什麼，棠雪就不得而知了。

因為她被踢出群組了。

不行，越想越不甘心，棠雪朝夏夢歡一伸手：「手機借我用一下，我用你的帳號在黎語冰的粉絲群回個訊息可以嗎？」

「儘管用。」夏夢歡遞來手機，又好奇地把腦袋探過來，想看看棠雪要說什麼。

棠雪劈裡啪啦地開始編故事。

「我知道我知道，這個人是我室友，她是黎語冰的青梅竹馬，黎語冰對她念念不忘好多年，現在正在死纏爛打地追求她。」

「我知道你們可能不信，說出來我自己都不信。」

「還有哦，黎語冰這人可變態了，嘖嘖嘖，更多的涉及隱私就不說了。」

「我剛剛問了我室友，她說她不喜歡黎語冰，但是又甩不掉，很苦惱，你們幫她想想辦法。」

她這番話說出來，群裡自然被質疑聲洗屏了。

棠雪：「是真的。哦對了，黎語冰還強迫我室友幫他送早餐。你們有沒有誰願意代替她幫黎語冰送早餐的？她真的不稀罕。」

她此話一出，立刻有好幾個人加夏夢歡微信好友，聯絡人那一欄的數字不停地跳。

棠雪看了眼身旁的夏夢歡，夏夢歡壓著她的肩膀鄭重點頭：「大王，放手去做。」

棠雪確認了幾個人的好友請求，那些人無一例外地一邊試探她剛才話裡的真假，一邊又含蓄地表示自己願意代勞。

棠雪一看樂了，把所有好友確認了，寫了一則訊息統一發送。

「想幫黎語冰送早餐的人太多了，我室友決定競價，價高者得。賣的錢都捐給『國際受迫害者救助協會』。放心，我們絕不是騙子哦，你們可以等幫黎語冰送完早餐之後再用微信轉帳給我，不成功不收取任何費用。」

就這樣，棠雪把「明天幫黎語冰送早餐」的權利拍賣了五十塊錢。

夏夢歡在旁邊都看傻了：「這也行？」

棠雪把手機還給她：「反正我明天不用早起囉。」

「我還有個問題不明白，那個『國際受迫害者救助協會』是什麼東西？」

「我剛創辦的，會員就是我自己。」

「……」

「有什麼問題嗎？」棠雪指了指自己的胸口，「我正在遭受黎語冰的迫害，處在水深火熱之中，創辦個協會救助自己，算是最後的一點掙扎了。」

夏夢歡覺得，遇到棠雪之後，自己的世界觀就一直咻咻咻地不停刷新，可刺激了。

第二天一大早，黎語冰果然又打電話給棠雪，提醒她幫他送早餐，棠雪滿口答應了。

這一次，他在操場外並沒有等多久，不過，來的人不是棠雪。

「黎語冰你好，我叫于薇，你可以叫我薇薇。」自稱薇薇的女孩把早餐遞給了他。

她穿著裙子，化著淡妝，氣色顯得很好，眼裡帶著盈盈的一點笑意，笑得含蓄而嬌羞，整個人像一枝含苞欲放的粉紅色月季花。

黎語冰手插在口袋裡，沒有接早餐，而是問道：「棠雪呢？」

「她突然有點急事，怕你著急，就託我把早餐幫你送來了。」薇薇照著和棠雪約定好的說詞答道。

黎語冰不置可否，安靜地看著她的眼睛。薇薇被他注視著，不自覺地臉熱心虛，紅著臉別開視線。

黎語冰突然說：「你。」

「啊？」

「跟我說實話，我請你看電影。」

完全沒有猶豫，薇薇就把這場交易一字不漏地交代了。

黎語冰聽罷，目光一閃，輕輕地扯了下嘴角。

呵呵，天堂有路你不走，地獄無門你闖進來。

他突然覺得心情有些美妙，接過早餐，拿起牛奶喝了一口。

薇薇看著男神吃早餐的樣子，感覺好親切好迷人。她有些好奇，壯著膽子問道：「冰神，你真的對棠雪苦苦追求念念不忘死纏爛打無法自拔嗎？」

噗——黎語冰再次口吐鮮奶。

棠雪一個回籠覺睡得很踏實，早上睜眼時，發現夏夢歡已經起床了，寢室裡飄著一股豆漿和油條的香氣。

「你怎麼起這麼早啊？」棠雪趴在床上看她。

「我高興呀！」夏夢歡舉著手臂把一個裝著油條的塑膠袋遞給她，「要吃早餐嗎？」

棠雪接過油條咬了一口，含著油條問：「什麼事這麼高興啊？」

「那個叫于薇的一早就微信傳來五十塊錢的紅包，還說希望再預訂一次給黎語冰送早餐的機會，太好玩了。」

棠雪倒有點意外了：「黎語冰信了？沒說別的？」

「沒有。」

「嗯，看來他的警惕度還不夠高。那下一次送早餐的機會我們可以繼續拍賣，黎語冰不喊停，我們就不停。」

棠雪整個下午都沒課，夏夢歡要擠出下午的空堂去冰場做兼職，不能陪她玩耍了。棠雪挺無聊，就跟著夏夢歡一起去冰場了。

免費滑冰的機會一定要多多利用，這可是她賣身賺回來的福利。

巡冰員的日常工作基本是在冰面上，是個體力活。夏夢歡這種不會滑冰的，要先參加培訓學滑冰，但是主管看她身體瘦弱，體力堪憂，所以直接安排她去管理裝備出租。

夏夢歡有點疑惑，問棠雪：「你說，我明明條件不好，為什麼能被選中呢？不是說這份兼職的競爭很激烈嗎？」

她和廖振羽都還不知道，他們因為和棠雪是同伴，被開了綠色通道。

棠雪說出一個最佳猜測：「可能因為你長得漂亮。」

夏夢歡信了。

他們在的這片冰場位於室內滑冰館的東區。霖大的室內滑冰館有兩個區，東區的是主場館，冰場面積最大，冰場周圍有上千個座位，兼具承辦比賽的功能。沒比賽的日子就對外開放，賺的錢用來維護滑冰館的日常營運。據說以前霖大的滑冰館是連年虧損的，不過自從交給驍龍俱樂部運營之後，財務報表越來越好看。

雙方合體帶來的化學反應遠不只這些。

霖大的冰上項目有短道速滑隊、花式滑冰隊、冰球隊，其中冰球隊是成立得最晚、成績最差的隊伍。冰球隊成立之後好幾年都沒取得理想成績，沒有成績就經費緊張，偏偏冰球還是一項超級燒錢的運動……漸漸地，冰球隊經營不下去了，成為一個爛攤子。

霖大校方也是沒辦法了才想出和企業合辦球隊的歪道。

這項合作談了一年多，本來雙方都想多佔便宜少吃虧，因此達不成共識，都快談不攏了。

直到去年九月份開學季，一個叫黎語冰的大一新生來霖城聯大報到。

然後，作為普通學生的他跑去冰球隊踢館，說希望加入冰球隊，還說能帶他們飛。

冰球隊教練真是好多年沒見過這麼能裝蒜的人了，當時有點蒙，竟然沒有打他。

之後黎語冰也不多廢話，換了球服上場和隊員們較量了一下，當天就順利加入了冰球隊。

驍龍俱樂部在發現這名新球員之後很快做出了讓步，和霖大校方簽署了戰略合作協定。

黎語冰和驍龍俱樂部的加入，為霖大冰球隊帶來了實質的變化。今年一月份舉行的全國大學生冬季運動會，霖大冰球隊力克強敵，拿到金牌，黎語冰一戰成名，被廣泛討論。之後幾個月他又陸續打了一些比賽，漸漸地竟然圈了點粉絲。男球迷覺得他技術好，女球迷覺得他長得帥，俱樂部老闆覺得他渾身貼著人民幣，校長覺得他是冰球隊扭虧為盈的關鍵……

所有人都把他當祖宗供著。

棠雪是在裝備出租平台聽收銀小姊姊聊到這些八卦的。

小姊姊很能講，棠雪和夏夢歡都聽傻了。棠雪有點不相信：「就他？有這麼誇張嗎？」

「真的，江湖人都尊他一聲『冰神』，你以為是白叫的？」

棠雪撇嘴，搖頭道：「我覺得這個稱號不適合他。」

「那你覺得什麼適合他？」

「笨狗。」

小姊姊臉一黑，氣呼呼地說：「我可是他的粉絲，你說話注意點！」

「對不起對不起。」棠雪連忙道了個歉，「小姊姊，我爆個料給你，關於黎語冰的，要不要聽？」

「哦？什麼呀？」

「他打冰球，還是我把他帶進圈的。」棠雪指了指自己的胸口，「真的，不騙你。我是他的人生導師。」

小姊姊一臉嘆服：「很多人說自己是他的女朋友，只有你，自稱他的人生導師。你這個吹牛的角度真的清新脫俗，要是有吹牛比賽，我一定把票投給你。」

棠雪鬧了個沒勁，走了。

她本來想去滑冰的，可是路過滑冰場西側門時，看到那裡開著門，門口有個牌子——「閒人止步」。

一般這種情況，越不讓看越讓人心癢癢。

西側門通向的不是出口，而是西區。

棠雪是知道的，滑冰館開放的只有東區，西區是運動員們訓練的場地，不對外開放。她有點好奇那邊長啥樣，左右看看沒人注意她，於是一閃身溜了進去。

門後邊是一條通道，棠雪走過通道，竟然又是一扇門。

她推開門，看到一個警衛在默默地注視她。

「咳。」棠雪感覺有點尷尬。

「你找誰？要去正門登記。」

「我……就看看。」

「這裡不能看。」

「看看也不行嗎……」棠雪嘟囔著，見警衛態度堅決，正要轉身離開，卻突然看到遠處有道熟悉的身影。「吳經理！」她喊了一聲。

吳經理被人叫住，循聲望過來，見是棠雪，笑道：「棠雪啊，你是來找黎語冰的？」

「啊？啊。」棠雪點了一下頭。

「去吧，正好他訓練快結束了。你知道他在哪吧？」

「知道。」棠雪睜著眼睛說瞎話。

吳經理便沒再管她。

於是棠雪自己溜達進了西區。

吳經理在東區辦了點事，回到西區時，恰好看到黎語冰背著書包往外走。吳經理看黎語冰的眼神就跟看人民幣差不多，這時他笑眯眯地看著黎語冰，問：「上課啊？」

「嗯。」

他見黎語冰形單影隻，好奇道：「棠雪走了嗎？」

黎語冰身形一頓：「棠雪？」

「對啊，她來找你了，我剛才看到她了。」

黎語冰皺眉，心想這渾蛋又想搞什麼事情？

他猜不透那個傢伙的套路，不放心，於是折回去找她了。

棠雪進了一間有音樂的屋子。以她不怎麼專業的耳朵聽來，那音樂大概是用古琴彈出來的，曲調悠揚動聽，像淙淙的流水。

屋子的門沒有關緊，「流水」就這樣傾瀉出來。

她聽得入迷，不自覺地推開門走了進去。

門的那一頭是一片平整寬闊的冰場。雪白的冰面上，有一個人在跳舞。

啊不，那人是在滑冰。

他穿著一身純黑色的訓練服，在訓練服的包裹下，四肢顯得修長有力。隨著音樂的起伏，他在冰面上滑行、旋轉、跳躍、騰空，落地時，冰刀與冰面擦出一蓬白色的冰屑。

不知是不是與地面隔著一雙冰刀的緣故，他踩在冰面上舞動時，身軀顯得格外輕盈，像一隻墨色的蝶，獨自流連於空谷山澗中。

棠雪在旁看得賞心悅目，忍不住又走近一些，想看清他的臉。

一道聲音突然叫住她：「那邊那位同學，請問你找誰？」

棠雪頓住腳步，看到滑冰場旁有不少人，有人坐著，有人站著，有人穿著普通衣服，還有人穿著訓練服。

叫住她的是一個長頭髮穿運動服的中年女人，女人見她不答話，繼續說道：「我們正在訓練。」言下之意要棠雪沒事趕快走。

棠雪撓了撓頭：「不、不好意思呀。」

她收回目光，轉身欲走。

這時，冰面上的人突然停下舞動，踩著冰刀，借著身體擺動的後勁，掉轉方向，朝著棠雪滑行過來。

墨色的蝴蝶漸飛漸近。

棠雪又看到了那雙鹿眼，圓潤的輪廓，乾淨的瞳仁，溫柔濕潤的目光。

她怔了一下，隨即展顏一笑：「怎麼是你呀？」

這人正是她吃宵夜時認錯的那個人，沒想到這麼快兩人又見面了。

他在黑衣服的映襯下顯得肌膚勝雪，這時剛剛運動完，線條柔和的臉頰上帶著點健康的潮紅，瀏海也被汗水浸濕了，一縷一縷地貼在額前。

棠雪看著他的瀏海，好想幫他撩上去。

他聽到棠雪問，沒有答話，只朝她笑了笑，笑的時候，左臉上有個淺淺的酒窩，看起來還挺可愛。

他笑，棠雪也跟著傻笑，笑完正要開口說話，突然，有人在她的肩膀上拍了一下。

重重的一巴掌，拍得她整個肩膀往下沉了沉。

拍完了，那個巴掌扣在她的肩上，不肯離去。

棠雪黑著臉轉頭，看到了黎語冰那張英俊又討打的臉。

黎語冰輕輕揚著眉，眼睛裡帶著點古怪的笑意：「你想幹什麼？」

棠雪被他牢牢地扣著肩膀質問，很不高興：「關你什麼事？！」她一邊說一邊去掰他的手。可惜這傢伙的手勁太大了，她努力半天也掙脫不掉。

「棠雪，有出息啊，」黎語冰的語氣也是古怪的，似笑非笑，「你平常胡作非為也就算了，還敢來花滑隊禍害小男孩？」

「黎語冰，別胡說八道。」

黎語冰扣著她的肩膀把她往外推：「別打擾人家訓練。」他看向冰場旁邊那些人，對其中一個人說，「抱歉楊教練，我沒看好她。」

「沒事。」被稱作楊教練的人搖了搖頭。

棠雪被黎語冰推著，想擺脫又擺脫不了，感覺一點面子都沒有了。兩人快要走出去時，她聽到身後有人說：「我不是小男孩。」

他的聲音像他的目光一樣，溫潤又乾淨，彷彿靜靜流淌的泉水。

棠雪扭著腦袋想跟他說句話，還沒找到人呢，突然被黎語冰大力一推，她的視野飛快切換，最後定格時，眼前就只有一堵牆了。

「黎語冰，你這個渾蛋。」棠雪咬牙罵道。

有朝一日竟然能從渾蛋嘴裡聽到「渾蛋」兩個字，黎語冰莫名覺得超有成就感，比賽拿金牌都沒這麼刺激。

兩人就這麼出了訓練場，棠雪突然抓住肩上黎語冰的手腕，把他的手臂往下一拉，想給他來個過肩摔。

她曾經用這個方式摔過廖振羽和她爸，要領就是一定要快，出其不意。

可惜啊可惜，黎語冰不是宅男也不是中老年人，他反應太快了，手腕被棠雪觸碰時就知曉了她的意圖，於是手臂順勢伸出去，只輕輕一折，便反客為主，用一條手臂繞著她的脖子，把她整個人牢牢控制在胸前。

棠雪像個囚犯一樣被制住，一點尊嚴都沒有了。更討厭的是，她被迫靠在黎語冰懷裡，肩背緊緊貼著他的胸膛，他胸膛的一起一伏她都能清晰地感知。黎語冰身材比她高大很多，他控制著她，籠罩著她，這一刻她周圍全是他的氣息。

「你想幹什麼啊？」黎語冰笑，笑聲聽起來特別愉悅。

棠雪把腦袋重重向後一仰，想用腦殼撞他的下巴，然而黎語冰飛快地抬起另一隻手，穩穩地扣住了她的頭頂，還在她的腦袋上揉了一把，然後他又呵呵笑，故意噁心她，用一種很肉麻的語調說：「調皮。」

棠雪頭皮發麻，氣道：「黎語冰你放開我。」

黎語冰看到棠雪在他懷裡掙扎，像隻掉進陷阱的小黑兔一樣，弱小絕望又無助，他心裡就有一種無法抑制的快感。他笑瞇瞇地道：「求我。」

棠雪咬牙：「黎語冰，別逼我使絕招。」

「我倒要看看，你還有什麼招。」

「我再重複一遍，放開我。」

「求我。」

棠雪閉著眼，彷彿下定決心一般，突然又睜開眼，右手猛地向後探，在他雙腿之間用力推了一下。

黎語冰身體一震，整個人像是被電到一樣，猛地向後彈開。

棠雪總算擺脫他了，緩緩吐了口氣，抱著手臂轉身看向他。

黎語冰黑著臉，額角隱隱爆起青筋，可見受到的刺激不小。他盯著棠雪，咬牙道：「你這個流氓。」

棠雪這招純粹傷敵一千自損八百，但她還不能露怯，還得撐著，於是仰著下巴冷漠地看著他：「就流氓，你能拿我怎麼樣？」

「我能拿你怎麼樣？我，我……」黎語冰大概是失去理智了，眯著眼睛冷笑，「我要報仇。你給我過來。」

「你幹嘛？」

「摸回來。」

「……」棠雪見勢不妙，轉身就跑。

黎語冰捲起袖子，表情猙獰地追了上去。

黎語冰仗著腿長優勢，沒等棠雪跑出體育館，就把她逮住了。

他把棠雪拽到角落裡，往牆上一推，雙手拉高過頭頂，用一隻手鎖住她的兩隻手腕，扣在牆上。他高大的身軀籠罩著她，特別有壓迫感。

棠雪感覺自己就像一條鹹魚一樣，等著看人家怎麼往她身上下刀。

她有點害怕了：「那什麼，有話好好說……」

黎語冰問：「你想讓我摸你哪裡呢？」

「黎語冰，你上課要遲到了……」

黎語冰抬著手，在她胸前比畫了一下，突然發現自己下不了手。

他確實挺想報仇的，可惜啊可惜，他畢竟是個正經人，真做不出對女孩子襲胸這種事，哪怕對方是個流氓。

怪只怪他的道德底線太高了，遇到這種拚厚臉皮的事情，難免要吃點虧。

所以他只糾結了一下就認命地放棄了，手向上移，抬得更高一些，捏了她的臉。

黎語冰還記得，小時候有段時間，棠雪老喜歡玩他的臉，又是捏又是揉，搞得他很沒有尊嚴，現在這樣以牙還牙，也可以算是報仇了。

棠雪黑歸黑，皮膚還是很好的，光滑水嫩，十八歲的年紀，膠原蛋白充沛，摸起來彈力十足，手感不錯。

黎語冰拇指和四指分別按在她兩邊的臉蛋上捏啊捏。棠雪的臉被捏得嚴重變形，嘴巴被迫張開，像小魚要吐泡泡一樣。

「你去洗啊（你去死啊）。」她被捏得連講話都不清楚了。

黎語冰看著她的樣子，突然從鼻子裡哼出一聲輕笑，尾音微微揚著，顯得得意、愉悅、討打。

這是屬於勝利者的笑聲。

他正要發表勝利感言，突然聽到啪的一聲響，像是什麼東西掉落在地上。

兩人都嚇了一跳，一齊轉頭，朝著聲音的來源看過去。

馬小杉站在不遠處，嘴巴張得老大，像是受到了什麼驚嚇，她腳邊躺著個藍色的大資料夾，這時有些檔案被摔出來，散落在資料夾旁邊。

黎語冰和棠雪都有點尷尬。

「啊！我什麼都沒看到，我突然失明了。」馬小杉說著，手臂向前伸，手胡亂抓著，裝成盲人那樣，轉身就走，一邊走還在一邊亂抓，不斷強調，「好黑哦，什麼都看不到……」

雖然是個「盲人」，馬小杉卻健步如飛，沒一會就沒影了，棠雪都看呆了。

黎語冰鬆開棠雪，棠雪揉了揉臉蛋，說道：「她不會是以為你要親唔……」

黎語冰的食指按在她的嘴唇上，帶著薄繭的指肚壓著她柔軟的唇瓣。

「這麼噁心的話不要說出來。」

黎語冰上課自然是遲到了。他輕手輕腳地從後門溜進去，坐在了最後一排，老鄧旁邊。

老鄧趴在桌子上，剛進入夢鄉，被黎語冰這麼一鬧，醒了。他醒了也不起來，依舊像是一堆沒骨頭的肉一樣攤在課桌上，眼睛緩緩地一開一合，睏倦地看著黎語冰。

黎語冰拿出課本和筆記本，過一會又拿出一張六級英語考古題，邊聽講邊做題，一心二用。

老鄧把臉枕在手臂上，側著頭看他，看了一會開口了：「冰冰啊……」

「滾。」

「唉，我兒子這麼優秀，以後不知道會便宜哪家的黃毛丫頭。」老鄧像個老父親一樣感慨。

黎語冰權當他是空氣。

做了會題，黎語冰突然開始神遊，握著筆在那兒發呆。

老鄧：「發什麼呆，是不是思春了？」

黎語冰目光聚焦，看了他一眼：「我在反思。」

是的，他在反思。黎語冰想到自己下午對棠雪的作為，發現一個很嚴峻的問題：他為了跟那個渾蛋較勁，都快把自己逼成變態了。

不，他不能接受這樣的自己。

那個渾蛋真是有讓人近墨者黑的特殊體質，跟她走得近的，什麼廖振羽、夏萝歡，有一個算一個，就沒個正常人。

這真是一種極其可怕的能力。

所以他要是想收拾她，不僅得提防她的反撲，還要警惕被她染黑了……

黎語冰揉了揉太陽穴。

老鄧突然湊過來，往黎語冰身上聞了聞，然後在黎語冰一巴掌把他抽飛之前飛快地縮了回去，趴在課桌上笑嘻嘻地道：「你身上有妹子的味道。」

「神經病。」

「還是個可愛的妹子。」

黎語冰想到棠雪那張小黑臉。呵呵，哪裡可愛？

不過手感確實過得去。

呃，他在想些什麼……黎語冰有點無奈，又揉了揉太陽穴。

「冰冰。」老鄧深情地呼喚他，聲音那個甜膩啊，配上鬍渣都沒刮乾淨的一張肥臉，黎語冰汗毛都快豎起來了。

黎語冰冷漠地看了他一眼：「你還想抄我的作業嗎？」

「想。」

「想就閉嘴，睡你的覺。」

老鄧果然趴下去睡覺了，可是課間休息時，他醒了，又喊黎語冰「冰冰」。

老鄧：「冰冰，人家有正事要和你說。」

黎語冰不想再忍受他了，收拾東西要換個座位。

老鄧突然扣住他的手腕，一秒改口：「爸爸。」

黎語冰：「……」

「爸爸，有事拜託你。」

黎語冰閉了閉眼睛，心底僅存的那點同學愛使他沒有暴走打人，只是淡淡地問：「什麼事？」

「今天晚上我們寢室有聯誼會，和文、法學院的學妹們，記得過來哦。」

「不去，沒空。」黎語冰乾脆俐落地拒絕了。聯誼會的事情，室友們已經跟他提過一次，可他一天到晚忙得像個陀螺，哪有時間參加什麼聯誼會。

「來唄，就一起吃個飯。」

「我要訓練。」

老鄧不以為然：「一天不訓練沒事，你看，都這麼壯了。」說著，老鄧捏了捏他的小手臂。

黎語冰甩開他：「你都胖成這樣了，都不考慮鍛煉身體嗎？」

老鄧：「我鍛煉了呀，我昨天踢足球了。」

黎語冰：「實況足球？」

老鄧：「……」

叮鈴鈴，上課鈴響了。黎語冰不想再忍受老鄧的聒噪，坐到了前排座位。

棠雪離開西區之後又回到東區，這才真正開始滑冰。

冰場上人倒是不少，不過一個個都很業餘，和隔壁那些專業運動員自然是不能比的。棠雪踩著冰鞋在冰場最邊邊溜，小心地控制著速度，怕撞到人。不過她理解中的「速度一般」，在別人眼裡已經算很快了。姑娘重心放低，身形矯捷，動感十足，像一頭小獵豹，嗖地一下滑過去，速度快得短髮都飛揚起來，露出光潔的額頭和亮晶晶的眼睛，嘴角掛著略顯囂張的微笑，但並不令人討厭。

轉彎的時候就更誇張了，速度太快，身體因為向心力的作用傾斜，幾乎要貼到冰面上了，看的人禁不住為她捏把汗，可她偏偏就是不倒。

等轉過彎，她又像個不倒翁一樣掰正身體，繼續滑。

夏夢歡忍不住掏出手機幫她錄影。

棠雪滑累了，便直起身，減速，慢悠悠地滑行著。她的頭髮都被吹亂了，她抬手胡亂撩了一把。

「姑娘，滑得不錯啊。」有個穿工作服的男人上來和她搭訕，棠雪認得那是教練。

驍龍俱樂部的經營範圍不只冰球，也招收一些滑冰學員，眼前這教練就是專教滑冰的。

棠雪笑道：「一般吧。」

「練過吧？我看你轉彎的技術，沒幾年工夫練不出那個火候。」

「瞎玩。」

教練見她不願多說，也就不追問了：「你是霖大的？」

「嗯。」

「有沒有興趣來這裡當兼職教練？待遇可以談。」

棠雪想了一下說：「我很有興趣，但我現在不能做，我得先應付一個變態，一個月以後我再找你談。」

棠雪下了冰場，夏夢歡把剛才錄的影片給她看，說道：「棠雪，我覺得你滑冰的時候特別有魅力。」

「怎麼說？」

「嗯，說不上來，」夏夢歡仔細想了下形容詞，然後說，「就是，假如你平常是輛自行車，你在冰場上就是一輛法拉利。」

「有這麼誇張嗎？」棠雪播放影片，看了也覺得挺滿意，於是轉發到自己手機上，發了個動態。

留言點讚的人還挺多，不久，棠雪看到黎語冰留言給她了。

黎語冰：「晚餐去暢天園，你點好菜等我：煎牛排、番茄炒蛋、涼拌雞絲、排骨山藥、鯽魚蘿蔔湯。敢再買炸丸子，我把你炸了。」

棠雪：「笨狗，忘記對你設定隱藏了。」

黎語冰：「……」

「暢天園」是水準比較好的地方，比一般食堂貴。棠雪比黎語冰先到暢天園，黎語冰走向她時，她看到他身後跟著個小尾巴。

啊不，大尾巴。

那人長得胖胖的圓圓的，尾隨著黎語冰，語氣那叫一個低三下四：「求求你了，不吃飯就不吃飯吧，等一下我們唱卡啦OK的時候你去露個面行不行？我牛皮都吹出去了，怎麼能叫學妹們失望呢？寢室其他三個人脫單全指望你了！黎語冰、冰哥哥、爸爸，拜託了！」

棠雪挺好奇的，問黎語冰：「這是誰呀？」

「不認識。」

那人坐在他們桌邊：「你好，我是黎語冰的室友，你可以叫我老鄧。」

「你好，我叫棠雪。」棠雪看看老鄧又看看黎語冰，「你們怎麼了？」

老鄧把聯誼會的事情簡單解釋了一下。

他們聯誼的對象是文、法學院大一新生裡顏值最高的寢室，人家之所以願意和他們聯誼也是因為有黎語冰，老鄧牛皮都吹出去了，今天黎語冰要是不露個面那說不過去。

偏偏黎語冰很固執，死活不同意。

「你要不去，我就死給你看，讓你永遠活在良心的煎熬裡。」老鄧開始以死相逼了。

棠雪蹺著二郎腿在旁邊看著，突然說：「學長，你這個威脅的路線不對。」

「啊？那你說要怎麼威脅？」

「他要是不去，你塞臭襪子到他的被子裡。」

黎語冰的臉立刻黑了。

在臭襪子的攻勢下，黎語冰答應晚上訓練完去KTV聽妹子們唱幾首歌。老鄧得到滿意答覆，終於可以去交差，就開開心心地走了。

棠雪看著老鄧的背影感嘆：「我們學校瞎眼的妹子可真多。」

黎語冰：「你晚上跟我一起去聯誼會。」

棠雪不服：「憑什麼呀？」

黎語冰心想，你不讓我好過，我能讓你好受？

霖大西門對面有家「樂咖」KTV，CP值高還離學校近，是霖大學生們唱卡啦OK的首選。

黎語冰和棠雪九點多到樂咖，上樓經過好幾個包廂，一路聽了不少鬼哭狼嚎，就像進了妖怪洞府似的。

兩人走到包廂二〇八外面，黎語冰推門進去。

棠雪站在他身後往裡看，包廂裡的幾個女孩一見到黎語冰，唰唰唰全站起來了。

女孩一個個身材都挺好。

棠雪踮起腳，湊到黎語冰耳畔，用一種做作狗腿的語氣說：「皇上，這是今年新到的秀女，您看看選一個？」

黎語冰頭也不回，抬手往她腦殼上重重敲了一下。

棠雪捂著腦殼走進去，心裡憋著壞水，想著等一下怎麼整治黎語冰，可是一進包廂，看清一個女孩的面孔時，她立刻忘了這件事。

「棠雪？」

「周染？」

叫周染的女孩有一頭栗色的披肩捲髮，五官精緻嫵媚，個子不算高，身材玲瓏有致，該凸的地方凸，該翹的地方翹。

老鄧看看棠雪又看看周染，笑道：「你們認識呀？」

「當然認識，」周染點頭笑道，「我們是高中同學。」

棠雪豎著一根手指搖了搖，糾正道：「高一同學。」

老鄧敏銳地從這話裡聽出了不同尋常的恩怨。

棠雪手插著口袋，一副吊兒郎當的樣子走到沙發邊，經過周染身邊時，她聽到周染說：「沒想到你能考來霖大。」

「一樣，我以為你去藍翔了呢。」

周染臉上有點掛不住，當著這麼多人的面也不好發作，俏麗的臉微微扭曲了一下。

包廂很大，棠雪完全沒打算跟老同學敘舊，走到角落裡坐下。

黎語冰默默地坐在她身邊。

氣氛有些尷尬，但黎語冰的室友們很快打了圓場，大家繼續開開心心地唱歌，愉快地眉來眼去。

棠雪捧著水果盤吃東西，黎語冰湊到她耳邊小聲八卦：「情敵？」

她又起一塊香瓜往他嘴裡一塞：「皇上，你不要選周染。」

黎語冰純粹就是被臭襪子逼來的，並沒有想選誰，不過他很享受棠雪對他的討好，吃完一塊瓜，又張口：「鳳梨。」

兩人坐著默默吃了一會水果，再一抬頭時，發現周圍坐了好幾個人。

幾個妹子整齊劃一地遞來筆記本：「學長，能不能幫我簽個名？」

黎語冰簽完名，她們還不肯走，嘰嘰喳喳地聊著天，讓他有點頭疼。

「你們聊，我去唱歌。」棠雪說著要起身。

黎語冰卻突然扣住她的手腕：「你敢。」敢把我一個人丟在這裡……

棠雪只好端端正正一坐：「那好，來聊天，來來來。」

她這麼一搞，妹子們有點尷尬，面面相覷，不知道該說什麼了。

正好老鄧在那裡抖著腦袋唱歌，哼哼唧唧的，唱的是周傑倫的《比較大的大提琴》。周染就問黎語冰：「學長，聽說你大提琴拉得很好？」

「普通，不常練。」黎語冰就在去年文藝演出的時候拉過一次大提琴，結果被人叨唸到現在。

周染點了點頭：「確實要經常練的。我的鋼琴也是，考過十級之後就不怎麼彈了。」

另一個妹子說：「對對對，要多練。我薩克斯風八級，打算加入交響社團呢，這樣會有比較多的機會練。」

又一個妹子道：「我會彈古琴，我還在網路上直播過彈琴，算半個網紅，嘻嘻。」

最後一個妹子道：「我會打爵士鼓，我原先在高中時是樂團的鼓手。」

棠雪就一邊吃瓜一邊看她們表演。

等到妹子們都說完了，大家一起看著棠雪。

玩薩克斯風的妹子問她：「棠雪，你會什麼樂器呢？」

「我會敲木魚。」

「……」

薩克斯風妹子以為她在開玩笑，然而她表情一本正經，嘴角輕輕翹著，似笑似譏，黑白分明的眼睛裡，目光明亮又坦蕩。

她氣場太強了，薩克斯風妹子有點怕，就沒說別的了。

「我去洗手間。」黎語冰突然站起身道。

「我也去我也去。」棠雪跟了上去。

兩人出了包廂，一前一後，棠雪看到黎語冰的肩膀一抖一抖的，就跟發羊癇瘋一樣。她好奇地緊走幾步，走到他前面，發現這個傢伙沒有發病，只是在笑，笑得眉眼都舒展開，吃力地抿著嘴，才沒發出聲音。

他這個表情，讓棠雪感覺一下子像回到了小時候，那時他也是這樣笑的。這麼多年過去了，他性格大變，笑的樣子倒是一成未變。

棠雪感覺有些親切，心情也好了一點，腦袋一歪，問道：「你笑什麼？」

「棠雪，你就是個神經病。」

「你才神經病！」

黎語冰不理會她，繼續往前走，棠雪跟過去說：「黎語冰，幫個忙。」

「哦？」

「你知不知道周染想泡你？你看她看你時那個眼神，多纏綿呀。」

黎語冰無所謂地道：「關我什麼事？」

「不關你的事關我的事。我也不瞞你了，周染跟我有仇。如果她鍾情的人竟然專情於我，」棠雪說著，拍了拍自己的胸口，然後瞇眼一笑，「她一定會氣死的。」

黎語冰樂了：「你想讓我專情於你？你想得真美。」

「又沒真要你怎麼樣，裝一下嘛，就小小地秀一下恩愛，拜託。」

「我為什麼要幫你？我和你也是仇人。」

「我就喜歡你的坦誠，」棠雪也不生氣，「這樣吧，條件你開。」

黎語冰抱著手臂，微微一笑：「明天開始幫我洗襪子。」

「你……」

「連洗十天。」

「我警告你，別過分啊。」

「哦，那我去跟周染告白了。」說著黎語冰抬腳就往回走。

棠雪連忙追上去：「好好好，洗襪子洗襪子，你是皇上你說了算。」

黎語冰秀恩愛的方式就是捏臉。

兩人回到包廂，坐了沒一會，他長臂一伸攬著棠雪的肩膀，另一手抬起，輕車熟路地開始捏她的臉。

棠雪又要讓他捏臉，又要幫他洗臭襪子，想想總感覺哪裡不對。

「我虧大了。」她惆悵地說道。

「沒關係，你得到了我的寵愛。」黎語冰安慰她。

「你滾……」

第四章
我是汽車人

第二天是週末。

黎語冰上午參加了一個驍龍俱樂部聯繫的商業活動，是一家冰場的開業剪綵。這傢伙穿一身西裝打著領帶，人模狗樣的。運動員一旦穿上西裝，幾乎沒有難看的——經年累月練得人身上肌肉勻稱，肩是肩腿是腿，穿上西裝、襯衫，衣冠楚楚，性感又禁欲，費洛蒙爆炸。

照理說黎語冰再強也只是一個校隊球員，這類活動並沒有去的必要，但是驍龍俱樂部特別喜歡帶著他。小夥子相貌堂堂啊，穿上西裝往那裡一站，別人都打聽是哪個明星小鮮肉，俱樂部管理階層就覺得，加、倍、有、面、子！

棠雪也去了。她是那個灰頭土臉的小助理，負責幫黎語冰看東西遞水跑腿，看別人光鮮亮麗花團錦簇。寂寞是一個人的，熱鬧是全世界的。

回去的時候黎語冰叫了車，兩人坐在後座上，棠雪聞到他衣服上淡淡的男士香水味，一股名為羨慕嫉妒恨的情緒汩汩地往外冒。

「衣冠禽獸。」她酸溜溜地說。

黎語冰把西裝脫下來，往她腦袋上一蓋。

棠雪整個人被捂住了，氣呼呼地喂了一聲，扯著西裝往下拉，從裡頭鑽出腦袋：「你討打？」

「幫我拿著。」黎語冰說著，鬆了鬆領帶。

領帶被扯得鬆鬆垮垮的，往一旁偏移了一點，襯衫的領口敞開一道V形，露出脖子的根部和一小片鎖骨，這使他的氣質看起來有一種少見的慵懶感覺。

車窗外有陽光透進來，照在他的半邊臉上和襯衫上。襯衫被照得一片白亮，輕盈得像白鴿展開的翅膀。

他似乎不適應被光照，撇臉，面對著棠雪，恰好看到棠雪在看他。

黎語冰挑了一下眉。

「你長得好像一條狗哦。」棠雪說。

黎語冰剛才喝了幾口酒，有點累，這時也沒精力和她鬥嘴，閉著眼睛一歪腦袋，睡了過去。

一開始他還是很規矩的，但是睡著之後，晃了幾下，腦袋便搭在了棠雪的肩上。

棠雪嫌棄地推開他，不一會他又搭了過來。

如是再三，棠雪往他腦袋上扇了一巴掌。

他睡得徹底，無知無覺。

她也就懶得搭理他了。

黎語冰身體均勻的起伏透過兩人身體相接觸的部分傳導到她身上。棠雪突然想到，黎語冰粉絲群裡有人說過，這個傢伙每天十一點睡覺六點鐘起床，雷打不動，兼顧學業和冰球，偶爾還玩玩樂器，一天天把自己的時間安排得滿滿的，累得像條狗一樣。

棠雪自己當過體育生，知道他這種變態的自制力是多麼難能可貴。

所以，雖然討厭他，但對於他這份特質，她是服氣的。

黎語冰回到學校，換下了西裝去訓練，晚上的時候又換下球服去自習。上完晚自習，他回到寢室換了睡衣。

這一天，他一共換下來三雙襪子。

棠雪：「……」

黎語冰笑瞇瞇地把裝著三雙襪子的手提袋遞給她時，她真是用了平生最大的自制力才沒有跳起來打爆他的狗頭。

「晚安。」黎語冰說。

「黎語冰，從現在開始，為了你的人身安全著想，最好不要和我講話。」

黎語冰轉身往宿舍大樓走，背對著她輕輕揮了一下手。

棠雪提著手提袋，心裡那個嫌棄啊。其實手提袋裡的襪子都裝在塑膠袋裡，根本聞不到什麼氣味，可她依舊恍惚有一種自己被毒氣籠罩的錯覺。

她突然有點理解農民伯伯挑糞是一種什麼感受了。

黎語冰的宿舍大樓和棠雪的宿舍大樓隔著步行大概五分鐘的路程，途中要經過廖振羽的宿舍大樓。路過廖振羽的宿舍大樓時，她跟他撞見了。

廖振羽剛剛把自己的「小綿羊」停在宿舍大樓下，一轉頭看到自己老大，於是一臉驚喜：「老大！」

棠雪一點兒也不驚喜：「哦。」她心想千萬不要問我拿的什麼。

廖振羽：「老大你拿的什麼？」

「毒氣炸彈。」

「蛤？」

棠雪說完就想走，不打算多廢話，可是她不經意間往廖振羽身後一看，發現離他不遠的地方站著個警衛。

警衛這時一臉警惕地看著她，右手按在腰間的警棍上，左手在掏對講機。

棠雪：「……」

「不是，大哥，你聽我解釋，這不是真的炸彈，我我我我開玩笑呢……不信你看，」棠雪急忙把手提袋撐開，「你看，這裡面都是襪子，襪子！」

警衛的表情還是有點驚疑不定，摸著警棍走上前。

手提袋裡面是一個黑色的塑膠袋，他把塑膠袋拿出來，拆開，看到裡面真的是襪子。

三雙，一雙白的，一雙黑的，一雙墨綠色的。

警衛鬆了口氣。

「以後不要亂講話，我們前不久才進行過反恐演習。」

「嗯嗯嗯！」棠雪連忙點頭。

這個警衛是晚上例行巡邏的，這時教育完棠雪就搖著頭走了。

廖振羽湊到棠雪身邊，悄悄說道：「老大你是不是變態啊，專門跑男生宿舍大樓偷襪子的那種？」

「你給我閉嘴。」

廖振羽立刻表忠心：「老大你放心，我不會告訴別人的。等回去我把我室友的襪子都偷給你。」

棠雪扶了扶額：「你有病吧？」

「只要老大喜歡就好，如果不夠，我還可以偷隔壁寢室的。」

「不是……」棠雪感覺還是有必要解釋一下，要不然明天會有更多臭襪子投向她的懷抱，消受不起消受不起。她說，「這襪子是黎語冰的。」

廖振羽大眼睛一瞇，發現事情並不簡單，問道：「你為什麼偷黎語冰的襪子？你是不是盯上他了？」

「不是偷的，我要幫他洗襪子。」

廖振羽嘴巴突然張成O字形，一臉驚詫地看著自家老大。他保持著這個造型，久久不能回神，像尊雕塑。

棠雪瞪了他一眼：「你有需要這麼誇張嗎？」

「老大，你跟我說實話，」廖振羽壓低聲音問，「你是不是有裸體影片在黎語冰手上？」

廖振羽嘴賤的後果就是，這一袋襪子最終落在了他手上。

棠雪拍了拍他的肩膀：「明天在這裡等我。」她決定了，之後九天，黎語冰的襪子都要讓廖振羽洗。

廖振羽哭喪著臉說：「明天不行，明晚我有社團活動，幾點回來還不一定呢。」

「什麼社團呀？」

「就是輪滑社，我跟你講過的。」

棠雪點了點頭，是有這麼回事。

「那你好好玩，玩夠了打電話給我。」

「老大……」廖振羽還想反抗一下。

「辛苦了辛苦了，我請你吃飯。」棠雪這就算是單方面決定了。

第二天，棠雪以為她要等很久，但是廖振羽早早打了電話給她。

「老大，我被欺負了！」廖振羽語氣超委屈。

棠雪聽廖振羽自稱被欺負了，哈哈一笑說道：「不要妄圖逃避責任哦。」

「是真的，老大，我今天在上湖廣場……」

七校合併後的霖城聯大規劃上有點複雜，有些地方是霖大的產業，但校外人士也可以自由出入，上湖廣場就是這樣。它本身是一座休閒廣場，附近的居民經常來這裡散步跳舞。

霖大有些社團喜歡在這裡辦活動，因為不需要找校團委批准場地，方便很多。

今天廖振羽他們社團活動的地點就是在上湖廣場，與此同時，在那裡玩輪滑的還有另一幫人，是一個校外的俱樂部。

「然後咧？你們打起來了？」

「沒有，差一點打起來。我不小心碰到他們一個人，他們就推了我，還罵我，然後我們兩邊吵起來了。」

「後來呢？」

「後來下了挑戰書。」

「什麼鬼？」

「就大家決定切磋一下，輸的一方道歉。」

「嗯，人沒事就好。」

「老大這麼關心我，好感動。」

「回來別忘了洗襪子。」

「……」所有的感動都是幻覺。

晚上，棠雪把黎語冰的襪子準確快遞到廖振羽手裡，然後她把廖振羽上下打量了一番，問道：「真的沒挨打？」

「沒。不過老大，他們太囂張了。你看，」廖振羽說著，一邊把手機遞給棠雪，一邊解釋，「他們在網路上到處說這件事，發微博，發朋友圈，在城市版和我們學校的論壇都發了帖子。還有更可怕的，我剛搜到，他們那個俱樂部，有人得過花式輪滑比賽的獎。我覺得我們社團要完蛋了。」

棠雪手指滑動，看著那帖子的內容，接著又在網路上隨便看了看那個俱樂部的資料，她把事情前後一尋思：「呵呵。」

「怎麼了？」
「傻子，你們被套路了。」
「什麼意思？」
「新成立的俱樂部急需擴大知名度，週末晚上故意找碴，挑起矛盾，搏人目光，大肆宣傳……所有這些，都符合炒作的特點。人家是想踩著霖大炒作自己的俱樂部呢。」
「呃。」
廖振羽感覺事情不妙，立刻把老大的猜測上報給了社長。
社長也已經有這個懷疑了，問題是，不管對方是不是炒作，他們都已經騎虎難下了，現在的選擇只有兩個，要嘛贏，要麼丟人。
「我正在嘗試看能不能請我們學校練花式滑冰的人幫忙。」社長大人說。
棠雪在旁邊聽得直搖頭：「這不是瞎胡鬧嗎？」
廖振羽掛掉社長的電話後，悄悄推了一下棠雪的手臂：「老大，你有辦法對不對？幫幫忙唄。」
「洗襪子。」
「好好好，洗洗洗。」

星期日晚上。
八卦在網路上的傳播是病毒式的，好像一夜之間，全學校的人都知道輪滑社要跟校外人士決鬥了。一時間，說風涼話的有，看戲的有，出主意的有，捏了把汗的人也有，但更多的是同仇敵愾，畢竟身為霖大人，沒人樂意看到自己學校的同學被外人欺負。

一定要贏啊！這是很多人的心聲，表現在朋友圈裡就是瘋狂地滑手機。

棠雪莫名覺得壓力好大。

決戰定在第二天的週一，校團委聽說這件事之後緊急開了綠色通道，東操場下午五點半到六點半的使用權歸輪滑社。團委老師語重心長地說，校方能提供的也就是主場優勢了，希望同學們自己加油……

輪滑社從來沒得到過這麼大的活動場地，社長真是受寵若驚。

棠雪下課之後奔向操場，到地方一看，哇，怎麼這麼多人！

大部分人是來看熱鬧的。

就連黎語冰都來了，一邊肩膀上背著書包，穿著標誌性的白色運動服，閒閒地靠在操場邊的鐵絲牆上，自成一道風景。

有些人就是這麼神奇，他低調，安靜，沉默不語，可你偏偏就是無法忽視他。

棠雪沒時間理會黎語冰，跑向風暴的正中心。

黎語冰也看到她了，見她走過去，他立刻跟了上去。

棠雪走到輪滑社社長身邊，假惺惺地問：「社長，開始了嗎？」

「還沒，還沒定好比什麼。」社長答。

棠雪往社長對面看了一眼，那幫人有五六個，都是男的，為首的一個人染著奶奶灰的頭髮。她問「灰毛」：「到底比什麼？」

「還用問嗎，就比花式唄。」

「花式不行，沒有裁判，怎麼知道誰勝誰負？為了區分勝負肯定要加大難度吧？受傷怎麼辦？你買保險了嗎？再說了，你們有個人花式得過全國大獎，現在跑來欺負我們這幫業餘的，什麼意思啊？」

「哎不是，你什麼意思啊？不比花式比什麼？」

棠雪一聳肩膀：「比速度唄。在場所有人都是觀眾。」

她此話一出，圍觀者有不少人附和。

「灰毛」樂了，臉上帶著淡淡的譏諷，說：「小妹妹，你當我傻子？你們是不是已經請好外援了，就等著我入套呢？」

棠雪抱著手臂，學著他的表情，回道：「你也別把別人都當傻子，到底是誰在設圈套，大家心裡都清楚。」說著，她把學生證掏出來遞給他，「這是我的學生證，看清楚點，鋼戳，跟門口一百塊錢一張的可不一樣，不相信就去教務處查。」

她這番舉動把「灰毛」搞糊塗了：「你說你？」

「嗯，我。」

「你跟我們比速滑？」灰毛不相信，又加強語氣問了一遍。

「我怎麼了？不行嗎？」棠雪說著，看向身邊的社長，「社長，行不行？」

「行、行……」社長感覺自己都開始冒汗了。

「灰毛」不樂意了：「那怎麼行？跟你比，我們勝之不武。叫個男人出來，速滑就速滑唄，怕的是孫子。」

棠雪呵一聲笑，笑得囂張又跋扈：「我說，你們真不一定贏得了我這個女的。」

「灰毛」皺了下眉頭正要講話，他身後突然站出來一人，說：「我跟她比吧。」

棠雪循聲望去，那人中等身材，膚色偏黑，穿著紅色的帶骷髏頭的外套，掛著吊牌，像個年輕的饒舌歌手。

他走到棠雪面前，說道：「我跟你比。」

「好呀。」

「輸了的人裸奔。」

此話一出，周圍的人轟動了，很多人嘰嘰喳喳地反對，說他欺負人。本來嘛，一個女孩子要和男的比速滑，很多人就覺得必輸無疑，甚至已經有人幫輪滑社找好解釋了：讓女孩子比，就算輸了，也不會那麼丟人，對吧？輪滑社此舉，正是因為知道必輸，所以才盡量把丟人的程度降到最低。讓一個妹子來淌渾水，這招雖然不光彩，但還是管用的。

其實，不只圍觀群眾，連「灰毛」都是這麼想的，甚至輪滑社社長心裡也有點這樣的偏向，但是「骷髏頭」此話一出，把局面搞得更壞了，霖大輪滑社想這麼混過去是不可能的了。

棠雪呆了一下，鄭重地看著「骷髏頭」的眼睛，問道：「你認真的？」

「那當然。」

棠雪指了指他：「我佩服你的勇氣。好，就聽你的，輸的人裸奔。」

眾人譁然，突然有點同情她：妹子呀，你已經失去理智了！

廖振羽都快掉眼淚了：「老大，我們別比了！」

這時，一道聲音在人群中響起，低沉內斂，語氣冷硬，聽著不甚愉悅：「我來。」

眾人看過去，見是黎語冰站出來，他走到棠雪身後，說：「我來比，輸的人裸奔。」

哇——

圍觀的同學們又是一陣驚呼。連黎語冰都出現了！他還要替妹子比賽！他和妹子到底是什麼關係？

大家感覺今天這場戲處處神轉折，值回票價。

棠雪頭也不回，手往身後一推，正好蓋在黎語冰的胸口上，非常帥氣地把他一攔，說：「不用。你拿手機錄影就行，等一下他要裸奔。」

黎語冰的語氣有些無奈：「你別鬧了。」

「沒鬧。」

黎語冰扯住她的手腕拉下去：「你是不是忘了，你現在必須聽我的話？」

「你在旁邊看我發揮，明天再聽你的話。」

黎語冰的臉色有些沉：「姓棠的，你怎麼還是這麼渾蛋？」

「姓黎的，」棠雪轉頭看他，「你現在只要幫我喊『六六六』就夠了。」

圍觀群眾的內心大概是：嗷嗷嗷，怎麼還有感情戲？求加戲呀！

黎語冰終究拗不過棠雪，退到人群裡。他站在廖振羽身邊，低聲對廖振羽說：「等一下我抱起她就跑，你幫我開路。」

「嗯！」廖振羽重重點了下頭，突然不太討厭這個叫黎語冰的傢伙了。

雖然他總是跟老大作對，可關鍵時刻還是有點人性的。

「我願意幫你洗襪子。」廖振羽一腔真誠地說。

黎語冰額角冒黑線：「我不願意……」

輪滑社的社員們很快疏散人群，讓開了跑道。

雙方約定圍著操場滑五圈，誰先到終點誰贏。

棠雪換上輪滑鞋和頭盔，在出發線上擺好姿勢，「骷髏頭」也是一樣。

圍觀人群裡百分之九十以上是本校學生，還有些偽裝成學生的老師，這時都靜默地看著跑道上的兩人。

彷彿山雨欲來一般，氣氛一時間很是壓抑。

廖振羽悄悄問黎語冰：「你說，我老大能逆襲嗎？」

他這樣問，要聽的大概也只是一句安慰，哪知黎語冰看著棠雪的背影，自言自語道：「這渾蛋。」

廖振羽：「……」

夏夢歡站在廖振羽的另一邊，溫聲說：「還說不準呢，一切皆有可能。」

這才是正確的安慰人的話嘛。這一刻廖振羽覺得夏夢歡就是小天使本人了。

輪滑社社長站在草地上斜舉著手：「預備──三、二、一──」

輪滑這項運動，是從滑冰發展過來的。花式滑冰與花式輪滑之間，由於鞋子的摩擦係數和受力方式等因素，差異較大，不能互相替代，所以棠雪才說社長他們找花滑隊幫忙是瞎胡鬧。

速度滑冰與速度輪滑就不一樣了，這兩項運動相似度很高，高到可以進行替代訓練。滑冰的場地限制比較大，棠雪以前練滑冰的時候就有過兼練輪滑的經歷。

換言之，如果一個人在冰上滑得快，那麼他在地上一樣滑得快。
棠雪練了八年滑冰，從小學二年級到高一。一開始那幾年算業餘，後期基本是朝著專業運動員的方向培養了，只是她自己沒有堅持下來。
雖如此，現在她跟一個普通人比賽，問題依舊不大。
是的，「骷髏頭」在她眼裡算普通人，業餘中的業餘。她查過這個輪滑俱樂部的宣傳資料，拿得出手的都是花式輪滑，沒有主攻速度輪滑的。
所以，他們那幫人裡的每一個，在她眼裡，都算菜雞。
輪滑社社長唸完數字，手臂向下用力一甩，同時吹響了哨子。
尖銳的哨聲劃破空氣，刺入耳膜。跑道上的兩人像是得到發射命令的兩枚炮彈，嗖地一下衝了出去。
廖振羽期待中的逆襲場面並沒有出現。
因為，從第一秒開始，棠雪就領先了。
人群一陣靜默，此前的靜默是因悲觀，此時的靜默是因震驚。
就這樣詭異地安靜了好一會，才有人喊出第一聲歡呼。
然後觀眾席就被「強」、「加油」這類詞彙洗屏了。
廖振羽的巴掌都拍紅了：「老大加油！」
棠雪彎著腰，目視前方，雙腿交替發力滑行，身體和手臂有節奏地擺動著，最大限度地完成動力鏈條的轉換。為了降低風阻，她穿著緊身運動衣，這時兩條腿看起來尤為顯眼，修長有力，線條健康又漂亮。

她滑過一圈，經過人群時，人群為之沸騰，又喊又叫的，她絲毫沒受影響，有條不紊，目光如電。

黎語冰看到了她的眼神，像一隻初次捕獵的鷹隼，沉靜，專注，天真，鋒芒畢露。

五圈輪滑下來也就是幾分鐘的事，棠雪滑過終點時，人群爆發出一陣歡呼。她那個春風得意啊，降速之後掉回頭，伸著手跟人群裡的人擊掌，不管認不認識，拍一巴掌再說。

圍觀群眾也非常給面子，紛紛伸出手來搶著和她擊掌。

黎語冰挺佩服棠雪的，就一場菜雞互啄，被她搞得像奧運會一樣盛大。

棠雪還沒嚣張夠呢，也不知道是誰突然絆了她一下，她踩著輪滑鞋本來就不穩當，這時猝不及防，身體被絆得歪斜，眼看著就要向下摔。

就在這個關鍵時刻，有人伸手拉了她一把。那人緊緊地抓住她的手，力道很大，往回一拉，棠雪回握住他，借機調整姿勢，身體就這麼正回來了。

她輕輕呼了口氣，虛驚一場。

然後她抬頭望向那隻手的主人，視線就這麼猝不及防地又撞到了那雙鹿眼。

第三次了啊……

棠雪愣了一下，禁不住笑了。

他也笑了，這次笑得開懷，淺緋色的嘴唇張開，露出整齊潔白的牙齒，左臉上那個酒窩更明顯了。

他一邊笑，一邊朝她眨了一下眼睛，烏黑的眼珠，目光像荷葉上隨風滾動的露水，濕潤又生動。

他動了一下，棠雪低頭一看，這才後知後覺地發現自己還握著人家的手呢。她有些不好意思，連忙鬆開他。

他鬆開手，在書包裡掏了一下。

然後，棠雪手裡就多了一瓶豆漿。

棠雪一樂，心想這個人還挺好玩的。

她正要跟他講話呢，人群突然一陣騷動，緊接著是此起彼伏的喊聲：「裸奔、裸奔、裸奔！」

哦，是「骷髏頭」回來了。

「骷髏頭」很不幸，剛才因為太著急還摔了一跤，這時總算頂著心理壓力到達終點。在終點，沒人為他的堅持不懈喝彩，大家都在等他裸奔。

跟電視上演的一點也不一樣，棠雪踩著輪滑鞋走到「骷髏頭」面前，笑道：「服不服啊？」

「骷髏頭」臉色很難看，僵在那裡，不發一言。

「灰毛」還算淡定，問棠雪：「你到底是什麼人？」

「汽車人[2]。」

「……」「灰毛」被雷了一下。

「別廢話了，」棠雪抱著手臂，看向「骷髏頭」，「快點裸奔，我們還等著去吃飯呢。」

她此話一出，立刻引來一陣附和。

2 中國動畫角色。

願賭服輸不是什麼有面子的事，但如果輸完就跑，那連男人都不要做了，所以「骷髏頭」最後還是選擇願賭服輸。

他閉著眼睛把衣服一扒，扒到後來還剩一條底褲。

「骷髏頭」外衣的裡面，隱藏的是一條海綿寶寶內褲。

真是，萬萬沒想到啊……

「骷髏頭」乾脆豁出去了，穿著底褲在操場上走了幾十公尺，還擺了個pose。他背對著人群時，隨著行走的動作，臀部肌肉被牽動，屁股上那個海綿寶寶，臉和眼睛都在動，彷佛活了一般，對著人群扯嘴角、擠眼睛。

這天，操場上的目擊者們多少都留了點心理陰影，感覺自己好像被一條內褲調戲了。

裸奔結束後，「灰毛」主動和輪滑社社長講和了。識時務者為俊傑，學生仔們臉皮薄，好哄，現在多說點好話，這場風波能以更快和更和平的方式平息，最大限度地降低對他們俱樂部的負面影響。

事情總算有個收尾，人群也漸漸散了。

棠雪握著那瓶豆漿，東張西望了好久，都沒有看到那個人。

「還不知道叫什麼名字呢。」她喃喃自語道。

黎語冰趁她發怔的工夫，從她手裡順走豆漿，棠雪發覺時，他已經飛快地擰開瓶蓋喝了一口，一點也不把自己當外人。

「喂！」棠雪有些不高興。

黎語冰嘴裡含著豆漿，腮幫子鼓起來一塊。他垂著眼睛，咽下嘴裡的東西。

咕嘟——還帶音效的。

棠雪咬牙：「你——」說完這個字，她突然語塞。

黎語冰的視線落在她的臉上，他看著她的眼睛，清澈平靜的目光帶著前所未有的認真。

棠雪本來想罵人的，但他這樣讓她很不適應，她就沒罵出來，只硬梆梆地說道：「你幹嘛？」

「為什麼不滑冰了？」黎語冰問。

棠雪怔了一下，隨即撇開臉，沒好氣地道：「關你什麼事啊？」

黎語冰只觀察了下棠雪的表情，便沒追問，他擰好豆漿的瓶蓋，隨意地說道：「襪子的帳還沒跟你算。」

「什麼襪子，不懂你在說什麼。」

黎語冰握瓶子的手抬起來，用瓶蓋頂著棠雪的下頷，微微向上使力，逼迫她仰起下巴。黎語冰：「裝什麼。」

這動作讓棠雪莫名感覺自己被輕薄了，她氣得一巴掌拍開他的瓶子，怒瞪他：「你神經病啊，別以為我不敢打你！」

她瞪圓了眼，眼珠又黑又亮，炸毛的樣子頗像某種小動物，貓或者兔子之類。這時她表情緊繃，如臨大敵。少女的臉部線條柔軟飽滿，麥色的肌膚被夕陽的餘暉敷上一層橙紅，乍一看上去，三分是生氣，七分倒像是嬌羞。

「你違約了。」黎語冰淡淡地說道。

棠雪一梗脖子，頗光棍地說：「那又怎樣？」

「我要懲罰你。」黎語冰說著，也不等她反應，突然一抬手，捏住了她的臉。

棠雪：「……」

帶著溫度覆著薄繭的指尖在她的肌膚上擠壓，那感覺倒是不疼，就是讓她有一種屈辱感。

黎語冰放下手後，棠雪揉著臉，滿頭黑線地看著他：「黎語冰，你是不是變態啊？」

他不理她，轉身離開，一手扶著肩上的背包，另一手無聊地拋著手裡的豆漿瓶。

棠雪踩著輪滑鞋追上去，跟在他身邊，用一種防患於未然的口吻說：「黎語冰我警告你，你可不要愛上我哦，我們兩個不適合，畢竟人狗殊途。」

黎語冰突然哼笑，斜著眼睛，目光充滿不屑。他說：「我麻煩你回去照照鏡子。放心吧，就算全世界的女人死光了，我也不會選你。」

棠雪一抱手臂，說：「嗯對，性別不是問題。」

黎語冰：「……」

棠雪摸著下巴，搖頭道：「我就和你不一樣。要是全世界的男人都死光了，就剩你一個，我就……」

黎語冰一挑眉：「就怎樣？」

棠雪瞇眼笑：「我就把你關起來，先打你一頓。」

黎語冰一翻白眼：「神經病。」

「然後……」她突然嘿嘿一笑，笑聲很是不懷好意，囂張中透著一點淫蕩。

黎語冰眉頭一跳，心想難道這傢伙想要先打他再上他？這變態！

棠雪：「然後，我就給你看那種有顏色的小電影。」

黎語冰想：呵呵，還帶前戲的。

棠雪：「再然後，讓人把你的子子孫孫都收集起來，存在醫院裡。以後呢，要是哪個女人想要生寶寶，就去醫院取一份，人工授精。」

黎語冰：「……」

她這腦迴路真是非常清新別緻。

棠雪一直暢想到黎語冰精盡人亡的劇情，感覺很不錯，吹著口哨就滑走了。

黎語冰看著她踩著輪滑的背影，突然想到，這傢伙來的時候不是這樣來的……想到這裡他轉頭往操場裡邊望去。

那裡，被遺忘的廖振羽和夏夢歡手裡拿著棠雪的東西，此刻正窘迫地看向他。

黎語冰摸了摸鼻子，望了一眼天空，假裝一點都不尷尬地轉身走了。

當晚，操場上的決鬥事件就在朋友圈裡傳得盡人皆知，棠雪也因此小小地揚了下名，甚至有人主動加她微信告白。第二天她在食堂吃飯時，有位學姐認出了她，主動買了個雞腿給她。

棠雪吃著雞腿，不無得意，問黎語冰：「黎語冰，你在這學校也算知名人物了，有人在路上送過你雞腿嗎？」

黎語冰懶得搭理她。他今天精神有些萎靡，都是因為昨晚做了不好的夢。

廖振羽抬起腦袋，對棠雪說：「老大，我們社長明晚在暢天園請客，你來不來？」

棠雪一臉莫名：「你們社團聚餐，我去幹嘛呀？」

「不是社團聚餐，就是社長想請客款待這次救社團於水火的人。」

「哦哦，幾點？」

「六點。哦對了，」廖振羽說到這裡，臉上突然綻開神祕的笑容，壓低聲音說，「老大，你看上的那個小可愛也會去。」

棠雪被說得愣了一下：「什麼小可愛？」

「就是那個，我們吃宵夜的時候你拿豆漿撩人家，你忘了？他是花滑隊的，昨天也在，你沒看到？」

棠雪沒說是也沒說不是，只問：「他昨天去幹什麼？」

「社長一開始的想法不是請花滑隊的幫忙嗎，所以就請他過去了。他叫喻言，據說是天才少年哦，今年才十七歲。老大，你要老牛吃嫩草了。」

棠雪用筷子打了一下廖振羽的腦袋：「瞎說什麼呢，趕緊吃飯。」

廖振羽埋頭吃了兩口飯，又抬頭問她：「那老大你到底去不去啊？」

「去，為什麼不去？」

黎語冰默默地在一旁吃飯，聽到這裡，鼻腔裡發出淡淡的一聲輕哼。

輪滑社社長這次請客是相當有誠意，特意提前定了包廂。大學校園裡的餐廳包廂一向難訂，也不知他是怎麼做到的。

棠雪晚了兩分鐘，到的時候發現包廂裡圍著桌子已經坐了不少人。她開門時，一屋子人目光唰唰唰全望向門口，離門口最近的位置，有人轉著頭看她。在她和室內眾人打招呼時，他朝她笑了笑，左臉上浮起一個淺淺的酒窩。

棠雪跟眾人招呼了一聲，若無其事地走進去，見喻言身邊的座位空著，她放下包坐在了他身邊。動作雲淡風輕又光明磊落。

坐下後，她聽到身邊的人輕聲說了句：「你好。」

「你好，我叫棠雪。」

「我知道，」他抿了一下嘴角，「我叫喻言。」

「我也知道。」

他們兩人說話時，坐在棠雪正對面的廖振羽朝棠雪擠了擠眼睛，表情有些意味深長。他把自己面前一套多餘的餐具放在透明的玻璃轉盤上，傳到棠雪面前。

棠雪拆開餐具，擺開杯盤。

喻言拿過她的空杯子，提著茶壺先涮了一下杯子，然後倒了一杯水。

棠雪在旁邊看著。他的手指扣在白色的瓷杯上，在燈光的照射下，骨肉勻稱的手指白得透明，指尖反射著淡淡的光澤，看起來有些賞心悅目。

喻言把水推到棠雪面前，見棠雪的目光落在他手上，他有點不好意思，縮回了手。

廖振羽有點佩服自家老大，一個眼神就把人給調戲了。

社長把菜單遞過來：「你們點菜啊，別客氣。」

這要是黎語冰在場，棠雪肯定點些炸丸子、糖醋魚之類的噁心他——運動員最不能吃高脂高糖的東西。不過嘛那個傢伙不在，棠雪便點了兩道綠色、健康、蛋白質比較豐富的菜。

等菜的時候，她跟在座各位聊著天。她是個自來熟的性格，不管認不認識，跟誰都能有兩句話說。

喻言坐在她身邊，安靜地聽他們閒扯。

氣氛很融洽，直到有人推開門。

棠雪以為是服務生來上菜呢，一轉頭，看到了黎語冰。

不等別人反應，她飛快地站起身關上門：「你走錯了。」

輪滑社社長趕緊阻止她：「棠雪啊，沒錯沒錯，冰神是我請來的。」說著他提高聲音喊，「冰神，冰神快進來！」

黎語冰聽到了社長的召喚，重新推開門，走進包廂。

社長那個高興啊，臉上洋溢著狗腿的笑容：「冰神，我還以為你不過來了呢。快，加把椅子，等一下再請服務生上套餐具。哪，你看看菜單，還要吃什麼儘管點。」

包廂裡有多餘的椅子，黎語冰拉過來一把，卡在棠雪和喻言中間：「讓一讓，加個位子。」

棠雪坐在椅子上巍然不動，假裝聽不懂他的語言，結果黎語冰直接彎下腰，將她連人帶椅子都搬得離了地。

棠雪：「……」

黎語冰搬著她往旁邊挪了挪，騰出一個空間。

他擺好椅子，勉強坐下。空間太小，加之黎語冰身材高大，他坐下後，三人靠得很緊密，喻言甚至感覺到自己的腿貼著黎語冰的腿。
喻言默默地往旁邊挪了挪。
棠雪的好心情全被黎語冰破壞了，她微微靠近他，壓低聲音問：「你來幹嘛呀？」
黎語冰一偏臉，在她耳朵邊說：「我和你一樣是被邀請來的。」
「你平時不是挺討厭參加這種飯局嗎，今天怎麼轉性了？」
「我今天心情好。」
棠雪翻了個白眼，在心裡悄悄猜測黎語冰的動機。
菜陸陸續續上來了，黎語冰又往棠雪耳邊湊，悄悄地說：「幫我夾菜。」
棠雪簡直不敢相信他竟然能提這種不要臉的要求：「滾。」
「夾一筷子一塊錢。」
「滾。」
「兩塊。」
「滾滾滾。」
「五塊、十塊、二十塊？」
砰——
棠雪一拍桌子站起身。
眾人都被她嚇了一跳。
她扯住黎語冰的手臂就往外拽：「你給我出來。」

黎語冰也不反抗，就這麼被她拖出包廂。棠雪拽著他七拐八拐找到一個角落，往牆上一推。

他靠牆站著，低頭看著她，臉上掛著一點神祕的笑容。

「黎語冰，」棠雪指了指他，「我覺得你應該改名叫黎有病。你有什麼病趕快治療行不行？別跑出來危害社會。」

「幫我夾菜，一次五十塊錢。」

棠雪一把揪住他的衣領：「你到底要幹嘛？」

黎語冰微微一笑：「棠雪，別以為我不知道你想幹什麼。人家還是未成年，你下得了手？」

棠雪一插腰，瞪他：「先不說我對他是不是真的有想法，我想幹什麼關你什麼事啊？」

「所有你想要得到的，都是我要反對的。」

「哦，我想變成窮光蛋。」

「好，滿足你，過幾天你就是窮光蛋了。」

棠雪懶得跟他鬥嘴，抓了抓頭髮：「你真是個戲精。」

「幫我夾菜，一次一百塊錢。」

兩人回到包廂時，棠雪開始瘋狂地幫黎語冰夾菜，很快，他面前就堆起一座小山。

黎語冰用一種輕快又甜蜜的語氣說：「不要夾了，我吃不完。」

「別啊，你忘了你在高老莊的時候一口氣能吃多少個饅頭了？相信你的實力。」

社長等人面面相覷，一個個表情都有些曖昧。

喻言歪著腦袋觀察他們，看到棠雪無意間瞟過來的視線時，他的目光帶了些關切。

棠雪鼓著臉，朝他做了個無奈的表情。

廖振羽托著腮，感覺現在老大的感情之路走向成謎。

一頓飯吃完，大家收拾東西走人，棠雪朝黎語冰比了一下食指：「一萬塊。」說完她也不理他，跟廖振羽他們一起下樓了。

黎語冰手插著口袋跟在他們身後。他腿長，別人正常的步速換到他這裡就像是散步，溜溜達達的，有一種提鳥籠的老大爺逛公園的氣質。

下樓後，棠雪和廖振羽去推自行車。棠雪現在也是有車一族了，之前花四百塊買了輛結實的二手車。

喻言站在他們身邊看他們將自行車開鎖，溫潤乾淨的眼底帶著點驚奇和欽佩。

棠雪見他傻站著，問：「你的車呢？」

「我走過來的。」

「那你走回宿舍多浪費時間，」棠雪朝旁邊指了指，「要不騎輛共用單車？也不貴。」

他抿了抿嘴角：「我走回去。」

棠雪把車鎖摘下來扔在車籃裡，直起腰打量他，突然一樂：「我說，你難不成是……不會騎車？」

喻言被她說中，臉上飄過一絲羞澀的紅暈，移開視線，答道：「我沒時間學。」

他轉身就走，棠雪推著自行車跟在他身邊，說：「那我載你吧，反正順路。」

「不用，我挺重的。」

「沒事，」棠雪指了指廖振羽，「那個胖子我都載得動。」

廖振羽一臉無辜地道：「老大你摸著良心說，我哪裡胖了？」

棠雪笑嘻嘻地指了指自己的車後座：「上來上來，快上來嘛，保證不會摔到你。」

喻言笑著坐上她的車，棠雪用力一蹬腳踏板，穩穩當當地騎出去了。

黎語冰站在食堂門口的台階上，抱著手臂目送這兩人離去。

廖振羽看到黎語冰嘴邊掛著一絲冷笑，湊過來憂心忡忡地說：「老大這麼兇，要怎麼泡男人呀。」

棠雪牛皮吹大了，她其實騎得並不那麼順利：喻言雖然看起來瘦瘦的，但，真的蠻重的……其實也可以理解，他身上都是肌肉，肌肉比肥肉重多了。

「喻言，你多高啊？」棠雪問他。

「一百七十八。」喻言答道。

「哦哦，你還沒成年呢，還能再長高。」

「我不想再長了。」

「咦？為什麼呀？」

「重心太高，容易摔倒。」

棠雪懂了，他說的是滑冰的時候。花式滑冰的話，個子高確實有這方面的劣勢。她安慰他：「沒關係啦，影響也沒有太大吧？而且個子高，大長腿，好看哦。」

「嗯。」

「不過你現在就挺好看的。」她補充道。

喻言又嗯了一聲，這次帶著點笑意。淺淡的笑聲，因靦腆而克制，因溫柔而動聽。棠雪有點陶醉，心想等以後兩人混熟了，她要摸摸他的酒窩。

正在這時，黎語冰騎車經過，看到他們兩個時，他喲了一聲，語調很是輕佻。

棠雪差點從自行車上摔下去。

「神經病。」她罵了一句。

黎語冰也不惱，彷彿炫耀一般，蹬著自行車咻地一下就甩開他們。

棠雪感覺，黎語冰這小賤人，小尾巴又翹上天了。

真是的，三天不打，上房揭瓦。

等著，爸爸來教你做人了。

第五章
一個不屈的靈魂

棠雪一臉奇怪的微笑，對夏夢歡說：「你知道黎語冰最大的弱點是什麼嗎？」

夏夢歡也是一臉奇怪的微笑，答道：「我知道所有男人最大的弱點。」

棠雪：「……」

夏夢歡的外表老是讓棠雪忽略自己身邊潛伏著一個大流氓。

棠雪：「我真好奇，你以前到底經歷過什麼？」

夏夢歡擺了擺手：「一言難盡啊，一言難盡。」

不過棠雪說的「弱點」並不是夏夢歡理解的「弱點」。

過了幾天，棠雪把黎語冰約到一個僻靜的角落裡。這地方原先是老農學院的一片實驗田，後來荒廢了，被改造成一個小花園，花園裡種著楓樹和桃樹。秋意把楓葉薰染成火，地面上散佈著蒼翠的野草和黃色的小雛菊，放眼望去，風景倒是不錯。

太陽很大，人站在這樣的景色裡，會顯得皮膚特別好，黎語冰看著棠雪的臉，感覺這傢伙現在似乎沒那麼黑了。
棠雪背著手，笑瞇瞇地看著黎語冰：「小冰冰——」尾音拖得很長。
黎語冰頭皮一陣發麻，敲了敲她的腦袋：「說人話。」
她被他敲得腦袋一歪，也不生氣，臉上洋溢著笑容，說：「今天是你的生日哦。」
「嗯。」黎語冰沒料到棠雪竟然記得他的生日。
「哪，」她把手伸到他面前，「給你的生日禮物。」
黎語冰垂下視線，見她手裡躺著個淡紫色的四方盒子，大小剛好占滿她的手掌。他輕輕挑了下眉，想到很多年前，自己曾經也給過她生日禮物。
是一件特別特別噁心的禮物。
黎語冰站著不動，微扯嘴角：「你有這麼好心？」
「那必須的，我還等著你發薪水給我呢，」棠雪朝他擠眼睛，「打開看看唄。」
於是他接過盒子，揭開盒蓋，盒子裡躺著一條粉紅色的蠶寶寶。
蠶寶寶肥肥胖胖，可能是因為餓了，不停地蠕動身軀，往盒子邊沿爬，眼看著就要爬出盒子。
黎語冰一陣反胃，面上卻沒有任何表情，繃著臉，將盒蓋重新蓋好，然後隨手一拋，盒子不偏不倚地飛進路邊的垃圾桶裡，在空曠的垃圾桶裡發出沉悶的撞擊聲。
這個反應跟棠雪期待中的一點都不一樣。她可是記得，黎語冰最怕毛毛蟲了，她就指望用毛毛蟲控制他了……
「你，」她指了指垃圾桶，一臉無法相信，「你是不是沒看清楚裡面是什麼？」

黎語冰抱著手臂看著她，一扯嘴角，說：「你聽說過『毛毛蟲診療中心』嗎？」

「什麼鬼？」

「專門治療對毛毛蟲有心理陰影的人的地方，我已經痊癒了。」

「怎麼會有人搞這麼無聊的東西？」棠雪失望極了，垂著腦袋，走過去開始翻垃圾桶。

黎語冰問：「你幹什麼？」

「蠶寶寶是從實驗室借的。」她一邊翻垃圾桶一邊答。

「偷的吧？」

棠雪瞪了他一眼：「別胡說，讀書人的事情怎麼能叫偷呢？」

垃圾桶挺空的，她很快把蠶寶寶找了回來，輕輕撣了撣盒子上面的灰塵，然後捧著蠶寶寶走了。

黎語冰立在原地目送她離去，等她走遠後，他突然誇張地鬆了口氣，身體彷彿緊繃的彈簧突然鬆懈下來。

感覺到手腳有些發軟，他扶住路邊的楓樹，抬手抹了一下額頭，發現全是汗。

「早就知道你會這樣搞我，」黎語冰一邊喘息著自言自語，一邊看向棠雪的背影，嗤笑，「這傻子。」

棠雪回寢室之後把蠶寶寶還給了兩個室友趙芹和葉柳鶯。蠶寶寶確實是偷來的，不過是這兩個學農業工程的室友幫忙偷的，那是農學院實驗室培育的品種，據說能吐彩色的蠶絲。

葉柳鶯拿著蠶寶寶，和一旁的趙芹對視，兩人在棠雪背後互相使眼色，棠雪一轉身正好看到她們兩個擠眉弄眼，像是有什麼事。
「你們怎麼了？」她問。
「棠雪，」葉柳鶯看樣子有點為難，猶豫了一會，問，「下週在滑冰館的冰球友誼賽，你會去看嗎？」
葉柳鶯說的友誼賽，是霖大和德國某大學冰球隊的比賽。最近德國有幾所大學聯合來霖市做訪問和交流。對於學術上的交流，這幫學生不怎麼關注，倒是他們帶過來的一支冰球校隊吸引了很多人的目光。
自從霖大冰球隊拿了金牌，本校學生與有榮焉，放眼全國大學，頗有一種獨孤求敗的感覺。這次遇到和歐洲朋友切磋的機會，讓他們充滿期待。
與此同時，這場友誼賽也被霖市的媒體大肆報導，弄得人盡皆知。
比賽門票有一部分是以免費的形式向霖大學生發放的，可惜狼多肉少，現在的情況是一票難求。
棠雪當然知道有這麼一場比賽，不過她也沒有票。
「我不去。」她答道。
「哦。」葉柳鶯有些失望，就沒再說什麼。
棠雪問道：「你們要去啊？」
葉柳鶯搖頭：「我們想去，可是搶不到票，現在門票被放在網路上倒賣，價格很貴的，買不起。」
趙芹趁機說：「棠雪，聽說你跟我們學校冰球隊的黎語冰挺熟的，你能不能幫我們問問呀，他們手裡還有沒有票？」

棠雪不想去求黎語冰，可是葉柳鶯她們還幫她偷蠶寶寶呢，大家都是好室友，能幫就幫吧。
她爽快地點頭：「行，我問問。」
於是當天晚飯的時候，她花了十五塊錢鉅款請黎語冰吃了小鍋玉米排骨湯。
黎語冰一臉警惕：「你幹什麼？」
「小冰冰——」
又來……黎語冰已經做好她下一刻會掏出另一條毛毛蟲的心理準備了，結果她卻只是說：「冰球比賽的票，你還有沒有？」
哦，原來是問這個啊。
黎語冰緊繃的身體自然放鬆，下巴仰起一個微小的弧度，他端著姿態斜眼看她：「你想要？」
「到底有沒有？」
他從書包裡摸出一疊門票，問：「是這個嗎？」見棠雪伸手要來拿，他飛快地一揚手躲開了她。
棠雪：「說吧，怎樣才能給我？」
黎語冰往椅背上一靠，笑：「討好我啊。」
棠雪能屈能伸得很，起身走到他身後，抬起爪子在他肩膀上又揉又按。
女孩子手指柔軟，力道很輕，明明隔著衣服，可她指尖的動作能讓人清晰地感受到，還能傳到他身上，把他搞得心緒浮躁。
偏偏她還用能把人麻翻的語氣說：「冰葛革（冰哥哥）——舒不舒服呀——」
黎語冰頭皮發緊，一巴掌拍開她的手：「別碰我。」

棠雪朝他攤手，他把那一疊門票甩在了她手裡。

她數了數，竟然有六張。

六張門票，棠雪給了室友們三張，給了廖振羽一張，又給了喻言一張。她送票給喻言的時候，兩人約在滑冰館西區門口見，好巧不巧地碰上了黎語冰。

黎語冰親眼看到棠雪把門票遞到了喻言手裡。

很好，她前腳從他這裡拿東西，後腳就迫不及待地獻給「小綿羊」了。

黎語冰抱著手臂站在不遠處冷笑。

喻言接過門票，笑：「現在這門票挺難搶的，我怎麼謝你好呢？」

棠雪嘿嘿一笑：「那你叫我一聲『姊姊』。」

喻言猝不及防被調戲，臉有些熱，移開眼睛說：「我請你吃飯吧。」

「好啊。」棠雪推著自行車掉頭，看到黎語冰，她嚴肅地朝他點了個頭，顯見不打算多話。接著她和喻言道別，騎上自行車溜了。

喻言立在原地，儘管知道她不會回頭，他還是朝她的背影揮了揮手。

然後他小心地把那張門票放在書包裡。

再抬頭時，他聽到不遠處黎語冰在叫他：「你。」

喻言乖乖走過去。

黎語冰足足比喻言高了十公分，這時閒閒地靠牆一站，一手插著口袋，像個校園惡霸一樣俯視著他。

喻言叫了一聲「學長」。

黎語冰點了下頭，說：「別和棠雪走太近。」

喻言看著他，目光平靜無波瀾，樣子不卑不亢，問：「為什麼？」

為什麼？這個問題怎麼解釋呢？自己總不能告訴他棠雪是個人渣吧……也不能承認自己就是要破壞棠雪的桃花……

黎語冰想了兩秒鐘，隨便找了個藉口：「她是我的人。」

喻言微微仰頭，一臉天真懵懂：「可是學長，我聽棠雪說，你是她的狗。」

黎語冰：「……」

這天，黎語冰訓練的時候像一頭發瘋的牛，教練和隊友都覺得他是為友誼賽拚搏，一時間又敬佩又心疼。

門票分完之後，棠雪手裡還剩最後一張，她把這張票掛在網路上賣了，小小地發了筆財。

友誼賽當天，黎語冰要帶她去滑冰館，棠雪一臉抱歉地說：「對不起，我把門票給弄丟了……」

「笨蛋。」黎語冰敲了敲她的腦袋，然後帶著她走特別通道，還是進了滑冰館。

棠雪沒有工作牌，但是沒人敢攔著她。沒辦法，大家都認識黎語冰——冰球隊的大老，惹不起啊惹不起。

最後，棠雪像個老乞丐一樣蹲在走道裡，看了一整場冰球比賽。

今天來看比賽的除了本校學生，還有不少社會人士，這些校外人士手裡的票大多是學校公開發售的，明碼標價。

是的沒錯，校方因為迫不及待地要證明自家冰球隊有著扭虧為盈的實力，把本次比賽三分之二的座位拿去賣錢了。

結果，銷量竟然還不錯。

棠雪本意是看一下裝裝樣子就溜的，可是比賽開始十分鐘後，她漸漸皺起了眉。

冰球是一項相當刺激的運動，踩著冰刀在冰面上來如風去如電，節奏特別快。正因為快，有些衝撞是無法避免的，所以冰球運動員的身材一般都很高大。

霖大冰球隊被本校學生戲稱為「男模隊」，可想而知他們的體形，可這樣的體形對上歐美人，還是稍遜一些。

所以從一開始，霖大就被壓制了，德國球員攻勢很猛，球一直在霖大的防守區徘徊，萬幸的是霖大的守門員很靠譜，多次抵擋住了對手的進攻，可最終還是漏了一個球。

現場加油聲不斷，觀眾們的情緒有些焦躁——誰也不願意看到自家球員在主場被壓著打。

棠雪坐在走道裡，聽到有個靠著走道的胖子不停地抱怨：「打成這屌樣，投降算了，丟中國人的臉！」

棠雪沉下了臉。

胖子抱怨完，起身去上廁所，棠雪擰開礦泉水，往他的座椅上倒了好多水。

她的道德底線一向低，做這種壞事完全沒有心理壓力。

胖子回來後，坐了一屁股水，快氣死了，在那破口大罵，不過沒人搭理他。

棠雪轉回頭，聽著胖子的罵聲，繼續看球。

場上這種單方面壓制的狀態持續了差不多十五分鐘，棠雪明顯感覺到我方球員士氣低迷。其實，體格差距是有那麼一點，可真沒大到可以決定比賽勝負的程度。

變故發生在一瞬間。

黎語冰突然拿到球，單槍匹馬帶球過線。對方知曉他的意圖，快速組織人手防守，可是他太快了，既快又靈活，蛇一樣游走，連過兩人，眨眼間來到球門前，把球往守門員的防守死角裡一撥。

進球！

棠雪噌地一下跳了起來。

現場觀眾停滯了兩三秒鐘才爆發出熱烈的歡呼。不怪他們反應慢，實在是黎語冰太快了。

「加油！加油！加油！」棠雪扯著嗓子喊。

黎語冰彷彿聽到她的呼喊聲，突然轉身，朝她的方向看來。

棠雪摸了摸鼻子，又安靜地坐下了。

比賽繼續。

黎語冰這一記孤膽英雄直搗黃龍的進球無疑是一針強心劑，霖大隊員們士氣大振，後面的比賽打得不那麼退縮了。

後續的比賽中，黎語冰出盡風頭。

他有著不輸於對方的體格，有著高超的滑冰和控球技巧，更可怕的是，他有著非常優秀的解讀賽場的能力。賽場形勢瞬息萬變，某些時刻該做怎樣的決策才能獲得最大的收益，這是一門複雜的學問，需要智商的……

觀眾扯著旗子喊：「黎語冰！黎語冰！黎語冰！」

棠雪激情澎湃，忍不住跟著喊。反正那麼多人喊呢，黎語冰肯定聽不到她的聲音，她這樣自我安慰。

出風頭也是要付出代價的——黎語冰被針對得有點慘。

不過這樣的比賽，永遠不可能是一個人的運動，他被針對沒關係，隊友已經被帶起狀態了。認真對比的話，霖大球員的配合是優於對手的。

雙方各有所長，打得有來有回，比分一直是你追我趕的狀態，戰況激烈。棠雪看得熱血沸騰，嗓子都快喊啞了。

這樣的比賽過程足夠精彩，不管哪方輸了，也最多是遺憾，而非憋屈。

比賽最後是以黎語冰的一記罰球結束的。

被針對得那麼狠，他總歸是要有點福利的。

此時計分板上的數字是比五比五，他罰球時，觀眾們太過緊張，都屏住呼吸，一時間整個場館寂靜無聲。

黎語冰帶著球衝向對方球門。

對方守門員人高馬大，跪倒在球門前，像一座巨塔一般，全身戒備，目光如電，死死地盯著來犯的敵人。

黎語冰抬杆的動作剛一開始，守門員已經預判出他進攻的方向——右邊！

球杆抬起，果然是朝著守門員的右邊，守門員撲了過去。

然而，就在球杆碰到球的那一刻，黎語冰突然調整姿勢，一個漂亮的挑射，球飛離冰面，奔向守門員的左上角。

守門員反應過來自己被騙時已經晚了。他趴在冰面上，聽著滿場的歡呼聲，懊悔不已，重重地砸了一下冰面。

計分板上的數字最終定格為六比五。

從結束比賽到退場，黎語冰一直沒什麼表情，一副高冷的樣子，收穫了無數妹子的尖叫。

棠雪認為，此人的裝蒜水準和他的球技一樣高超。

這場比賽，棠雪看得酣暢淋漓，心情加倍爽，以至於她走出滑冰館後，看到黎語冰打電話給她，第一次沒有覺得不耐煩。

「喂，黎語冰，幹什麼呀？」

「你剛才在觀眾席是不是喊我了？」

「沒有。」

「我好像聽到了。」

「神經病。」棠雪連忙掛了電話。

黎語冰又打了過來：「等一下我們球隊聚餐，你要過來。」

「憑什麼呀？」

「你是我的跟班。」

「那好，我就再忍你一天。」

嗯，一個月的上崗時間馬上就到了，她要重獲自由了。

黎語冰回了趟寢室，棠雪和他在他們宿舍大樓下碰頭，然後兩人一起去餐廳。黎語冰剛才洗了澡，下來得太急，頭髮還沒吹乾呢，有幾縷濕黑的髮絲搭在額角，配上他白皙的皮膚，使他看起來還挺水嫩。

一見棠雪，他就說：「我聽到你幫我加油了。」

棠雪翻了個白眼：「你那是比賽太緊張出現的幻覺。」

黎語冰呵了一聲，笑瞇瞇地看著她。

那個賤樣，她又想打他了。

兩人到餐廳時，在樓下遇到兩個男生，都長得高高壯壯的，棠雪猜測他們也是冰球隊的人。

果然，他們兩個一看到黎語冰，立刻親切地喊他：「冰哥。」

棠雪正在心裡吐槽這個稱呼呢，冷不防那兩個男生看向她，深深地一鞠躬：「嫂子好！」

棠雪：「……」

她指了指自己，又指了指黎語冰，一臉嚴肅地解釋：「我們不是那種關係。」

其中一個男生問：「那你們是什麼關係？」

棠雪差點脫口而出「父子關係」，想了想覺得黎語冰今天表現不錯，她就不損他的面子了。

黎語冰端著一種黑社會老大的架子，說：「你們別開玩笑。」

兩個男生應了一聲，嘻嘻哈哈地進去了。

棠雪還是不放心，對黎語冰說：「你一定要解釋清楚，不要敗壞我的名聲。」

黎語冰有點不服氣：「你忘了在周染面前怎麼求著跟我秀恩愛了？現在遇到喻言，就怕我敗壞你的名聲？你沒良心。」

「我本來就沒良心，我的良心都被你吃了。」

黎語冰聽了想打人。

棠雪終於理解為什麼被人誤會了，聚餐的人裡除了她之外還有幾個女生，清一色是球員們帶來的各自的女朋友，只有她的身份清新脫俗，是個跟班，但她自我介紹的時候又不好意思說自己是跟班，感覺沒面子，只好說是黎語冰的老鄉。

老鄉哦……聽的人表情都是「你放心，我懂」。

棠雪：「……」

感覺解釋不清楚了，她只好埋頭狂吃，把鬱悶都發洩在食物上。球隊教練沒過來，但他送過來一瓶紅酒，黎語冰他們開了，棠雪嚐了嚐，感覺挺好喝，於是一邊喝酒一邊吃肉，不知不覺喝得有點多。

紅酒的後勁挺強，她喝的時候沒感覺，從餐廳裡出來時，路都走不穩了，東倒西歪的。

黎語冰站在她身邊，看她快摔倒，就適時地伸出援手，提一把她的後衣領。

天上有半個月亮，棠雪邊走邊唱：「我們一起看月亮爬上來——嗝，我們一起看月亮爬上來——

嗝……」

她顛來倒去就是這一句，還走音了。

唱了會歌，自我感覺挺好，棠雪說：「黎語冰，我唱得不錯吧？」

「你開心就好。」黎語冰懶得跟醉鬼多廢話。

「我打算去報名唱歌比賽。」

「哦。」

棠雪握著手，說了自己隱藏在心底的暢想：「到時候，你幫我拉大提琴，喻言幫我伴舞，我們強者聯手，拿獎金有如探囊取物。拿到獎金，我請你吃泡泡糖。」

黎語冰突然想到二年級寒假時被橡皮擦支配的恐懼。

他沒好氣地道：「你想得美。」

話音剛落，旁邊距離他們最近的妹子突然發出一聲輕笑，笑聲帶著淡淡的鄙夷和不屑。黎語冰知道這笑聲不是針對他，而是針對棠雪那個唱歌比賽的美夢。

雖然他也很鄙視棠雪，但他聽到這笑聲還是有點不舒服，說不上為什麼，就是不爽。

他偏頭，淡淡地掃了妹子一眼。

人高馬大氣場全開，加上冰神光環加持，使他看起來略可怕。

妹子嚇得縮了縮脖子，悄悄溜走了，離他們遠遠的。

棠雪沒注意到他們的互動，又唱了兩句歌，突然說：「欸，黎語冰，其實啊，你今天在賽場上還挺帥的。」

黎語冰龍心大悅，一把將搖搖欲墜的她提起來：「哦？說來聽聽，怎樣帥？」

「我說實話，我之前一直以為俱樂部那麼栽培你，有一半以上的原因是看臉，畢竟這是個顏值至上的世界。今天看完你的比賽，我就理解俱樂部了，你挺棒的。」

黎語冰剛要說話，她就搶過話來繼續說：「我認為你最棒的不是技術，也不是頭腦。」

「那你說是什麼。」

「是勇氣，」棠雪說著，食指點了點，強調了一遍，「勇氣。那是冰球啊，賽場上對抗多可怕啊，很容易受傷。你跟那些人打，你得克服恐懼和膽怯，這是人的本能，你要克服這些本能，才能變成一個勇敢的人，才能勇往直前。你做到了，做得比任何人都好。你以前不是這樣，小時候很軟弱的，但是現在，黎語冰，現在你成了一個勇敢的人。任何對手站在你面前，你都不怕他們。我覺得，這才是最可貴的……」

她還在嘮叨。

黎語冰動容地看著她。

沒人和他說過這些。他在球隊，在俱樂部，每個人都捧著他、讚揚他，但是他們只會說他聰明、優秀、技巧高超，就算讚美他的特質，也會選擇「勤奮」、「踏實」這類字眼。

沒有人注意到，勇敢有多難得。

只有他自己知道，他曾經花了多大的力氣，才成為現在的自己。

現在，棠雪只看了他的一場比賽，就這樣輕而易舉地看出來了。

果然，最了解你的永遠是你的敵人嗎……

棠雪說完了，似乎是有點累，低著頭，沒什麼精神，這樣走了一會，她突然小聲說：「其實我挺羨慕你的。」

黎語冰怔了一下，看著她垂著腦袋的樣子，不知怎地突然有些心軟，便抬手，大掌覆在她的髮頂上輕輕揉了揉。

棠雪低落的情緒維持了沒多久，黎語冰把她送到她的宿舍大樓下時，她已經又高興起來。

「黎語冰。」棠雪仰著臉，笑嘻嘻地看著他。

「嗯？」黎語冰發現，棠雪是真的變白了。以前大晚上的都看不清她的臉，現在他已經能借著路燈的光分辨她臉上那兩朵醉紅。

棠雪喝多了，眸裡像是有水，盈盈地閃著光，她笑道：「從明天開始我就自由啦，再也不用伺候你了，冰狗！」

黎語冰哦了一聲，突然彎腰，靠得近了一些，兩人面對面，他盯著她的眼睛，忽地冷笑。

「棠雪。」

「嗯？」

「想擺脫我？你做夢。」

棠雪這一晚睡得很沉，沒有做夢。

早上起來時，前一天晚上醉酒後的記憶零零散散的，忘了一大半，她記得自己好像唱歌了，唱得特別好，黎語冰幫她鼓掌了，還建議她報名唱歌比賽，他可以幫她拉大提琴。

棠雪不確定自己要不要給他這個面子。

寢室除了她沒別人，她頂著宿醉後昏沉的腦袋，在床上趴了一會，夏夢歡提著早餐回來了，見棠雪醒著，便說：「起床吃早餐囉。」

「夏夢歡，」棠雪懶洋洋地說，「今天晚上我請你們吃飯。」

「好啊，為什麼請客呀？」

「因為，」棠雪想到原因，就笑著在床上打了個滾，「因為我今天就可以從黎語冰那裡離職了，中午去找吳經理結算薪水。再也不用搭理那個神經病了，哈哈哈哈哈……」

中午放學，等不得吃午飯，棠雪就迫不及待地去找吳經理了。

兩人在辦公室裡面對面坐下，吳經理一臉和氣，拿著文件仔細確認了一番，說：「我先和你結算薪水。你這一個月的薪資表你看一下，正常薪資是兩千四百五十塊錢。」說著他把薪資表遞給她。

棠雪提醒他：「吳經理，黎語冰還欠我一萬塊錢，他跟你說了嗎？」

「說了，特殊服務費，在最後一欄。」

「特殊服務費」這幾個字讓棠雪的眉毛跳了跳，她恍惚感覺自己是個「三陪」。

薪資表上所有金額加起來一共是一萬兩千四百五十元，棠雪眉開眼笑，提筆簽好字還給吳經理，然後問：「吳經理，付款是用支付寶、微信，還是網銀？」

「啊？我都行，看你。」

棠雪掏出手機：「那支付寶吧。」

「嗯。」吳經理看著薪資表點了點頭，又拿出另一張表格，「你這個月一共要交五萬的罰款，扣掉薪資，還得給我們三萬七千五百五十元。我的支付寶是……」

「你等一下，」棠雪嚇了一跳，連忙打斷他，「罰款是怎麼回事？吳經理啊你可別嚇我，我年紀小。」

吳經理將新的表格遞給棠雪，搖頭嘆氣，一臉無奈：「棠雪，你在職三十天，非法販賣黎語冰的個人隱私二十九次，一共賣給二十個人，我沒說錯吧？」

棠雪一愣：「什、什麼意思？」

「意思是，每天早上，黎語冰的隱私都會被你販賣一次，前後累計二十九人次，情節特別惡劣，影響特別嚴重。」

棠雪終於明白他指的是什麼了，辯解道：「我只是讓人幫他送個早餐啊，不至於這樣吧？」

「那你告訴我，你收錢了嗎？」

「我……」地上擺著錢她為啥不撿？

吳經理用食指敲著桌子，為難地看著她：「棠雪，不是我要說你，你只要收錢，就是以盈利為目的販賣他人隱私，性質就完全不一樣了。再說你知不知道，都是因為你販賣他的隱私，現在總是有人在東操場北出口駐點等黎語冰晨練，甚至還因為爭風吃醋發生過衝突事件。這些對黎語冰本人、對我們校隊，甚至對俱樂部，都造成了很大的干擾和損失。讓你賠五萬，真的沒冤枉你。」

棠雪抓了抓頭髮，一陣煩躁：「可是我哪有那麼多錢？」

「那我也沒辦法，請你在一星期之內把罰款補齊，否則我們可能會起訴你。」

「你起訴我，我還是沒錢啊……」

「棠雪，如果法院判你還錢了結果你不還，你知道問題會有多嚴重嗎？被列入失信人員名單[3]，我們就不說你以後買房買車貸不了款的事了，就說眼前的，你不能乘坐價格昂貴的交通工具，飛機、高鐵一律不行，下次回家只能坐綠皮火車[4]，硬座位。」

吳經理一口氣說了許多，說完他發現棠雪手肘抵在桌面上，正扶著下巴默默地看著他，烏黑漂亮的眼睛直勾勾地盯著他，彷彿一眼看穿了他的內心。

他有點尷尬，扶了扶眼鏡說：「你還有什麼要說的？」

「吳經理，是不是黎語冰要你這麼做的？」

「咳，那什麼……」

棠雪已經想明白了，這時壓抑著心中的怒氣，冷笑道：「你否認也沒用。黎語冰要是想反對，早就開口了，事實上他一直忍受著，不就是為了等這一刻嗎？他想整我。」

吳經理有點難受。他一個老年單身狗，為什麼要攪和這幫年輕人的破事？什麼霸道總裁窮追不捨，什麼契約小祕書戀愛百分百！

雖然心裡翻了無數白眼，表面功夫還是要做，吳經理整理了下檔案，把自己的支付寶帳號告訴了棠雪。

3　經中華人民共和國人民法院認定的「具有履行能力而不履行生效法律文書確定的義務」的人員，會被限制高消費。

4　曾廣泛流行於蘇聯、中國等社會主義國家鐵路的鐵路客車塗裝設計，多無空調，車窗可以打開，製造年代久遠。

「我要見黎語冰。」棠雪說。

「你隨時可以見他，這是你們的事。」吳經理說著，收拾好文件，起身，逃似地走出辦公室。

出去之後，他低頭傳了則訊息給黎語冰：「最後一次幫你唬弄人！」

這邊，棠雪在吳經理離開之後，氣得重重往桌子上一拍，發出砰一聲巨響！

手機螢幕亮了，她低頭看了眼手機，是黎語冰傳了即時定位給她，在食堂。

到食堂時，棠雪氣還沒消，她坐在黎語冰對面，瞪著他，因為生氣，胸膛一起一伏的，眼睛都瞪圓了，放射著仇恨的光芒，腮幫子鼓鼓的，像隻憤怒的河豚。

黎語冰心裡爆爽。

她這副樣子簡直太下飯了，黎語冰不知不覺胃口大開，吃光了飯菜，又去買了一份。

他回來坐下時，棠雪在桌下重重地踩了他的腳。

她也就得逞了這一次，再踩他時，他躲得飛快。兩人就這樣來回過了幾次招，之後黎語冰突然一伸長腿，靈巧地制住棠雪的雙腳，他修長有力的小腿牢牢地卡住她的兩隻腳踝，彷彿一個捕獸夾，毫不留情地制住闖入自己領地的小動物。

他腿長力氣大，棠雪掙了幾次都沒掙開，氣道：「神經病，放開我。」

黎語冰倒是沒糾纏，就這麼放開了她。

棠雪還要踩他，他輕巧地躲開，挑眉朝她笑道：「還鬧？」

她灰撲撲地收回腿，敲了敲桌子，重新整理了一下氣場，仰著下巴問他：「黎語冰，你到底想幹什麼啊？」

「我被你壓迫了六年，」黎語冰微微牽著嘴角，臉上的笑容有點變態，「現在才一個月，你就受不了了？」

「哦，我明白了，你不就是想叫我繼續當你的小太監嗎？黎語冰，你這樣欺負我，是不是挺爽的呀？」

「不，」黎語冰微笑著搖了搖頭，「是特別爽。」

棠雪想打死他。

黎語冰吃好飯，把餐盤收起來，對棠雪說：「要嘛還錢，要嘛以工抵債，自己選一個。」

「我要是都不選呢？」

「那我只好拿起法律的武器保護自己了。忘了告訴你，二十個曾經向你購買我隱私的買家都願意當我的證人。」

棠雪靠在座椅上，抱著手臂看著他，搖頭嘆道：「這麼可愛的男孩子，真想吊起來打。」

黎語冰：「……」

棠雪沒想到黎語冰給她挖了這麼大一個坑，更沒想到他會用那種俗不可耐的方法對付她。她作為一個獸醫系的學生，搜尋了一下相關法條，用常識分析了一番，最後傳了則訊息給她爸爸。

棠雪：「爸爸，好想你們！」

棠校長：「喲，缺錢了？」

棠雪：「……」
棠校長：「這個月才過去幾天，你的生活費就花光了？」
棠雪：「不是，我想買點東西。」
棠校長：「買什麼？」
棠雪：「電腦、冰刀、衣服、包包、口紅。」
棠校長：「你這是要買『一點』東西嗎？你可真夠謙虛的。」
棠雪：「還有天文望遠鏡。」
棠校長：「你一個獸醫買天文望遠鏡幹什麼？天上有豬嗎？」
棠雪：「誰沒有一點嗜好呢……」
棠校長：「說吧，要多少？」
棠雪：「四萬應該夠了。」
棠雪：「要是沒有四萬，三萬七也行……」
棠校長：「孩子，你已經十八歲了，有件事，爸爸該告訴你了。」
棠雪：「什麼事啊？」
棠校長：「你啊，其實不是我親生的。」
棠雪：「……」
她差點就信了。
沒能從爸爸那裡搞到錢，棠雪也不是很願意坐綠皮火車回家，憋了一下午，傳了則訊息給黎語冰。

棠雪：「我告訴你，我有一個不屈的靈魂。」

喻言還記得上次說過的要請客，他打了電話給棠雪。棠雪把黎語冰騙去暢天園，自己跟喻言去美食街的海鮮店吃龍蝦和生蠔了。

點菜的時候她幫自己點了一罐可樂，喻言不能喝碳酸飲料，還是喝豆漿。

棠雪握著可樂，俐落地一拉拉環，罐子裡的液體冒起小氣泡，嘶嘶的，彷彿在唱歌。

喻言坐在她對面，看著她的動作。

他微微偏著腦袋，眼睛濕潤柔亮，安靜又認真，那表情，特別像一隻還沒斷奶的小狗，對這個世界的一切充滿了好奇。

棠雪樂了，輕輕晃了下手裡的可樂，問他：「你不會沒喝過吧？」

喻言搖了搖頭。

「從來沒有？」

「嗯。」

棠雪一臉不可思議地看著他，彷彿在看一個外星人。

她的表情太誇張，喻言被她看得有點不好意思了，抿了抿嘴，解釋道：「我不能喝這些。」

「我知道啊，我以前也是體育生，教練也不讓我喝，可還是會偷偷喝。」棠雪說著，正要喝一口可樂，看著喻言眼巴巴的樣子，突然停下動作，笑問他，「喂，你要不要嚐嚐？」

喻言搖了搖頭。

「嘗嘗吧，就喝一口，沒關係的。」棠雪拿過玻璃杯，倒了一點，有兩三公分那麼高，然後把杯子遞給他。

她笑嘻嘻地看著他，他就有些動搖了。

稍稍猶豫了一下，他接過杯子，喝了一口。

很奇怪的味道，有點像藥，但是比藥清新可口許多，入口時氣泡還沒冒乾淨，涼絲絲的液體在口腔溫度的激發下又喧騰起很多氣泡，那感覺，就好像有好多小星星在嘴裡跳舞。

等小星星跳完了舞，喻言咽下可樂，舔了舔嘴唇，感覺有點意猶未盡，握著杯子又要喝。

棠雪連忙搶走他的杯子：「好了好了，一口就夠了，萬一喝上癮怎麼辦？我可不想帶壞小朋友。」

「我不是小朋友。」

「好好好，你不是小朋友，你是大寶貝。」

「……」

無視喻言一臉被噎到的表情，棠雪握著玻璃杯，見裡頭還有不少可樂，感覺扔了挺浪費，於是她機智地把杯子裡的可樂又倒回了罐子裡。

中間的過程有點艱難，灑了一些。

喻言看著她這樣做，不知為什麼臉上有些燥熱。

蒜蓉龍蝦上來了，烤生蠔也上來了，兩人邊吃邊聊。

喻言問棠雪：「你以前當體育生，學的是什麼項目？」

「短道速滑。」

喻言沒問她後來為什麼不滑了。這條路很辛苦，他見過太多人放棄。

龍蝦的火候恰到好處，口感鮮嫩，配上蒜香，棠雪吃得一臉陶醉。喻言看著她的吃相，笑了笑，突然又說：「你有沒有想過改練花滑呢？我覺得你的體形很好看，而且平衡性也好。」

他那樣子像個賣安麗的，棠雪就故意逗他：「要不我們兩個一起練雙人花滑吧？」

「啊？」

棠雪托著下巴說：「唉，就是不知道你這小個子能不能把我托起來。」

「我還能長高的。」

棠雪看了他一眼，見他忽閃著眼睛，明顯是在認真回答這個問題，她噗哧笑了：「你傻呀，怎麼什麼都信？我要練花滑早練了，那時候教練覺得我沒有藝術細胞，才建議我去練速滑。」她還記得，也是那時候，教練建議黎語冰去學冰球。她困惑了很久，因為黎語冰大提琴學得不錯，藝術細胞是肯定不缺的。

直到再次遇到黎語冰，看到這傢伙長到一百八十八公分了，她才醒悟當年那個教練的高瞻遠矚——長這麼高很難玩花式滑冰，頂多玩個花式摔跤。

棠雪也就隨便想了一下黎語冰那渾蛋，誰料就在這個時刻，彷彿聽到了她的召喚，他突然打電話來了。

她眉頭一皺，立刻掛了。

他又打。

喻言看到棠雪手機上來電顯示是「冰狗」，便猜到那是黎語冰。

棠雪第三次掛掉黎語冰的電話後果斷關機。喻言看著她不悅的神情，猶豫著問她：「你不是說已經甩掉他了嗎？」

「那是之前，」棠雪扶著額，無奈地道，「我上輩子一定是個殺豬的。」

「他是豬？」

「不是，他是狗。我賣豬肉的時候他蹲在我的攤子旁邊眼巴巴地瞅著我，想等我扔骨頭給他吃，結果我從來不給他，這就是我跟他上輩子的冤仇，他這輩子來找我討債了。」

喻言第一次聽到有人把仇人關係形容得這麼……形象生動，別具一格。

他見她煩惱，便也有些著急，問：「到底怎麼了？」

「扯不清楚，總之就是我欠他錢，欠了好多，一時半刻還不清。」

「欠了多少？」

「三萬多。」棠雪想到這裡忽地一笑，「不過你放心，我已經想好辦法整治他了。」

「什麼辦法？」

她眯著眼，說：「我把他騙到辦公室，鎖了門，然後，我把衣服一脫……」

喻言正在喝豆漿呢，聽到這裡，嚇得嗆到了，劇烈地咳嗽起來，咳得臉通紅。

棠雪抽紙巾遞給他，說道：「我還沒說完呢。我又不是要強暴他，你別瞎想……我的意思是，到時候我威脅他，就說他非禮我，你說他能不服？」

喻言心想：他服不服我不知道，反正我服了。

「不要這樣，這個辦法不好。」喻言擦著嘴，順了順氣，說道。

棠雪摸著下巴說：「我覺得還行。」

「不行，你是女孩子。而且……」他說到這裡突然頓住。

棠雪好奇地道：「而且什麼？」

喻言心想：我不想你在他面前脫衣服啊。

喻言回到寢室，從衣櫃裡拿出一個長方形的大鐵盒子。鐵盒子以前是裝糖的，那麼多糖，他只吃了一塊，後來盒子歸他了。

盒子裡裝的都是證書和獎牌。

室友宋志遠看到他擺弄盒子，湊過來看熱鬧，讚嘆：「哇！強！」語氣充滿敬佩和羨慕。

喻言從一堆獎牌裡邊挑出一塊，拿著端詳了一下，問宋志遠：「你說，這個能賣錢嗎？」

宋志遠也是學花滑的，只不過是一介凡人，跟天才比不得啦。這時聽喻言問，宋志遠說道：「這些都是榮譽，怎麼能用錢衡量呢？庸俗！」

「賣二手東西的網站叫什麼？」

「好像叫閒魚──我說你真要賣啊？那可是獎牌啊！」宋志遠一陣心疼，不是他的他也心疼啊。

喻言不以為意：「賣掉一塊獎牌，還會有更多獎牌的。」

宋志遠翻了個大白眼。

過了幾天，棠雪突然收到喻言的微信轉帳──四萬塊，把她嚇得要死，連忙打電話過去。

「喻言你幹嘛呀？」

「拿去還債。」

「不是，你這錢哪裡來的啊？這麼大一筆錢。」

「呃，」喻言想了想，編了個謊言，「是比賽獎金。」

「不行，你拿回去。我拿你的比賽獎金去給黎語冰，我不是成了禽獸嗎？」棠雪快愁死了。

「我留著也沒用。」

「那你留著放餘額寶，賺利息總行了吧。」棠雪扶著額，無奈地道，「我說，你怎麼這麼傻呀，我跟你訴苦你就匯錢給我？是不是誰跟你訴苦你都匯錢呀？」

「不是。」他小聲說。

「你要長點心眼啊！」

「哦。」他的聲音更小了。

棠雪緩了緩語氣，說道：「你的好意我心領了，不過真不用。不管怎麼說，我得謝謝你，真的，夠意思。」

「棠雪。」喻言突然喚她。

「啊？」

「你是願意欠我錢，還是願意欠黎語冰錢？」

「……」

棠雪簡直不敢相信，自己竟然被這傻子的一句話給說服了。她突然有些搞不懂了，這小子到底是傻還是聰明啊？

拿人家的錢總歸有些不好意思，她撓了撓頭髮，說道：「那好，我以後做兼職慢慢還你。」

「嗯。」這次他的聲音帶了點淡淡的笑意。

「喻言啊，從現在開始，你就是我的再生父母了。」

喻言：「……」

他並不是很想做她的父母啊……

棠雪拿到錢，想像了一下要用什麼樣的姿勢把錢往黎語冰臉上甩才會顯得霸氣側漏。想來想去，總覺得就這麼把錢給黎語冰，不管用什麼姿勢，她都虧得很。

不行，不甘心，她要先搞他一波。

吃飯的時候，棠雪拿著張報名表，對黎語冰說：「你不是說想和我一起報名唱歌比賽嗎？」

黎語冰一臉疑惑。

「別裝了，你想給我拉大提琴，那天我都聽到了，別以為我喝多了什麼都不記得。」棠雪說話時，張著手，細長的手指小幅度地動著，鉛筆困在她的中指和無名指之間，唰唰地飛快轉動。

黎語冰看得一陣眼花。

棠雪：「那我填你的名字啦？」

黎語冰認為她這是在含蓄地表達懇求。

他最近坑了她，良心上還是遭受了一點點譴責的，現在她有求於他，他沒裝模作樣就答應了：「填吧。」

棠雪填好報名表，問黎語冰：「我們什麼時候練一下呀？」

「可以抽飯後的時間。你想唱什麼歌？」

「我那天唱的《看月亮爬上來》，我感覺挺不錯的。」

「不行。」

「那《告白氣球》呢？」

「不行。」

「《小酒窩》？」

黎語冰瞇著眼睛看她：「為什麼要唱《小酒窩》？」

棠雪感覺他挺莫名其妙的：「喜歡不行啊？」

「不行。」

棠雪一陣無語：「黎語冰，這些曲子你沒一首會的？」

「曲風不適合大提琴，你挑一首抒情的。」

棠雪擺了擺手：「我算是看出來了，原來你大提琴拉得不怎麼樣。好吧，你選你會的，我都行。」

黎語冰選了一首《但願人長久》。

棠雪在校家屬大樓那邊租了一間音樂教室，面積不大，在二樓。

午飯後黎語冰提著琴跟棠雪一起來到音樂教室，上樓的時候，他看到她在擠眼睛。

「你緊張什麼？」他問。

「誰緊張？別瞎說。」

「你一緊張就擠眼睛，從小就這樣。」他毫不留情地揭她老底。

棠雪朝他翻了個白眼：「嗯，我要和校園男神共處一室了，我能不緊張嗎？」

「該緊張的是我，我要和流氓共處一室了。」

棠雪也不氣惱，掏鑰匙開門：「您請吧。」

黎語冰有些日子沒拉琴了，宿舍隔音不好，而且大學生們的作息很多樣，任何時間段都可能有人在睡覺，所以他不管什麼時候拉都會擾民。

現在他要先把曲子練一練，找找手感。

至於要怎麼和棠雪配合，他並不覺得他們能配合起來。捫心自問，他水準有限，棠雪那山路十八彎一樣的走音方式他拉不回來，不被她帶偏就算他意志力頑強了。

黎語冰練琴時，棠雪就坐在窗戶下看他，盤著腿，像個東北老太太。

他長得真好看啊，烏黑英俊的眉眼，英挺的鼻樑，Q彈飽滿的唇，自然健康的唇色有點像櫻花。

他眼眸低垂，神態安靜，樂聲從指尖和琴弦上流瀉出來，音色低沉、渾厚、克制，曲調舒緩悠揚，讓人想到秋天寂寞的夜晚和清冷的月光。

棠雪托著下巴聽得入迷，黎語冰不經意地抬頭，看了她一眼，她捧著下巴朝他露出一個傻笑。

黎語冰心想，傻子，然後不自覺地牽了下嘴角。

他一首曲子拉完，棠雪朝他招手：「黎語冰，過來。」

黎語冰莫名其妙地看著她：「幹什麼？」

「過來。」棠雪一臉神祕地笑著，繼續招手。

黎語冰放下琴，走過去，棠雪拍了拍自己身邊的位置：「坐下。」

他坐在她身邊。

兩人就這麼坐在地上，背對著陽光，黎語冰看著地上兩人靠得有些近的影子，難得地頗有耐心，問：「你到底想幹什麼？」

「閉上眼睛，給你看樣東西。」

他依言閉上眼睛。

身邊傳來一陣摸索東西的輕響，然後，黎語冰感覺到自己的手腕被她捉住。眼睛看不見，觸覺就越發靈敏，她細長的手指扣著他的手腕，掌心的肌膚緊緊貼著他的肌膚。

她的掌心有些熱，這讓黎語冰不太習慣，反射性地稍稍抽了一下手，但沒有抗拒。

直到他感覺到手上多了個冰涼堅硬的東西。

第六章
最佳拍檔

黎語冰覺得不對勁，猛地睜開眼，只見棠雪正抓著副黑色的手銬，他的一隻手腕已經被她銬住，另一隻手腕也被她捉過去……

黎語冰來不及想，本能地用力抽手腕。

到手的小羊羔要溜走，棠雪哪能容忍，連忙死死地抓住手銬：「別動！」

黎語冰哪可能還聽她的話，使勁扯著手臂想擺脫她。可能是因為他用力太猛，她一個沒防備，整個人跟著手銬一起被拉過去，險些撲到他身上。

棠雪有些著急，一手抓著手銬的一端，另一隻手去抓黎語冰躲掉的那隻手腕，可惜黎語冰的手臂比她長太多，抬著手臂往後稍稍一躲，她就追得很困難了，拚盡全力只能抓到他的小手臂，還，還拉不動……

「你幹什麼？」黎語冰皺著眉問。

「配合一下嘛！」棠雪還在努力。

她的牛脾氣又發作了，什麼都不管不顧的，拉扯之間，兩人的身體難免有些摩擦觸碰。黎語冰感覺到她的肢體那麼柔軟，彷彿脆弱得不堪一擊，他怕弄傷她，不敢太用力反抗，只是一味地躲。他越是躲，她追得越是兇，變本加厲，整個人都要貼上來了。

他們靠得那麼近，近到他都能聞到她身上那股淡淡的馨香。清新、柔軟、獨屬於女孩子的氣息，彷彿細雨微茫，彷彿花蕊初綻，既陌生又新鮮，縈繞在他鼻端，令人無法抵擋。

黎語冰晃了一下神。

就在他發呆的時候，棠雪一著急，直接將他撲倒了，趁他沒反應過來，飛快地把他的另一隻手也銬了起來。

黎語冰仰躺在地板上，自下而上看著她。她跪在他身體兩側，因為太激動，臉上紅撲撲的，眼睛閃著光，黑色的短髮因重力作用垂在臉側，隨著她的動作輕輕擺動。陽光透過玻璃窗斜著灑進來，被她擋在身後。

這個角度可以說是AV視角了。

她見黎語冰看她，便朝他擠眼睛，勾唇笑了笑。

黎語冰腦袋裡有些淩亂，他偏開視線不看她，動了動手，發現自己終於是被銬上了。

他掙了掙，掙不脫。

破手銬，還挺結實。

黎語冰皺著眉，說：「你到底要幹什麼？」

棠雪從他的身體上方退下去，用一種譴責的語氣說：「黎語冰，是你，是你逼著我走上違法犯罪道路的。」

黎語冰想要坐起來，她突然按住他的腿：「不許動！」

隔著一層布料，他幾乎能感受到她手指的形狀和溫度。

他心緒浮動，身體裡像是有什麼東西要拱出來，這讓他感覺不太好。他輕輕地吐了口氣放鬆身體，躺在地上定定地看著她，說：「你想幹什麼，快點。」

棠雪先把手機支起來放在陽台上，正對著他們。

黎語冰心想：這流氓沒羞沒臊，竟然還要錄影。

然後她從書包裡拿出不少東西，一一擺開：手術刀、紗布、醫用酒精……

黎語冰的眉頭重重一跳。

棠雪拿起一把手術刀，輕輕巧巧地挽了個刀花，動作那叫一個乾淨漂亮。

黎語冰忍不住吐槽道：「你上解剖課學的主要是雜技表演吧？」

「少廢話。」棠雪玩著刀，獰笑著瞪了他一眼，「不過我解剖課確實上得不太好，老師說課外要多練習，所以呢，介不介意我現在拿你練練啊？」

黎語冰沒說話，不動聲色地觀察著她的表情。

「要從哪裡開始呢——」棠雪拉長聲調，伸手拍了拍他的臉，「小臉蛋長得不錯，這一刀下去，有點可惜。」

黎語冰盯著她，低聲說：「你覺得我長得帥啊？」

棠雪有點窘，指了指他：「不錯，很會抓重點。」她說著，目光沿著他的身體緩慢地掃過去，一路向下。

最後，她的視線停在他的兩腿之間，托著下巴打量著。

黎語冰明知道她沒那個意思，可是她澄淨直白的目光落在他那個地方，依舊使他呼吸重了幾分。

棠雪玩著刀子，說：「那我就給你做個小小的結紮手術吧。」說完這句話，她悄悄觀察著他的表情。

黎語冰也在看她，當她的視線望過來時，他微微瞇了瞇眼睛，沉黑幽深的目光落在她的臉上。

「別玩了。」他說，聲音低啞。

棠雪感覺他的表情略奇怪，但絕不是害怕。她有點失望，還有點不太相信，問他：「你真不害怕？我都要把你閹了。」

要是換一個別的什麼人，突然這樣對待黎語冰，他說不定真的會害怕，但是他不怕棠雪，因為他了解她，知道她是什麼樣的人、她做事的界限在哪裡。

因為熟悉，所以信任。

黎語冰胸口起伏著，說：「我再說一遍，別玩了，否則後果自負。」

棠雪不怕他的威脅，不過她現在真有點騎虎難下了。本來嘛，她就是想嚇唬嚇唬他，為了避免誤傷，手術刀都是在網路上買的道具，看起來嚇人，其實連蘋果都切不開。

刀是假的，演技是真的，她自以為做得非常逼真了，不管是誰，被這樣威脅著，都得嚇得屁滾尿流跪地求饒吧？不怕一萬還怕萬一呢！

可黎語冰偏不，他直勾勾地盯著她，彷彿在等她落刀子。

難道他根本沒有那東西，所以才無所畏懼？

不行，老子還就不信嚇不到你。

棠雪心一橫，假裝要脫他的褲子。她將他的運動服上衣撩起來，再將裡面的T恤下擺撩起來，看到了他的小腹。

平坦的小腹，一點贅肉都沒有，由於常年不見光，膚色白皙，這時因為身體繃得太緊，腹肌微微鼓著，一塊塊整齊分明，像白巧克力。

哦，原來他這麼緊張啊。

棠雪有些高興，吹了聲口哨，笑嘻嘻地道：「身材不錯喲！」

自己的皮膚裸露在對方的視線裡，這讓黎語冰除了彆扭之外，隱隱又有些興奮。這股興奮是身體的本能，他無法控制。感覺到事態逐漸失控，黎語冰無可奈何地閉了閉眼睛，最後一次警告她：「別鬧了……」

棠雪認為黎語冰已經快嚇死了，表面上還要硬撐。她摸著他運動褲的邊沿，一邊裝作要脫他的褲子，一邊笑眯眯地觀察他的表情。

少女柔軟細膩的指尖不經意間觸碰到他小腹上的肌膚時，那感覺，就像是一桶火藥終於濺進去一顆火點，轟——全炸了。

黎語冰額頭上冒出了汗，胸口劇烈地起伏著，看到棠雪看他，他喉嚨動了一下，嗓音低啞：「你……」

棠雪覺得他這表情太詭異了，莫名其妙地收回目光，視線一掃，嚇了一跳：「啊！」

她身體一抖，手術刀都扔了。

黎語冰的雙腿之間隆起一座小山。

棠雪簡直不敢相信，在這麼緊張的氣氛下他還能……呃……

「你……」棠雪尷尬得一陣臉熱，腦子有些亂，不知道該說點什麼。

然後她突然想到，聽說男的在要排尿的情況下，那個地方好像也是會變大的。於是她指著黎語冰，用一種不太確定的口吻，問道：「你、你、你這是要嚇尿了，對吧？」

黎語冰：「……」

棠雪感覺他的表情很不對勁，看起來好危險的樣子，她把東西一收，掏出一把鑰匙扔在地上：「你自己去上廁所吧，我走了，拜拜！」

說完她邁過他，噔噔噔，跑得倒是快。

黎語冰在地上躺了一會，等身體平復一些了，他才起來，摸起鑰匙開了手銬，然後坐在地上發了一會呆，看了一眼時間，下午還得訓練，於是他收拾東西也要離開。

收東西時，他看到陽台上被棠雪落下的手機。那手機還在勤勤懇懇地錄影。

黎語冰拿起手機，退出錄影，把這段影片直接刪了。他刪完影片正要鎖屏時，恰好有人傳了則微信訊息給棠雪。

這要是別人發的他肯定不看，可消息暱稱顯示的是「喻言」。

這他就必須看看了。

遇到和棠雪那渾蛋有關的事，黎語冰的道德底線總是要下調一些，這時偷看人家的訊息，一點心理壓力都沒有。

喻言：「在做什麼？」
黎語冰眉頭一挑，幫棠雪回了則訊息。
棠雪：「剛剛把黎語冰摸硬了。」
喻言：「……」

喻言一下午的訓練都狀態不好，心裡壓著事情，總是走神。
訓練結束後，他接到一通電話，是個陌生號碼。
「喂？」
「喂，喻言，我，棠雪。」
他也說不上為什麼，這時突然聽到她的聲音，心裡竟然有一點委屈和難過，他小聲地哦了一聲。
棠雪的語氣有一點不好意思，輕聲說：「喻言，你能不能幫我個忙？」
「什麼？」
「我的手機在黎語冰那裡，你幫我拿過來，我不想見他。」
喻言想到中午那則訊息。他就覺得奇怪嘛，原來是黎語冰傳的啊……這就不難理解了。
他的心情瞬間明媚了。
「好。」他答道，語氣堅定，想了想，感覺黎語冰不太好對付，又問，「他要是不給我怎麼辦？」
「嗯……他要是敢不給你，你就告訴他，他的聯繫方式將會出現在重金求子和治療不孕不育的廣告上，你看他給不給。」

喻言擦了一下額頭：「好……」

兩人又聊了幾句，最後要說再見時，喻言突然問：「我的電話號碼，你是不是背下來了？」

「對啊，這有什麼難的？」

學校每年都統一發手機號碼給新生，同一批手機號碼數字相似，棠雪和喻言的手機號前七位一模一樣，區別只在後四位，要記住並不難。

雖然不是難事，但喻言還是有一點開心。

他和棠雪道別後，便去冰球館找黎語冰。恰好黎語冰也結束訓練，和幾個人一起走出來。冰球隊的隊員最矮的也超過一百八，喻言隻身一人擋在他們面前，身影竟然被襯托得有點嬌小。

「學長，我來幫棠雪拿手機。」喻言也不多廢話。

黎語冰手插口袋，面無表情地看著他：「讓她自己來。」

「如果你不給我手機，你的聯繫方式將出現在重金求子和治療不孕不育的廣告上。」

喻言用波瀾不驚的語氣說出這麼奇葩的話，效果驚人，黎語冰的隊友們一陣爆笑，有人甚至笑彎了腰，不得不扶住身邊人的肩膀。

還有人朝喻言豎大拇指：「你有種！」

黎語冰都不用細想就知道這主意肯定出自棠雪。他有點佩服她了，那渾蛋腦子裡裝著鋪天蓋地、層出不窮、取之不盡、用之不竭的賤招，也算是天賦異稟了。

而且，每每遇到她，他都會不受控制地被她同化成神經病，這才是最可怕的……

他黑著臉，掏出手機遞給喻言。

喻言接手機時，黎語冰突然勾唇一笑，說：「你可以問問她為什麼不敢自己來拿。」
「謝謝學長。」喻言接過手機，轉身離開。
黎語冰的隊友們開始八卦喻言。
「這誰啊？」
「花滑隊的新生，據說是個小天才哦，來的時候自己帶著團隊呢。」
「這麼強嗎？和我們冰神比，誰厲害？」
「蘋果和西瓜怎麼比？」
「我喜歡西瓜。」
「我喜歡奇異果。」
黎語冰聽著他們一路聒噪，耳朵疼。

這天晚飯棠雪沒有和黎語冰一起吃，兩人也沒有一起上晚自習。
黎語冰在圖書館二層，做完了作業有點無聊，便在書架前翻書看。
翻著翻著，看到一本封面很眼熟的書，他回憶了一下，哦，是棠雪看過的。
那是一本唐朝某公主的傳記，封面看起來挺正經的，但他打開來看了一會便一陣臉熱，小聲自言自語：「這流氓。」
夜裡，流氓闖進了他的夢裡。
這次她沒有逃。她沒有逃，那她幹了什麼呢？

不知道，說不清楚，他只知道她在他身邊，他又聞到了她的氣息。他被她的氣息包裹住了，像是陷落在軟軟的雲端。她湊過來，在他耳邊說話，身體纏著他。手？手在幹什麼？他不知道啊……

夢境是混亂而破碎的，身體的感覺卻清晰得彷彿真實，那樣愉悅，那樣歡快，那樣……

醒來時，黎語冰睜著眼睛，目光空洞又迷茫，呆呆地望著天花板。

外面已是黎明，但寢室拉著窗簾，光線晦暗，室友們都還在睡，鼾聲四起。老鄧也不知做夢在吃什麼，一邊打呼嚕還一邊咂嘴。

三個人搞得像個交響樂團一樣熱鬧。

黎語冰動了動身體，感覺到身下一片冰涼滑膩。他閉著眼睛，手掌覆在額上。

頭疼。

上午上課的時候，黎語冰收到一則來自棠雪的微信轉帳通知。

她轉了三萬七千五百五十元給他。

黎語冰看著那串數字，皺起了眉頭。

棠雪又傳了則訊息給他：「冰狗，拿去買骨頭，這是我上輩子欠你的。」

黎語冰：「逗你玩的。」

棠雪：「什麼意思啊你？」

黎語冰：「我說，我逗你玩的，你不用給我錢。」

他傳完這則訊息，也轉了個帳給棠雪，是他本該給她的薪水。

棠雪懷疑這是黎語冰的又一個圈套，糾結了一下，認為人不該貪小便宜，君不見電視上的詐騙犯，有多少是利用人的貪婪？

於是她沒有接收那筆錢。

棠雪：「黎語冰，以後我們兩個別見面了。」

黎語冰：「還在害羞？」

棠雪：「滾蛋。」

棠雪：「我的意思是，為了避免再見面時有可能發生的流血衝突，我們兩個最好老死不相往來。」

黎語冰：「唱歌比賽怎麼辦？」

棠雪：「你退賽吧。」

黎語冰：「不行，我不喜歡半途而廢。」

棠雪：「說白了你不就是想抱我大腿拉琴嗎？行，我再給你一次機會，你要是還敢作怪，我馬上踢了你。」

黎語冰：「講講道理，到底是誰作怪……」

於是午飯時，兩人又聚在一塊了，但是他們之間多了一個人——喻言。

這麼快見到黎語冰，棠雪還是挺彆扭的，垂著視線不看他，埋頭專心吃飯。

喻言坐在棠雪旁邊，也埋頭吃飯。

兩人都低著腦袋不說話，就跟犯錯的小學生似的。

黎語冰坐在他們兩個對面，目光在棠雪和喻言之間切換了幾次，用一種帶著幾分質問的語氣說：

「到底什麼意思？」

棠雪並不想看到他的臉，也不想和他對視，這時低著頭答道：「意思就是，喻言幫我們伴舞。他有舞蹈底子，照著網路上的影片練一練就行，影片都下載好了。到時候你拉琴，他伴舞，我唱歌，我們這個陣容肯定驚豔全場。等拿到冠軍……」

「請我吃泡泡糖？」黎語冰沒等她說出口，搶答了。

「啊？」棠雪終於抬頭了，驚訝地看著他，「你只要泡泡糖啊？我本來還想說贏了獎金平分呢。」

黎語冰：「……」

黎語冰沒想到棠雪和喻言這麼快就勾結到一起了，他能說什麼呢？如果他提了反對意見，肯定被他們兩個投票踢出去。

三個人又約了一下排練時間，黎語冰和喻言都很忙，依然只能利用飯後那一會時間。過了兩天，棠雪租到一間位於地下室的舞蹈教室。

為了節省時間，他們打算騎自行車，可問題是，喻言不會騎……

黎語冰比棠雪壯得多，所以載喻言的責任落在了他肩上。

真的，他想打人。

喻言有舞蹈基礎，身段又好，學起網路上那些速成舞蹈很快，第一天排練時，他已經能把舞蹈動作從頭到尾連貫流暢地做下來了。

黎語冰拉著琴，喻言跳著舞，棠雪在一旁拿著個筆袋當麥克風，唱歌。

「明月幾時喲（明月幾時有），拔酒吻青田（把酒問青天），不知天上共——缺（不知天上宮闕），今夕使喝年（今夕是何年）——」

黎語冰滿腦子就一句話：穩住，我們能贏。

喻言腳步踉蹌了幾下，沒站穩，回頭看了棠雪一眼。

棠雪朝他笑了笑。

喻言抿著嘴角，也笑了一下，雖然笑得有點勉強。

黎語冰在一旁看到他們兩個眉來眼去，呵呵一笑，曲調一轉，拉起了《二泉映月》。

棠雪唱著唱著悲從中來，老覺得自己手裡缺個碗。她突然停住，看向黎語冰：「喂，黎語冰，你走音了。」

黎語冰心想：了不起，你還知道音呢。

他不動聲色地應付道：「不好意思，記錯了，繼續。」

於是三人繼續。

之後，每當棠雪和喻言有眼神交流時，黎語冰就從《但願人長久》無縫切換到《二泉映月》，屢試不爽。

棠雪被搞得很沒脾氣。她插著腰，在原地來回踱步，有些著急：「有沒有辦法把音箱堵住呢？我們在網路上找一段大提琴伴奏放上去，到時候你裝裝樣子就行了。」

黎語冰說：「我建議你假唱，到時候動動嘴裝裝樣子就好了。」

一旁的喻言都聽愣了：「意思是說，就，就只有我一個人真的出力氣嗎……」

為了避免對未成年人的世界觀造成負面影響，棠雪建議，她和黎語冰兩個人都不要作假了，憑真本事上。

後來幾天的排練中，黎語冰實在受不了時，嘗試過糾正棠雪，試了幾次後，他發現教她唱歌真是一件艱苦卓絕的任務。

無論他怎麼教、怎麼勸，說得好好的，一到唱的時候她又現原形了。

而且人家走音的方式有一條既定路線，還不是瞎跑亂跑。

黎語冰終於不得不承認：這傢伙真的有一個不屈的靈魂……

棠雪對黎語冰的找碴也很無奈：「你到底要怎麼樣嘛？你自己琴都拉不好，還要管我？」說著她看向喻言，「喻言，你說我唱得怎麼樣？」

「我覺得，」喻言抿了下嘴角，答，「最重要的是自信。」

畢竟涉及舞台表演，除了排練，他們還要為服裝、化妝考慮，尤其是喻言的表演服。

喻言要表演的舞蹈是月下舞劍，這就要求衣服好穿又好看，還得符合傳統的古典氣質。

棠雪找了好多天也沒找到滿意的，要嘛太花俏，要嘛對髮型要求太高，最後還是喻言自己在淘寶上買了一套衣服。

一襲白色長衣長褲，衣料柔軟光滑，剪裁寬鬆舒適，就是公園裡晨練大爺人手一套的那種……太極服，人民幣八十九塊錢一套，含運，買不了吃虧也買不了上當。

棠雪沒抱太大希望，直到喻言穿著這套衣服站在她面前，她看著他，腦子裡的第一個想法是：會舞蹈的人氣質就是不一樣啊。

他的形體控制得極好，肩寬腰細，身材勻稱，加上膚色勝雪，眉眼如畫，穿這樣一身寬鬆飄逸的衣服，垂著手往那邊一站，頗有幾分仙風道骨的氣質。

棠雪看呆了。

喻言提起銀色的劍，走到舞蹈房中央，挽了個劍花，開始做他那套動作。雪白的衣料隨著他的動作翻飛擺動，在燈光下仿若水波。

黎語冰的琴聲適時地響起，低沉飽滿的音色，宛轉悠揚。琴與劍、聲與影，相互呼應，相互成全。

棠雪好激動：「明月幾時喲——」

琴聲和劍影同時滯了一下，然後繼續。

喻言的服裝解決了，棠雪和黎語冰的就好說了。黎語冰穿平常的襯衫、西裝褲和皮鞋就行，棠雪和夏夢歡一起去逛商場，買了條米色的雪紡長裙和一雙裸色高跟鞋。長裙是縮腰設計，很顯身材，圓領，領口綴著亮片。

她出門前還化了個妝。她技術不行，讓夏夢歡化的。

下樓時，夏夢歡一直挽著棠雪的手臂，怕她穿不慣細高跟摔倒。棠雪的身高有一百六十八，這時穿著八公分的高跟鞋，比夏夢歡高出一截。夏夢歡看著棠雪妝容精緻的臉龐，說：「大王，我對你是真愛了。」

「哦？此話何解？」

「你知道我要鼓起多大的勇氣和你走在一起嗎？你現在超女神！」

「是嗎？」棠雪站在宿舍大樓大廳的玻璃門前照了照，然後又摸了一把夏夢歡的腦袋，「夢妃，你也很是可人哦。」

「你叫我夢妃我老是想到那個光頭。」

兩人走出宿舍大樓，秋風一捲，棠雪的裙擺微微掀起來一些，她摸了摸裸露的手臂，有點冷啊。

黎語冰和喻言正在等她，她一出門就看到他們了。

他們也看到了她。

黎語冰覺得自己可能瘋了，竟然感覺棠雪很好看。

髮型沒變，但是她化了妝，膚色白皙透亮，眼睛好像更大了，水潤靈動得不像話，飽滿的嘴唇被描繪得清晰精緻，唇色如火。

修長的脖頸、清瘦鮮明的鎖骨、柔軟纖細的腰肢……黎語冰不自覺地又想到了那個羞恥的夢。夢裡，她也有這樣的腰肢……

棠雪走到他們面前，見兩人都在發愣，朝他們擺了擺手：「嘿！看傻了吧？哈哈哈哈哈！」

黎語冰：「……」

還是熟悉的味道。

一行人就這麼走到禮堂廣場——唱歌比賽的海選賽在那裡舉行——一路上吸引了許多眼球。

唱歌比賽的全稱是「校園歌手大賽」，是學生會每年舉辦的最大型的活動，據說往年有人透過歌手大賽直接出道去混娛樂圈了，不知真假。

本次校園歌手大賽分海選賽和正賽兩個環節。海選賽連續舉行三天，每個報名的人或者隊伍都可以上台表演，選拔方式有評審投票和群眾投票兩種。一共三個評審，三票全部通過的選手可以直接晉級正賽；沒有得到評審一致通過的選手，只要群眾投票數量夠多，也有機會晉級。

今天是海選賽的最後一天，棠雪他們的節目排在很後面，這是透過民主協商最後確定的黎語冰和喻言都比較方便的時間。其實節目排在後面不利因素很多，因為群眾投票管道在第一天就開啟了，不少同學已經把手裡的選票投出去了，留給後面的人的機會就越來越少。

不過棠雪認為這不是問題，她相信評審的眼光，他們一定會全票通過的。

禮堂廣場是通往食堂的必經之路，這時已經是放學時間，海選大賽舞台附近聚集了不少圍觀的人。主持人站在台上，報了一下節目：「下一個，《但願人長久》，有請棠雪、黎語冰、喻言。」

圍觀群眾一陣騷動。

「黎語冰？是我知道的那個黎語冰嗎？他怎麼來了？」

「啊？冰神？幸好我沒有著急去搶雞腿！」

「怎麼又是棠雪？棠雪跟黎語冰是綁定了嗎？他們兩個真在一起了？」

「棠雪是誰？」

「大一的，就前陣子輪滑俱樂部那件事，她當時可帥了，建議你去看影片。」

「我當時在現場，我覺得她跟黎語冰肯定有姦情。」

「胡說，黎語冰是我的！」

「明明重點是喻言！他怎麼也被棠雪……那女生到底何方神聖……」

「喻言又是誰？」

「你們都不關注花滑嗎？」

「咦，這妹子長得真好看！」

棠雪提著裙擺款款走上舞台，面向台下眾人笑了笑，落落大方的樣子，很搏得好感。

「一曲《但願人長久》送給大家。」她開口了，音色清潤，語氣不緊不慢，說這話時，臉上帶著淡淡的笑意，目光望向評審席，眨了眨眼睛。

評審們也報以微笑。

嗷！女神！

有些男同學很激動，沒等她開口呢，已經迫不及待地開始鼓掌了。

黎語冰和喻言在她身後已經擺開姿勢。

看到黎語冰要拉大提琴，女同學們也很激動。有生之年，男神你終於又拉琴了！

喻言持劍靜立，琴聲響起時，他也開始了動作。

許多人一看他舞劍的動作就感覺不簡單，動作非常流暢，輕盈且有力度，飄逸且瀟灑，這是專業的吧？

琴聲好聽，劍舞好看，觀眾們紛紛佩服起棠雪的陣仗，小聲討論著。

「強啊，這麼帥的男人幫她當陪襯。」

「什麼陪襯不陪襯的，他們是一個團隊嘛。」

「黎語冰為什麼幫她拉琴？啊啊啊，嫉妒使我癲狂！」

「這是冠軍配置了吧？我宣佈，本次歌手大賽的冠軍是——我老婆棠雪！」

「滾，什麼時候成你老婆了？」

他們正討論得火熱，棠雪突然開口了，比預定的節拍早了一點，搞得群眾一點心理準備都沒有。

「明月幾時喲——」

「……」

安靜，周圍死一樣安靜。

「拔酒吻青田，不知天上共——缺，今夕使喝年——」

「……」

沉默，世界滅亡般沉默。

評審席裡有個人在喝水，不小心吐了一桌子，這時正在尷尬地用紙巾擦桌子。

全場最淡定的就是拉琴和跳舞的兩人，一個眼眸低垂，神態安靜；一個劍舞生風，飄飄若仙。

棠雪唱得一臉陶醉，還玩起了台風，右手拿著麥克風，左手舉起來，學著電視上的歌手招了招手。

可去你的吧！

這大概是群眾共同的心聲。

有些人礦泉水瓶都舉起來了，可就這麼舉著，遲遲扔不出去。

男生們不忍心砸棠雪，女生們倒是特別忍心，可是怕誤傷後面的小哥哥……

於是棠雪得以安全地把一首歌從頭唱到尾。

台下群眾感覺自己的靈魂遭受到了洗禮，啊不，洗劫。

棠雪唱完歌，笑著看向評審席。

三個評審全部舉起了紅色的叉叉。

棠雪的笑容僵在臉上，表情還挺委屈，底下有些觀眾竟然開始不忍心了。

黎語冰起身，拿著琴走到她身邊，見她低落的樣子，像是打架落敗的小鳥。

「謝謝評審老師。」棠雪雖然鬱悶，還是說完這句客套話。

突然，一隻白皙有力的手伸過來，拿走了她手裡的麥克風。

棠雪奇怪地側過臉看著黎語冰。

黎語冰對著麥克風說道：「如果想在後續的比賽中看到我們的身影，請投我們一票，謝謝大家！」

觀眾裡有人在朝他揮手：「好的男神！」

黎語冰說完這話，把麥克風遞給主持人，見棠雪看著他發愣，他便推了一下她的肩膀，輕聲說：

「走吧。」

他的聲音竟然有點溫柔。

三人沉默離場。夏夢歡和廖振羽過來找他們，廖振羽一看到棠雪就安慰她：「老大，評審瞎了，不要生氣。」

棠雪低著頭，小聲說：「我真覺得我唱得沒問題。」

黎語冰突然特別好奇，問道：「就從來沒人說過你唱歌走音嗎？」

「我爸爸媽媽爺爺奶奶還有外公外婆……他們都說我唱歌特別好聽。」

「同學呢？沒有同學說過你？」黎語冰問完這個問題立刻搖頭，「算了，別人說你估計也不信。」

棠雪望瞭望天空。其實說她唱歌走音的人並沒有幾個，畢竟人們不喜歡當面指出對方的弱點，而事實是，她也確實沒信。

廖振羽突然踮腳湊到黎語冰耳邊悄聲說：「你怎麼這麼了解我老大？我投你一票。」

黎語冰一挑眉毛，斜著眼睛，送過去一個讚賞的眼神。

棠雪的比賽影片當天就被放到網路上了。

評論區基本上被花癡和吐槽佔領了——

「這誰？她怎麼有勇氣站上去？」

「求知欲讓我點進來，求生欲讓我退出去。」

「顏值隊，惹不起啊惹不起。」

「小哥哥小姊姊們麻煩大家幫我家冰神投個票，投票網址請點連結。」

「我……想把唱歌那人從影片裡摳出來……」

「醒醒吧，人摳出來了，歌聲還在。」

「要不我們集資滅了她吧？」

「黎語冰到底怎麼想的？他不是挺忙的嗎，怎麼有閒心幹這個？」

「樓上兄弟，你看看棠雪的臉，再看看她的身材，答案不是很清楚了嗎？這樣的妹子給你當老婆你能拒絕？」

「呵呵，我是女的，謝謝。」

「我也是女的，我也想要棠雪小姊姊當老婆，我可以幫她唱歌！＊臉紅紅＊」

「誰知道跳舞的小哥哥是誰？麻煩私訊我一下，狼血沸騰了，嘿嘿嘿！」

「你們這群花癡，就知道黎語冰，快來跟我一起關注未來的花滑世界冠軍喻言小哥哥吧！」

「我……明明知道她唱得難聽，還是忍不住把票投給她了，我怎麼管不住我這隻賤手！」

「樓上等等，你不是一個人！投完票我覺得自己可能是個瞎子。」

「就因為不瞎才投給他們好嗎，睜大眼睛看看，這三張臉，值不值你的一張票？」

「看開點，看開點……」

「我就問一句話，你們還想不想看到他們？」

「想！」

「想就去投票！」

棠雪感覺人生真是變幻莫測。她以為自己穩進正賽的時候，被評審的三個叉叉扔下去了；她以為自己毫無希望的時候，又被廣大群眾一票一票地從垃圾堆裡撈出來了。

所以說呢，群眾的眼光是雪亮的。

正賽分為初賽、複賽和決賽三個部分，棠雪他們這個組合比較忙，沒時間準備其他曲目，每次亮相都是《但願人長久》，這在歌唱比賽裡是非常罕見的。

奈何民群眾就是買帳，每次都是一邊聽著魔音灌耳一邊抖著手獻出自己的選票，男的投給棠雪，女的投給黎語冰和喻言，殊途同歸。

大家就這麼一路把三人送進了決賽。

學生會有點慌。校園歌手大賽是他們每年最盛大的活動了，這次決賽請了知名歌手來做嘉賓評審，還有電視台轉播，要是把這個走音大王捧成最佳歌手，臉都不要啦！

不怪他們緊張，歌手大賽的決賽評選，現場評審打分和場外投票各占一半比重，這也是為了吸引群眾互動，往年這樣搞，活動都辦得特別成功。

那個場外投票不好黑箱操作，只能本校學生用自己的學號註冊投票，一個蘿蔔一個坑，不能灌票。學生會從來沒遇到過這種情況。照理說能經過層層篩選，進入決賽的選手就算水準不是頂尖，至少夠看吧，誰知道還能有這種漏網之魚呢……

幾個學生會的幹部研究了幾次，認為不能冒險，因此厚著臉皮把評審打分所占比重從百分之五十抬到了百分之八十。

棠雪搞風搞雨了那麼久，終於被規則制裁了。

黎語冰研究了一下評審名單：兩個音樂系的老師、兩個副校長，還有兩個外面請來的嘉賓。

兩個副校長他都認識，他找了一個比較熟的，撥了對方的電話。

「喂，黎語冰，」副校長笑得像隻老狐狸，「我知道你想要說什麼，放心吧，我打分數的時候會照顧一下的。」

「我不是這個意思。」黎語冰說。

「哦？」

「表演結束後有評審的點評和提問時間，我知道棠雪歌唱得不太好，但她畢竟是女孩子，臉皮薄，所以，我想拜託王校長，能不能請幾位嘉賓點評以及提問的時候溫和一些？」

王校長聽他如此說，笑了笑，語氣變得親切許多：「好啊，你放心吧。」

棠雪最後只得了一個前十名的「十佳歌手」稱號，不過她在現場收了許多花，還得到了評審的鼓勵，所以整體結果倒也還可以。

散場後，三個人出來，一起去吃宵夜。

宿舍太遠，他們就沒回去換衣服，棠雪穿著禮服高跟鞋，喻言穿著太極服，黎語冰西裝，三個人這樣走在路上，看起來有點怪異。而且喻言還提著個袋子，粗布做的很大只的那種，大媽買菜的標配，他的劍就斜斜地插在袋子裡，劍穗垂下來，隨著他的走動一晃一晃的。

夜風太涼，棠雪禁不住摩挲手臂，黎語冰斜著眼睛瞟向她，想要解下西裝給她，又有些拉不下臉。

他猶豫的時候，喻言已經從手提袋裡取出一件運動外套，遞給棠雪：「穿上吧，冷。」

棠雪一樂，接過外套：「你怎麼還帶了衣服？機智。」

喻言抿了下嘴角：「我怕你冷。」

棠雪低著頭弄拉鍊，黎語冰低頭看她，從他的角度，只能看到她蜜桃樣的小半張臉和微微牽起的嘴角。

棠雪折騰了半天拉鍊也沒弄好，於是說：「這拉鍊壞了吧？」說著她就大大剌剌地把衣服一裹。

「我看看。」喻言轉到她面前，於是她鬆開了衣服。喻言彎下腰，捏著拉鍊，仔仔細細地對好，唰——一路暢通無阻地拉了上去。

經過棠雪的胸部時，他稍稍紅了臉。

黎語冰抱著手臂在旁邊看著他們，看到喻言臉紅時，他鼻子裡發出一聲冷哼。呵呵，挑來選去的，找了件拉鍊有問題的衣服給她，居心何在？

棠雪掏著衣服口袋，笑嘻嘻地說道：「果然是你的衣服，只聽你一個人的話。」

喻言抿著嘴笑了笑，樣子像是有些不好意思。

棠雪穿著高跟鞋，高度和喻言差不多，他拉好衣服時，兩人處於平視角度，可以看到對方的眼睛。喻言的指尖還扣在拉鎖頭上，捨不得鬆手。

黎語冰看不下去了，突然把自己的西裝外套脫下來往棠雪腦袋上一蓋。

棠雪只覺眼前一黑，什麼都看不到了，鼻端是陌生的男性氣息，那是衣服上殘留的溫度。她把西裝從腦袋上扒下，瞪了黎語冰一眼：「黎語冰你這個神經病。」

「我也怕你冷不行嗎？」黎語冰一臉無辜。

「那我還穿高跟鞋呢，你怎麼不怕我累啊？」

黎語冰一挑眉，看著她：「要不然，我抱著你？」

棠雪覺得黎語冰越來越不要臉了，正要教訓他呢，忽然看到前方不遠處迎面走來一個人，棠雪二話不說把黎語冰的手臂一挽，臉上掛起甜蜜的微笑。

這一舉動把黎語冰和喻言都搞得呆了一下。

黎語冰順著棠雪的視線望去，看到了漸漸走近的周染。

「嘿。」棠雪揚手跟周染打了個招呼，還拋了個媚眼。

周染看到她和黎語冰如此親密，不嫉妒是不可能的，不過她表面上卻不顯露出來，只是柔笑著看著棠雪，說：「棠雪，你的歌手大賽我看了，我們全寢室都笑得肚子疼。」

「哦，那也比複賽就被淘汰了強。」

周染變了變臉色，隨即飛快地恢復鎮定，突然說：「對了，邊澄要來霖大了。」

黎語冰發現棠雪在聽到「邊澄」這個名字時神情恍惚了一下，然後她淡淡地哦了一聲。

周染又問：「他沒跟你說嗎？」

棠雪沒說話。

黎語冰手向下滑，握住棠雪的手，對周染說：「是我不許她和那個人聯繫的。」

吃宵夜的時候，棠雪很明顯情緒低落，黎語冰和喻言都不了解事情的來龍去脈，所以也不知道怎麼安慰她。黎語冰有心勸她喝點酒，礙於喻言在場，於是沒說。

晚上回到宿舍，黎語冰傳了條訊息給廖振羽。

黎語冰：「邊澄是誰？」

廖振羽：「我高中同學，怎麼了？」

廖振羽：「是老大跟你說的嗎？」

黎語冰：「他要來霖大了。」

廖振羽：「為什麼？」

黎語冰：「不清楚。」

廖振羽：「我問問。」

廖振羽找老同學打聽了一圈，最後成功獲取情報，趕緊找黎語冰分享：「是因為英語演講比賽全國總決賽在我們學校辦，我都忘了，邊澄他英語很好。」

黎語冰：「嗯。」

黎語冰查了一下英語演講比賽的時間表。總決賽在大後天上午舉行，也就是說，最遲後天，那個叫邊澄的就會來霖大。

棠雪看樣子不像會主動聯繫邊澄，就是不知道那人會不會糾纏了……

黎語冰坐在椅子上，長腿交疊，托著下巴沉思。他微微瞇著眼睛，修長的手指無意識地擦著嘴唇，像個變態。

老鄧從外面走進來，看他這樣子，感覺黎語冰「沉迷SM的霸道總裁」人設更加穩固了。真不是他老鄧瞎扯，黎語冰衣櫃裡藏著副黑色的情趣手銬他們可都看見了。黎語冰第一次拿出那副手銬時，室友們都驚呆了，嘖嘖嘖，人不可貌相啊！

驚呆之後眾人是慶幸——幸好這傢伙是個鋼鐵直男，否則以他的體魄，一個人揍三個人不要太簡單好嗎！

連續兩天，黎語冰都像頭巡邏的雄獅一般，總是出現在棠雪的課堂附近，行跡神祕又可疑。

第一天沒讓他發現什麼異常，到第二天中午的時候……呵呵，來了。

黎語冰單腿撐著自行車，抱著手臂看著不遠處那個等在逸夫樓門口的男生。

男生身高在一百七十五上下，戴一副銀色邊框的眼鏡，長得清秀白淨，書卷氣很濃。

黎語冰也說不上為什麼，反正就是有股強烈的直覺，這個人就是傳說中的邊澄。

看著邊澄，再想想喻言，黎語冰忍不住扯了一下嘴角，有些不屑：那傢伙的口味不僅差而且單一。

叮鈴鈴——下課鈴響了。

男生整理了一下衣服，向著門口張望。

棠雪正和夏夢歡討論吃什麼呢：「米線還是米飯？當然是米飯啦。想吃紅燒肉還有宮保雞丁，還有……」走到門口時棠雪一抬頭，突然不說話了。

夏夢歡有點奇怪，順著棠雪的視線望過去，看到一個白淨斯文的男生。

男生朝她們笑了一下，然後說：「棠雪。」

夏夢歡微微踮起腳，湊到棠雪耳邊，那樣子看起來好狗腿——她也不知道自己中了什麼邪，反正最近特喜歡這樣做。夏夢歡：「大王，你又有桃花了。」

棠雪因為歌手大賽一戰成名，吸引了一批悍不畏死的顏飯[5]，所以近期被勾搭的頻率暴增，夏夢歡都覺得屢見不鮮了。

不過今天這朵桃花……

夏夢歡感覺他們兩人之間的氣氛有古怪，於是不再言語，在一旁靜靜地觀察。

---

5 因為偶像的長相而喜歡的粉絲。

棠雪看到邊澄後沉默了一會才開口：「你怎麼來了？」

「我來你們學校參加演講比賽。」

「哦，什麼時候到的？」

「剛到沒多久。」

他臉上掛著淡淡的笑意，柔和乾淨，耐心十足，一看就是好脾氣。棠雪突然有點恍惚，彷彿一下子回到三年前，那時候他也會這樣對她笑。

她挺不自在的，撓了撓後腦勺，不知道該說點什麼。就在這時，她看到了黎語冰。這傢伙騎著自行車優哉遊哉地從她面前路過，像一條在海裡閒遊的鯨，那叫一個悠閒啊……

棠雪立刻叫住他：「喂，黎語冰。」

嘰——黎語冰停下自行車，轉頭看她，挑眉。

棠雪朝他擠眼睛。

夏夢歡挺佩服他們兩個的，小蜜蜂還得在空氣裡跳支舞呢，他們兩個倒好，一人一個表情就溝通到位了，還自帶加密功能，旁邊的人都看不懂。

這時，棠雪擠完眼睛，黎語冰就掉轉車頭，一條腿撐在地上，看看她，又看看邊澄，問：「不介紹一下？」

「這是我高中同學，邊澄。」

邊澄看著黎語冰，視線飛快地掃了一遍他全身，說道：「你好，我叫邊澄。」

「我叫黎語冰。」黎語冰感覺邊澄的目光沒多少善意，不過他也不甚在乎。

邊澄畢竟是遠道而來，棠雪作為東道主，不請客那說不過去，於是幾人決定一起去暢天園。

棠雪扶著自行車站在路邊，和黎語冰一起等邊澄取共用單車。夏夢歡不需要自己騎車，棠雪的車後座基本是她的專屬座位。

棠雪看著黎語冰，開口，無聲地比了個口型：謝謝。

黎語冰朝她勾了勾手指。

棠雪以為他有什麼話要說，於是靠得近一些，偏過臉，把耳朵湊了過去。

黎語冰揪著她的臉蛋，像揪麵團那樣揪著畫了半個圈圈。

棠雪還清晰地聽到他喉嚨裡滾過一聲輕笑。

「神經病。」她說。

邊澄取完車，直起腰回頭，恰好看到他們這一幕，神色黯了黯。

夏夢歡看著他們兩個的互動，莫名地感覺自己有些多餘。她從沒像現在這一刻般盼望廖振羽的到來，那樣子就不只她一個人當背景板了。

彷彿聽到了夏夢歡的召喚，廖振羽騎著他的「小綿羊」風風火火地趕來了，離得挺遠就問：「老大，我們今天吃什麼？」

五個人的聚餐隊伍最後又加了一個周染。

這也沒辦法，高一同學裡，就他們三個人在霖大，現在幫邊澄接風，不叫齊說不過去。

周染到暢天園看到邊澄，也不知她是有心還是無意，當著黎語冰和棠雪的面，抱怨道：「邊澄你不夠意思啊，下飛機就去找棠雪了，我傳訊息給你你怎麼不回？」

「這不是回了嗎？」邊澄說著，給她倒了杯水。

黎語冰倒是直接，笑了笑說：「你這麼說不怕我吃醋嗎？」

周染一愣：「欸我不是這個意思！冰神你別瞎想啊……」

黎語冰抱著手臂，抬了抬下巴：「開玩笑呢，坐。」

周染立刻坐下了，坐下之後又覺得不是個滋味：她要不要這麼聽話啊，感覺自己像是黎語冰的下屬，點頭哈腰那種。

在座六個人裡有四個人是高一同學，坐在一起會不自覺地形成一個小團體，說著說著就開始憶往昔崢嶸歲月了。

黎語冰從他們口中聽說了很多棠雪高中幹過的好事——

自習時偷吃泡麵，周圍同學被她饞得無心學習。

弄壞了器材室的窗戶，老師要她親自裝上，別的同學都在上課，她在那裡舉著榔頭叮叮噹噹地修窗戶。

翻牆去校外買烤串，買完了再翻牆回來，後來幫全班同學帶烤串，再後來她被全班同學投票選為班長。

偷校長養的小兔子……

黎語冰正在喝水，聽到這裡直接嗆到了，咳了好一會才順過氣來。

然後他不可思議地問：「為什麼偷人家兔子？」

「我都說過多少遍了，不是偷的，」棠雪一臉無奈，「牠自己跑出來的。我怎麼知道牠怎麼跑的嘛，反正我看到就以為沒人要，不撿牠就凍死了，我就撿回家了。結果傳著傳著就變成我偷兔子了……」

黎語冰幾乎能想像出棠雪當時撿小兔子的樣子。不，不只，他能想像出她所有的樣子，買烤串的她、吃泡麵的她、修窗戶的她……各種各樣的她。

但是，他也只有想像。

那麼長的一段時光啊……

他突然有些煩躁。

周染托著腮笑吟吟地掃視一圈，說：「欸，你們還記不記得那時候棠雪的外號是什麼？」

廖振羽剛要阻止她，卻不料她根本沒等別人回應，自問自答直接說了：「是『高大壯』哦。都不記得這個外號是誰取的了，不過現在棠雪變瘦很多。」

黎語冰看了眼棠雪，見她的臉色不太好看，他抬手在她的腦袋上揉了一把，笑了：「高大壯？呵，找個比她高二十公分的男朋友，她永遠只能是隻小鳥。」

棠雪本來想怨周染呢，聽到黎語冰這麼說，小心肝顫了顫。

她真的不太想承認，自己竟然被撩到了。

第七章
你的青春與我無關

一行人吃過午飯，周染說要帶邊澄在霖大附近轉轉，棠雪藉口要去滑冰場打工，跟他們揮手告別。

幾人在暢天園門口分道揚鑣，黎語冰也要去滑冰場訓練，跟棠雪同路。他右手扣在棠雪的腦袋瓜頂上，因為兩人有著二十公分的身高差，所以他做這個動作完全不費力氣，就那麼隨意地一搭。

棠雪有點窘，抖了抖腦袋，卻甩不掉他。

黎語冰左手朝邊澄揮了一下：「走了，再見。」

說完，他扣著棠雪的腦袋輕輕一撥，就像打檔似的，然後推著她走開了。

邊澄突然叫住她：「棠雪。」

黎語冰和棠雪同時站定，棠雪感覺到頭頂上方的魔掌鬆了鬆，她獲得了片刻的自由，於是轉頭看著邊澄，問：「還有什麼事？」

「我明天的比賽，你會來看嗎？」

棠雪扯了扯嘴角：「你知道，我最討厭英語了。」

她說完這話後，黎語冰立刻把她的腦袋撥轉回來，兩人走出去一段距離後，棠雪說：「喂，你可以放開我了。」

黎語冰沒放她，還變本加厲地從後面撥弄她的腦袋，一邊說「左轉，右轉，導盲犬」一邊笑。

「神經病啊！」

棠雪氣炸了，捲起袖子想要揍他，奈何他把她卡在一條手臂的距離之外，而他的手臂又太長，於是乎棠雪就悲劇了，躲也躲不掉，打也打不著。

她轉身就跑，企圖以此來擺脫他的鉗制。

黎語冰要追上她簡直輕而易舉，於是扣著她的腦袋，如影隨形。兩人就這麼招搖過市，也顧不了去管周圍人的目光。

棠雪跑到路口時差一點撞到一輛巡邏車，幸好黎語冰反應快，及時拉住她。

他拎著她的肩膀用力往後扯，因為慣性，兩人撞到了一起，她的後背貼著他的胸膛。可能是跑動的原因，他胸膛的起伏很大，散發著騰騰的熱量，她靠在他懷裡感覺很不自在，立刻跳到一旁，然後瞪著他。

基於兩人的身高差，黎語冰看到的棠雪幾乎全是自拍視角，臉蛋顯得更小，眼睛顯得更大了，黑白分明的眼珠烏亮有神，生氣瞪他的時候特別像炸毛的小貓。

「黎語冰，我今天心情不好，你別惹我。」

黎語冰把剛才因為跑動落到手臂上的書包重新甩到肩上，說：「我幫了你，連聲謝謝都沒有？沒良心。」

「好好好，謝謝你。」

「太敷衍了。」

棠雪煩躁地抓了抓頭髮，問：「那你到底想要什麼？」

黎語冰想了一下，忽地一牽嘴角：「今晚請我吃宵夜。」

宵夜兩人去的還是美食一條街。

黎語冰點了一桌子菜，還要了兩瓶啤酒，一抬頭發現棠雪在看他，他問：「你要嗎？」

棠雪點了點頭。

於是兩人又加要了兩瓶啤酒。

棠雪有心事，一瓶酒下去，傾訴的欲望越來越強烈，所以黎語冰問她是不是和邊澄有什麼過節時，她沒猶豫就說了。

「我以前喜歡過他。」

雖然有過這樣的猜測，可是聽到她親口承認時，黎語冰還是整個人都滯了一下，心臟輕輕地抽了抽。他說不上是怎麼回事，反正就是不爽。

棠雪一邊往玻璃杯裡倒酒，一邊強調道：「特別喜歡那種。」

黎語冰招手讓服務生過來又加了幾瓶啤酒，然後轉頭，有些不屑的樣子：「喜歡他哪裡？」

「不知道，反正見第一眼就喜歡，大概人在那個年紀時，都會有喜歡的人吧……你沒有嗎？」

黎語冰搖頭：「沒有，我忙得要死。」說著他喝了口酒，想借著酒精稍稍化解心裡那點莫名其妙的鬱結，然後他問，「那後來呢？」

「我當時在體育班，他在重點班，我為了接近他，借著提高學習成績的名義，求我爸去走關係，把我調進他們班。然後我就成了全學校唯一一個重點班裡的體育生，特別刺眼。」

黎語冰聽到此，點了點頭：「是你會幹出來的事。」

「當時周染也喜歡他，『高大壯』這個外號就是周染幫我取的，她以為我不知道呢……反正亂七八糟的事情一大堆，現在想想都覺得幼稚。」

「是因為『高大壯』這個外號才放棄滑冰的？」

「啊？那倒不至於。」棠雪連忙搖頭。

「到底是因為什麼？」黎語冰逼問道。

提起這件事，棠雪挺難為情的，目光飄忽地左顧右盼，見黎語冰咄咄逼人地看著她，她不好意思地撓了撓後腦勺：「誰不想和自己喜歡的人考同一所學校啊！」說這話的時候也不敢直視他的眼睛，她都不知道自己在心虛什麼，還故意提高了一點聲音來彌補氣勢。

黎語冰定定地望著她，神色複雜。

棠雪偏著臉，小聲說：「他的夢想是北大嘛，我就想……」她就想和他一起考囉。

大概對高中生而言，一起努力上同一所明星大學就是全世界最浪漫的事了。

「你那時候……」黎語冰突然說。

棠雪等著他把話說完，卻沒料到他說到一半又不說了，就那麼看著她，清澈的目光矇上了一層幽深的神色。她好奇極了，問：「那時候怎麼了？」

那時候，你想和我考同一所初中，是不是也這麼想？

黎語冰多想這樣問問她，可是他問不出來。

有些話，他連說出口的資格都沒有了。

這一刻，他的心情一半是熾熱一半是冰涼，整個人煎熬得要命，於是端起酒杯，咕嘟咕嘟乾了。

棠雪看傻眼了：「黎語冰你是不是中邪了？喝慢點啊你……」

黎語冰本來是想陪棠雪解悶的，卻沒料到把自己喝鬱悶了，他放下酒杯，一邊倒酒一邊問道：「你是不是傻子，說不滑就不滑了？」

「我那不是被豬油蒙了心嘛。算了算了不要提了，提一次扎心一次，以後不准跟我提滑冰。」

黎語冰嘆了口氣，笑了笑，笑得無奈又無力：「你是有多喜歡他啊？」

棠雪看到黎語冰那麼鄙視她，不好意思告訴他，她還跟邊澄表白過呢，被拒絕了，拒絕的理由超奇怪的——邊澄說他高中不想談戀愛，想好好學習。

「那現在呢？你還喜歡他嗎？」黎語冰突然問。

棠雪晃了晃酒杯，看著裡頭搖盪的琥珀色酒液，一臉滄桑地答：「你知道嗎，有些人不能用喜歡或者不喜歡去概括。他代表的是回憶，是時光，是那麼一段青春，獨一無二的青春。」

是啊，獨一無二的青春。

她獨一無二的青春裡，有邊澄，有廖振羽，甚至還有周染，還有許許多多的人，唯獨沒有他。

黎語冰突然感覺胸口悶得透不過氣，他直起腰，四下望瞭望，最後視線落回棠雪臉上。

棠雪的酒量不怎麼樣，加上今天有心事，隨便喝喝就醉了，這時酒精上頭，臉上泛著桃花色，雙眼迷離地望著酒杯。

「別喝了。」黎語冰拿走了她的酒杯。

「給我。」

「別喝了，走吧。」

「不要嘛，再待一下，我再跟你說說邊澄。」

「我不想聽了。」

他招呼服務生結了帳，然後也不管她的反對，直接把人提起來拖走。棠雪好生氣：「幹嘛呀你？別碰我，羊肉串還沒吃呢……」

黎語冰伸手從桌上抓了幾串羊肉串塞到她手裡，棠雪消停了，吃著羊肉串，被黎語冰拖著離開了餐廳。

出去之後他也沒取車，兩人就這麼散著步往回走。

棠雪吃羊肉串吃得滿嘴油光，黎語冰掏出紙巾幫她擦了擦，擦完之後摸了摸她的臉，小臉蛋還挺熱的。

吃完羊肉串，棠雪又開始唱歌了。黎語冰已然經歷過烈火般的考驗，聽著她辣耳朵的歌聲，眉毛都不動一下的。

唱了會歌，棠雪突然安靜了。

黎語冰的耳朵獲得了片刻的放鬆，他也就沒去糾結她為什麼安靜了。

到她宿舍大樓下時，他和她面對面站著，他低頭想和她告別，見她垂著腦袋。

「睡著了？」他輕聲問，然後抬手撥了一下她的腦袋。

她沒有反抗。

黎語冰一陣奇怪，手向下滑，托著她的下巴抬起來，迫使她抬頭。

然後他發現，她眼裡竟含著厚厚一層淚水。

她眨了眨眼睛，大顆的淚珠便滾落下來。淚珠反射著路燈的光芒，像熠熠生輝的珍珠。

雖然知道她這多半是喝醉了發酒瘋，可黎語冰看到她哭，還是禁不住心軟了，聲音不自覺溫柔了幾分，問她：「怎麼了？」

「黎語冰，我真的特別後悔。」棠雪哭得更慘了，淚珠連成線，在粉紅的臉頰上鋪開兩道淚痕，「我好後悔啊。」她又強調了一遍。

「後悔什麼？」

「我當時怎麼會那麼輕易地就放棄滑冰了呢？我真是腦子進水了啊！」

黎語冰揉了揉她的腦袋，安慰她：「當時可能沒覺得滑冰有多重要。」

這世上的許多事情不都是如此嗎？擁有時滿不在乎，失去了才知可貴。

棠雪一哭就收不住了，越哭越慘，一邊胡亂擦著眼淚，一邊說：「我暑假的時候去看望我初中時的方教練，你知道方教練對我說了什麼嗎？他說他覺得我能進國家隊的，沒想到我不滑了。我當時聽了，別說有多難受了。我為什麼不想看到邊澄？因為我一看到他，就會想起自己錯過的東西。我，我真的……」

她哭得直抽氣，黎語冰一把將她拉進懷裡，一手摟住她，另一隻手在她的後背上輕輕摩挲，幫她順氣，安慰她道：「都是過去的事了。」

她趴在他懷裡，悶悶地小聲說：「你說我是不是很傻啊？」

黎語冰抱著她，手臂突然收緊了一些。

他看到了一個人。

喻言手裡拿著一束花，本來有些輕快的腳步，在看到相擁的兩人時，突然放緩了。

他走到距離他們兩三公尺的地方站定，望著他們，驚訝和受傷都寫在臉上。

黎語冰一手摟著棠雪的腰，一手輕輕按著她的後腦，他看了喻言一眼，說道：「未成年人請迴避一下。」

棠雪一早起來時覺得腦袋又暈又疼。她趴在床上回憶昨晚的種種，自己喝多了都說了什麼？可惜她記不太清楚，但隱約記得，她好像趴在黎語冰懷裡哭來著……

這一刻她真恨不得馬上失憶。

她捏著額頭，無聊地摸出手機，滑了下朋友圈。

今天的朋友圈可神奇了。

黎語冰：「失眠。」

邊澄：「失眠。」

喻言：「失眠。」

什麼情況，這三個人昨晚是湊一塊通宵打牌了嗎？

三個人裡只有喻言的貼文有配圖，配圖是一束用舊報紙裹著的鮮花，還挺文藝的。棠雪留了個言給喻言，問他：「怎麼了你？」

喻言沒回她，估計在訓練。到中午時，他打了個電話給她。

「喂，喻言，你是不是心情不好呀？」棠雪接了電話，問他。

喻言沒兜圈子，開門見山地問：「棠雪，你是不是和黎語冰在一起了？」

棠雪一驚：「怎麼可能？別瞎說！」

「可是我昨晚看到你們……」

棠雪立刻猜到他看到了什麼。別說喻言了，她自己都覺得難以置信，於是解釋道：「昨天喝多了，就，嗯……我都不記得自己做了什麼。」

「嗯。」手機這頭的喻言鬆了口氣，緊繃了許久的神經終於放鬆了，他笑道，「以後想喝酒可以找我。」

「啊？算了，我可不要殘害未成年人。」

又是「未成年」……現在這三個字已經榮升為喻言最討厭的字眼。

喻言：「中午一起吃飯？」

「好啊。」

棠雪剛掛斷喻言的電話，黎語冰的電話又打了過來。

「傻子。」

「笨狗。」

兩人「親切」又「禮貌」地互相問候了一遍，這才正式進入話題。棠雪問道：「黎語冰，聽說你昨天失眠了，是不是做噩夢了呀？」

「嗯，夢見你了。」

「滾……」

黎語冰笑了一聲，低沉愉悅的笑聲像一把柔軟的小刷子輕輕地刷過她的耳膜。然後他說：「中午一起吃飯，有事跟你說。」

「什麼事？電話裡不能說嗎？」

「好事。」

棠雪並不認為黎語冰能有什麼好事，不過好奇心還是驅使她答應了一起吃飯，於是中午三個人又坐在了一起。黎語冰和喻言都沒料到對方也在。

打從第一次見面，他們兩個就沒和對方說過話，偶爾對視一眼，棠雪從旁觀者的角度，強烈感覺到他們兩個的目光裡彷彿帶著閃電，劈哩啪啦，火花四濺。

這是什麼情況啊……

她嘴裡咬著個大饅頭，眼珠滴溜溜地轉，樣子有幾分猥瑣。

黎語冰用筷子輕輕敲了一下她的腦袋：「好好吃飯。」

棠雪一揮巴掌拍開他，咬了口饅頭，嚼了幾下嚥下去，然後問：「黎語冰，你到底有什麼事要說啊？神神祕祕的，可別告訴我是想要我辦信用卡。」

「吃完再說。」

這件「好事」，黎語冰並不想當著喻言的面說。

棠雪感覺黎語冰挺不可理喻的，於是看向喻言，話題一轉，問道：「喻言，你到底為什麼心情不好？」

「我心情挺好的。」

「哦，那就好。」棠雪只當喻言是不想說，所以也就沒追問。

這一頓飯吃得氣氛很是詭異，棠雪身為活躍氣氛的小能手覺得帶不動了，心好累。總算吃完後，三人分別時，棠雪見黎語冰一臉憋著事的樣子，恐怕是真的有話要對她說，於是她讓喻言先走了。

之後黎語冰把她帶到一個人少的角落，笑望著她。

他的唇形長得很好看，牙齒整齊，所以笑起來的時候就顯得好看又溫暖，像是會發光一般，加上眉眼柔和，目光清澈乾淨……這樣的笑容，會讓人想到這世間許多美好的事物，但棠雪有點不適應。見慣了黎語冰「妖豔賤貨」的形態，他突然清純不做作了，她就老覺得少點什麼，彷彿吃泡麵沒有調料包時那種茫然無措的狀態。

他不犯賤她都沒安全感了。

難道這就是傳說中的抖M嗎……

「你到底有什麼事？」棠雪問道。

黎語冰問她：「你還想滑冰嗎？」

棠雪一臉莫名其妙：「我什麼時候想滑就什麼時候滑，怎麼了？我說黎語冰，你不會又想找藉口要我當你的小太監吧？」

「我說的不是去滑冰館，而是……短道速滑。」

棠雪聽到「短道速滑」幾個字的時候，心臟飛快地跳了幾下，輕盈又有力。

她張了張嘴，緊接著眉頭一皺，說：「黎語冰你別戳我心窩了行嗎？我想，但是想有用嗎？」

「我把你的情況跟速滑隊的褚教練說了，褚教練答應給你一次機會，」黎語冰笑著拍了拍她的肩膀，「好好準備一下。」

黎語冰說完這話，不等她反應，插著口袋悠閒離去。棠雪在原地傻站了幾秒，立刻拔足追上去，跟在他身邊，激動地追問道：「真的嗎？我剛開學就問過校隊，人家根本就不搭理我。」

黎語冰有些得意，腳下不停，目不斜視，說道：「你冰哥還是有幾分薄面的。」

棠雪心情大好，也不覺得他這樣子太裝，非常狗腿地湊到他身邊，重重地拍了一下他的手臂：「冰哥！」

黎語冰笑了，停下腳步，側過臉看她。

棠雪仰著臉，笑道：「黎語冰，我們兩個講和吧。」

「哦？」黎語冰挑眉。

「你看，我承認我小時候確實偶爾欺負你那麼一下下，可現在你該報的仇也都報了對吧？我們還並肩戰鬥過呢，也算是戰友了，過去的事情就讓它過去吧，我們兩個就算扯平了，行不行？」

黎語冰仰頭看了眼秋日寶藍色的天空，像是在思考。思考之後，他手插著口袋，邁開腳步繼續往前走。

棠雪顛顛地跟過去。

她在他身後，聽到了他一聲輕微的嘆息，滿懷心事千迴百轉一般。

「扯不平了啊。」他說。

黎語冰所謂的「給你一次機會」，是說褚教練答應讓棠雪先去速滑隊做個測試，如果測試結果不錯，就讓棠雪先作為編外人員在速滑隊訓練，等以後辦好運動員證，拿到二級以上運動員資格，才可以成為正式隊員。

棠雪為了這次測試提前練習了幾天，可也不敢練太過，擔心疲勞過度，畢竟她太久沒有進行高強度的運動了。

轉眼又到了星期五。

棠雪跟著黎語冰來到西區。這是她第二次來西區了，上一次來還在這裡對黎語冰耍過流氓，她頓覺好窘。

短道速滑隊的訓練場館和喻言他們花式滑冰的挨著。黎語冰把棠雪帶到短道速滑場館的門外，往裡指了指，說：「你自己進去吧，去了就說找褚教練。」

棠雪站在原地不動，有點為難，支支吾吾地說：「要不，嗯，你跟我一起去看看？」

黎語冰抱著手臂低頭看她，看了一會，笑了：「原來你也會怕啊？」

棠雪認為自己這不是怕，她就是覺得多一個人能壯膽嘛。

她站在那裡不說話，黎語冰竟然從她遲疑的神態裡解讀出幾分嬌羞的意味，他摸了摸腦袋，嗯，恐怕是長腫瘤了。

棠雪只當黎語冰不願意陪她，於是心一橫，轉過身，走進訓練館。

黎語冰卻長腿一邁，慢悠悠地跟在她身後。他個子高，步幅大，正常人的速度擱在他這裡就算是散步了，顯得悠閒得很。

褚霞正盯著隊員做力量訓練，一抬頭，看到一個小女孩走進訓練館。小女孩短頭髮，大眼睛，臉上還帶著點嬰兒肥，長得很好看。女孩身後的人是黎語冰，這時緊跟著小女孩，服服貼貼的樣子，像隻大型犬，就差女孩手裡再握條繩子了。

褚霞從來沒見過這樣的黎語冰，感覺很稀奇，一個沒忍住，噗哧笑了一下。

黎語冰看到褚霞，朝她揚了揚手：「褚教練。」

棠雪走過去，鞠了個躬，說：「褚教練好。」然後她直起腰，偷偷打量這位褚教練。

聽說褚教練兒子都上大學了，但是她外表顯得很年輕，三十歲出頭的樣子，一頭俐落的短髮染成了深棕色，細長的單眼皮，薄嘴唇，臉頰上零星散佈著幾粒淡褐色的小雀斑。

棠雪看人家的時候，人家也在看她。

褚霞把棠雪從上到下掃了一遍，臉上不自覺帶了些笑容。

單從體型上來看，女孩個頭不錯，而且身材比例很好，腰細腿長，特別是腿，又長又直，還真是塊速滑的料。

褚霞要棠雪換了衣服和冰鞋，先做了一下熱身。

然後她掐著碼錶，幫棠雪測了速度。

先測五百公尺，棠雪算是把吃奶的力氣都使出來了，滑到終點時，她偷偷瞄了一眼褚霞，見褚霞本來舒展的眉輕輕皺了起來。

棠雪頓時感覺心一緊。

接著測了一千公尺和一千五百公尺，褚霞的眉頭越皺越緊，最後她輕輕嘆了口氣。

棠雪也知道自己的成績不理想，她出了冰場後在褚霞身邊小聲說：「我很久沒練了。」

「看得出來。」褚霞說。

棠雪更鬱悶了。

「你先換衣服，我們再做個肌肉測試。」

「嗯！」

做完肌肉測試，褚霞翻看著手裡的本子。棠雪站在一旁，像是等待宣判一樣，心裡緊張得不行，呼吸都放輕了。

褚霞斟酌了一下措辭，開口道：「嗯，你的基本功還不錯。」

「謝謝褚教練。」

「但是太久沒練，肌肉退化太嚴重了，跟專業運動員的差距有點大，你明白我的意思嗎？」

「我……我可以努力的！」

褚霞看著棠雪的眼睛，純淨靈動的大眼睛裡有火一般的赤誠，褚霞突然有點說不下去了，她自己也有孩子，最怕看到孩子們受傷的表情了。

可是不說也得說啊，褚霞嘆了口氣，說道：「你說你能努力，但是你確定努力了就能有結果嗎？或者你努力多久才能有結果呢？冰上運動的投入很高，這意味著，我和隊裡的人都有很大的成績上的壓力，這一點黎語冰應該理解，他們冰球隊這個問題更嚴重。我們沒辦法把資源和精力給一個……怎麼說呢，根本看不到未來成績在哪裡的人身上，你明白嗎？」

「我……」

褚霞最後闔上本子：「你對滑冰的熱愛令我感動，但是很抱歉，我不能接納你。」

棠雪不記得自己是怎麼走出滑冰場的，反正走著走著，看到地上有自己的影子，她一抬頭，發現自己已經在太陽底下了。

她揉了揉被太陽晃到的眼睛，低下頭，繼續走。

其實這個結果她早就猜到了，可是當真正面對時，她還是會難過，難過得都想哭了。

黎語冰站在她身邊，低頭看著她。她的腦袋埋得低低的，他只能看到她烏黑的後腦。她垂頭喪氣的樣子真像一隻落敗的公雞。

黎語冰感覺挺奇怪的。他其實特別看不慣棠雪囂張的樣子，她囂張的時候，他就總是忍不住想讓她低頭，可是有朝一日她終於這樣低下頭了，他發覺自己竟看不得她低頭了……

黎語冰扶額，感覺自己有點賤啊……

兩人就這樣沉默地走著，誰也沒說話。

棠雪取自行車時，黎語冰突然按住她的肩膀，說：「你等一下。」

棠雪抬頭：「啊？」她還沒從打擊中恢復過來，所以動作和反應都慢了半拍。

「在這等我，別動。」黎語冰說完，轉身跑了回去。

他跑起來是真快，一轉眼就不見人影了。

棠雪手裡拎著個車鎖，愣愣地看著他離去的方向，自言自語道：「幹什麼呀……」

雖然莫名其妙，不過既然他要她等，那她就等吧，反正也沒事幹。

棠雪等了十幾分鐘，黎語冰又風風火火地跑回來了。他臉上掛著笑意，立在陽光裡看著她。

棠雪奇怪道：「怎麼了？」

黎語冰笑道：「明天去報到。」

棠雪更加不明所以了：「報什麼到？」

「傻了？」他推了她的腦袋一把，「當然是短道速滑隊。」

「你才傻了，剛剛褚教練明明說得很清楚了，我被拒絕了！」

黎語冰抱著手臂：「我剛剛跟她求了半天情，她又同意了。」

「真的？」棠雪不敢相信，本來跌入谷底的心突然又高高地揚起來，心臟怦怦怦跳得飛快。她激動地吞了一下口水，想了想，又擔心黎語冰逗她玩，於是警惕地看著他，「黎語冰你別逗我啊，這種時候不要和我開玩笑，我會爆炸的，炸給你看！」

「真的。不過隊裡不能發補助給你，而且半年內拿不到二級運動員資格的話，你得賠損失給隊裡。」

棠雪一臉懷疑：「我還是不敢相信有這種好事，褚教練剛才明明拒絕得那麼乾脆，一點餘地都沒有啊……你到底是怎麼跟她說的？」

黎語冰的表情有些神祕：「我可是付出了很大的代價。」

棠雪湊得近了一些，問道：「什麼代價啊？」

黎語冰斜眼看她，見她忽閃著眼睛一副好奇寶寶的樣子，眼底終於恢復了以往的神采，於是笑著屈起手指往她腦袋上一敲：「說出來嚇死你。」

棠雪立刻縮回頭，捂著腦袋，考慮到他剛剛幫了她大忙，她幾乎沒猶豫就原諒了他敲她的這一下。

總之她的心情又好了起來。今天真是的，大悲大喜，大起大落，比坐雲霄飛車還刺激。

「黎語冰，我得好好謝謝你。」棠雪捂著腦袋笑道。

黎語冰點頭：「你是得好好謝我。」

「我請你吃飯？」

「沒誠意。」

「地方你隨便挑！」

黎語冰一聳肩膀：「我們做運動員的，對吃沒追求。」

「嗯……」棠雪食指點著下巴想了想，最後把主動權交給他，「你說吧，要什麼？」

「我要你——」他說到這裡故意頓了頓，才接著說，「繼續當我的小跟班。」

「你……你……」棠雪一口氣悶在胸口，食指點著他，一臉恍然，「黎語冰你好樣的，原來你在這等著我！」

黎語冰笑瞇瞇地望著她，表情人畜無害。

棠雪又舉起一根手指，朝他比了個「V」的手勢，黎語冰不明所以，但還是很友好地回應了一個「V」。

然後棠雪瞇著眼睛，緩慢地收回食指，最後只餘一根中指對著他。

黎語冰笑了：「呵……」他伸手，用兩根手指捏著她的手腕，慢悠悠地晃了一下，然後說，「你知不知道你這是在表達什麼？」說完，他靠得近了一些，低著頭，壓低聲音，緩慢地說道，「你、想、幹、我。」

棠雪轉身就走，手裡還拎著車鎖呢。

黎語冰留在原地，低著頭悶聲笑。

午後的陽光灑下來，落在他耳後，在人最細膩敏感的肌膚上曬出一層薄薄的粉紅色。

直到第二天，棠雪去西區成功報到，領了冰刀、冰鞋、護具等東西，她懸了一天的心才真真正正落下來。

美夢成真了啊。

與此同時，她更加好奇了。

「褚教練，我想知道，您後來為什麼又答應了呢？」棠雪忍不住了，悄悄問褚教練。

「你有心思琢磨這個，不如琢磨琢磨怎麼在最短的時間內把肌肉練回來，」褚霞指了指棠雪懷裡抱著的那堆東西，末了在裝冰鞋的盒子上敲了一下，「就這一副冰刀，兩萬四。」

棠雪知道速滑冰刀的價值，她自己也有一副，平常去滑冰場都是自帶冰刀裝蒜的，不過她那副冰刀用挺久了，該換了。

冰上項目就這點不好——太燒錢。像她玩短道速滑還算經濟適用型呢，其他的更貴。比如喻言的花式滑冰，自己帶著個小團隊，有專人為他設計服裝和編舞。再比如黎語冰，學這麼多年冰球，耗材費、教練費就是一筆相當可怕的數字，而且，他幾乎年年去國外訓練，去得最多的地方是加拿大。

要是他沒點家世，還真不敢這樣玩。

「褚教練，我一定不辜負您對我的期待。」棠雪說完這話，把東西先放下了——她暫時不上冰，今天上午先練肌肉和平衡性。

訓練館裡有不少人，基本上都是體育生，棠雪訓練的時候，很明顯感受到了來自四面八方的鄙視眼神，都不遮掩一下的……

「你說，怎樣才能最快速地增肌？」中午吃飯的時候，棠雪問黎語冰，說完悠悠嘆了口氣，「我竟然有點懷念『高大壯』這個外號了。」

黎語冰指著她的餐盤：「你吃著糖醋里肌和紅燒肉問我這個問題？」

「唉，我累傻了，都忘了。」棠雪看著盤子裡的東西，感覺要和某些美食告別了，心裡竟然有點不忍，問道：「紅燒肉也不行嗎？我練體育那時候可以吃紅燒肉呀。」

「不適合現在的你。」

「哦，好吧，」棠雪深吸一口氣，痛下決心，「那這是最後一次了，就當是個告別儀式吧。」說著她伸出筷子，就要對紅燒肉下手。

黎語冰飛快出手，用筷子夾住了她的筷子。

「不是告別式，是葬禮。」他說著，把紅燒肉都倒進了自己的餐盤裡。

至於糖醋里肌，只能進垃圾桶了。

棠雪委屈巴巴地看著他。

黎語冰見她急得眼睛都泛起水潤的光澤，看起來特別可愛，他扶額，最近腦子完全壞掉了，老是覺得她可愛。

唉，算了，壞掉就壞掉吧，他認了。

黎語冰又去食堂窗口轉了一圈，重新幫棠雪裝了份午餐，回來時見棠雪盯著紅燒肉發呆，但並沒有下筷子。

黎語冰伸出食指在紅燒肉上方點著，一塊一塊地數，數完了說：「很好，一塊都沒少。」

棠雪也不想讓他好過，指了指紅燒肉說：「實不相瞞，這些，我都舔了一遍。」

黎語冰毫不在乎地吃了口紅燒肉，吃完了，還伸舌尖舔了一下嘴角，微微瞇著眼睛，挑釁的意味十足。

「我有個問題想不明白。」棠雪說。

「哦？」

「你是怎麼活到現在而沒有被人打死的？」

「因為我心裡一直有一個信念。」

「哦？」

「棠雪能做到的，我也能。」

黎語冰，得一分。

吃完午飯，黎語冰對棠雪說：「你今天表現不錯，我要獎勵你。」

棠雪並不是很信任他。

果然，他沒有辜負她的期望，竟然買了個酪梨給她。

酪、梨！

酪梨味道那麼奇葩，到底使了什麼見不得人的手段才混進水果界的，這一直是棠雪想不通的問題。

「你可以攝取脂肪，但最好是優質脂肪，它能滿足你。」黎語冰把酪梨遞給棠雪。

棠雪實在不太想接：「我覺得，我配不上這麼優質的脂肪，我就應該去吃劣質的東西。」

「不行。」黎語冰看棠雪糾結得臉都皺了起來，拉起她的手，強行將酪梨塞進了她手裡。

棠雪的手比他的小了很多，手背肌膚光滑細膩，落在他的掌心裡，那觸感令他有點愛不釋手。放開她時，他拇指的指腹狀似不經意地在她的虎口週邊輕輕摩挲了一下。

棠雪的注意力全在酪梨上，此刻滿臉都是嫌棄。

黎語冰又說：「下週開始，跟我一起加訓。」

連著一個星期，棠雪嚴格執行黎語冰幫她制訂的食譜，還老跟著他加訓，天天累得像條死狗一樣。身體上受苦也就罷了，黎語冰還對她進行精神打擊。

有一次兩人在操場練習側身上台階，這個動作很能鍛煉腿部肌肉。棠雪動作慢了，黎語冰沒有鼓勵她也沒有安慰她，而是拿出一串紅燒肉，在她面前晃了晃，說：「想吃就快點。」

棠雪好生氣，黎語冰把她當狗遛啊？她咬牙對其怒目而視：「黎語冰，我今天一定要打死你。」

黎語冰轉身就跑。

棠雪追了上去。

兩人一路跑下看台，橫穿跑道，黎語冰跑上草地時，棠雪追上來抓住他，他就勢往地上一摔，把棠雪一起帶得倒在了草地上。

棠雪爬起來發現自己騎在黎語冰身上，借機掐了掐他的脖子：「你還敢犯賤嗎？」

黎語冰喘著氣，胸膛一鼓一鼓地劇烈起伏，他躺在地上看她：「不敢了。」

棠雪沒想到他投降得這麼快，她收回手，想從他身上站起來，哪知道黎語冰突然一翻身，天旋地轉，兩人換了位，他把她壓在了身下。

棠雪躺在草地上，黎語冰一條手臂彎曲，用小手臂撐在她耳畔，身體虛虛地籠罩住她。

她推了他一下：「你幹什麼？」

黎語冰另一隻手撩了撩她額前的頭髮，然後他的手掌扣在她髮頂上，低頭望著她。

棠雪覺得這氣氛不太對。

黎語冰突然低下頭，她嚇了一跳，身體緊繃，飛快地眨著眼睛。

兩人靠得越來越近，近到棠雪吸氣胸膛高聳時好像都能碰到他的胸膛，近到她鼻端全是另一個人的氣息。棠雪掙扎了一下：「喂！」

「別動。」他按住她，頭垂得更低。

黎語冰的嘴唇幾乎擦到她的鼻尖。他就在這樣的距離停下，停頓了幾秒鐘，然後說：「還在啊？」他說著，指尖在她額頭往上的某塊頭皮上輕輕地按了按。

那裡有一塊疤痕，掩在頭髮裡，平常看不出。這塊疤痕是棠雪小時候玩樹杈自己弄傷的，當時流了不少血，搞出了頭破血流的效果，很嚇人。

黎語冰當時跟在她身邊幫她拿樹杈，他也不知道他們為什麼要去撿大風過境後的樹杈……

黎語冰看完疤痕就把棠雪放開了，兩人從地上站起來，發現操場附近有人在看他們。

棠雪摸了摸鼻子，不發一言，轉身走向看台。

黎語冰悠閒地跟在她身後，走了一會，突然笑了一聲。

棠雪轉頭瞪了他一眼：「你笑什麼？」

「我說，」黎語冰低頭，清澈的目光定定地落在她臉上，「你不會以為我要親你吧？」

「神經病。」

事實上今天棠雪是蹺課跑出來訓練的，等她回到寢室時，夏夢歡已經下課回來了，另外兩個室友也在。

「可累死我了，」棠雪一進門，扔開書包就往椅子上一癱。夏夢歡見她髮尾都被汗水打濕了，衣服也濕了一片，於是走到她身後給她按肩膀：「大王，我幫你揉揉。」

棠雪舒服地活動著肩膀：「還是夢妃貼心。」

葉柳鶯正在寫作業，看到棠雪又是一身疲憊地回來，於是放下作業，椅子往棠雪的方向拉了拉，扶著椅背看著她。

夏夢歡從自己桌上拿了個小罐子，裡頭是她媽媽寄過來的特產，乾炸小黃魚。

「大王，要吃小魚乾嗎？」夏夢歡問。

葉柳鶯扶著椅背笑，說道：「感覺好像養貓啊。」

罐子裡的小黃魚炸得金黃酥脆——前兩個字是棠雪看到的，後兩個字是她自行想像的，總之，聞著那股油炸食品特有的香氣，她感覺自己的靈魂在騷動。

咕嘟——她忍不住吞了一大口口水。

「忍」字頭上一把刀啊！

她做了好半天思想鬥爭，臉部表情都有些扭曲了，最後終於默默地把小黃魚推開，說：「夢妃拿去補身體吧，你還懷著朕的龍種呢。」

葉柳鶯快被她們兩個的角色扮演窘死了。她記得，一開始認識夏夢歡的時候，這妹子挺正常的，跟棠雪才一起玩了多久啊，現在就玩成這樣了，再以後……她不敢想像啊！

趙芹正在陽台上晾衣服，此刻轉頭問道：「棠雪，你還真打算去練滑冰啊？」

「沒錯，以後你們可以叫我『冰上小霸王』。」

這個諢號是棠雪幫未來的自己取的，現在還沒有對外公佈。沒辦法，成績不好，她暫時當不了冰上小霸王，最多當個冰上小王八。

趙芹說：「你這樣一天天練，也太辛苦了吧。」

「對，」葉柳鶯點頭附和，接著又說，「而且你練一身肌肉，也不好看呀。」

「你們的擔憂都是多餘的，」夏夢歡捏著棠雪的下巴晃了晃，「看看，看看，有這張臉在，她還需要身材嗎？」

棠雪滿頭黑線，有這樣誇人的嗎？

她撥開夏夢歡的手，對葉柳鶯搖著手指：「你們誤會了。其實呢，肌肉都是好看的，只有肥肉才難看。」

葉柳鶯低頭，尷尬地看了一眼自己突出的小肚腩：「我們能含蓄點嗎，我心口痛……」

「我說的是肉難看，又沒說你，你把這肉拋棄了，不就更好看了？怎麼樣，要不要和我一起鍛煉身體？」

葉柳鶯掉轉身體，埋頭繼續做作業，說道：「我還是好好學習吧，以後賺大錢，吃最好的減肥藥。」

棠雪：「賺了大錢還減肥幹嘛呀？直接包養小奶狗，一養一窩。」

「什麼叫一『窩』啊！」葉柳鶯被她搞得有點崩潰，「你這個量詞的用法，你高中國文老師沒少打你吧？」

「我畢竟是獸醫系的，」棠雪說著，轉頭看了眼夏夢歡，一本正經地說，「要尊重我們的學科。」

夏夢歡猛點頭：「說得對！」

兩人似乎都忘了，棠雪剛把本系課程蹺掉了。

趙芹曬完衣服，回來坐在自己座位上玩手機，她拿著手機，才剛坐下，突然啊的一聲驚叫，把其他三人都嚇了一跳。

棠雪問道：「你坐釘子上了？」

「不是……」趙芹似乎有些難為情，糾結了一下，小心翼翼地看著棠雪，說，「棠雪，你、你做好心理準備哦。」

棠雪一臉疑惑表情。

趙芹把手機遞給她。

棠雪莫名其妙地接過手機，看到螢幕上是一對狗男女趴在草叢裡……呃，等等？

那不是黎語冰嗎？！

那個不是她嗎？！

這是誰拍的？！

這個角度拍出來，黎語冰好像整個人壓在她身上在和她接吻，多麼強的借位，猥瑣又逼真。拍照片那位可真是個人才，日後稍加培養，必定能成為一個優秀的三級片導演。

棠雪退出圖片模式，發現這是一篇長文，配圖有好幾張，她和黎語冰追跑的畫面也被拍到了，能清晰地看到他們兩個的正臉。

最絕的是還有一張經過處理的動圖，動圖裡黎語冰把她按在草地上，腰部輕輕動了一下，帶動臀部朝上微微聳動。動圖的魅力就在於它不停地動，也就是說，雖然黎語冰只聳動了那麼一下，但放在動圖裡就是不停地循環播放，像小狗一樣……嗯，非常引人遐想。

棠雪都看傻了，良久才從震驚中回過神來。

她黑著臉放下手機，抬頭，發現三位室友剛才也都湊過腦袋跟著她一起看完了圖片，這時她們直起腰，默默地看著她。

「如果我說，這都是誤會，你們會信嗎？」棠雪指著手機，問道。

三個室友一齊搖頭。

「是不是全學校的人都不會信？」她又問。

三個室友一齊點頭。

棠雪抓了抓頭髮，突然暴躁地一捶桌子。

砰！

三個室友都嚇得一抖肩膀。

「黎、語、冰。」棠雪咬著牙，這三個字，是從牙縫裡一個一個擠出來的。叫完黎語冰的名字，她突然唰地一下站起身。

三個室友都嚇得往後退了一步。

棠雪抓著書包就往外走。夏夢歡不放心，跟出去問道：「棠雪你要去幹什麼啊？」

「我去把黎語冰宰了，今晚我們吃肉！」

夏夢歡：「……」

第八章
正宮的大氣

棠雪剛出宿舍大樓，一眼就看到喻言站在外面。

今天陰天，他安靜地站在那裡，形單影隻，雖然畫面挺美的，但看起來竟然可憐兮兮的。

棠雪朝他打了個招呼：「喻言，你在幹嘛？」說完這話，她想到剛才那篇鬼扯八卦，心想千萬別被喻言看見。

喻言一看到棠雪，突然轉身就走。

棠雪連忙跟上去：「你怎麼了？怎麼不說話？」

喻言加快了腳步。

棠雪覺得他應該已經知道那件事了，這年頭，男女八卦的傳播速度比病毒繁殖還快。

她一邊小跑著追他，一邊逗他說話：「我說，難道夏夢歡給我的藥管用了？我真的變成透明人了？」

喻言面無表情地走著，看也不看她一眼。

棠雪突然一把抓住他的手腕：「喂。」

他終於停住腳，轉頭看了她一眼，接著視線向下，落在她的手上。

喻言動了動嘴唇，愣愣地看著自己手腕上那雙白皙而線條漂亮的手，突然特別難過。

「你這樣，」他動了動手腕，溫潤的目光裡帶了一絲逼迫感，問她，「不怕被黎語冰看見？」

「我就知道你誤會了，」棠雪解釋道，「我跟黎語冰真的沒有什麼。」

對於她的這些話，如果是之前，喻言肯定沒有絲毫懷疑就信了，可現在不行，天知道他看到那些曖昧照片時心裡有多崩潰。

「騙人。」他說道，聲音透著一股委屈和指責。

「真的，他當時就是想看看我腦袋上的疤。不信你看，這裡。」棠雪說著，低著頭用手扒開頭髮給他看。過了一會，她收手，看到喻言定定地望著她，那表情帶著完完全全的不信。

「你等一下，我讓黎語冰親自跟你解釋。」棠雪說完，拿手機撥了黎語冰的電話，開了擴音。

電話接通後，黎語冰的第一句話是：「今晚想吃什麼？」

他神經這麼大條，搞得棠雪很不爽，指責道：「黎語冰，你還有心情吃飯？我都被你害死了！」

「嗯？」

「我們在草坪上被拍了，傳得特別難聽，現在全校都誤會了。都怪你，幹嘛非要看我頭上的疤。」嗯，最後這句話才是重點。棠雪說完，悄悄瞄了喻言一眼。

喻言豎著耳朵，也在等黎語冰的回答。

這一邊，黎語冰握著手機，聽到棠雪的話，突然感覺到一絲絲不對勁：棠雪講話的方式跟平常兩人獨處時不太一樣，有點裝，也有點囉唆。是他的錯覺嗎？

黎語冰沒有承認也沒有否認棠雪的話，而是反擊道：「是你先撲倒我的。」

喻言的臉色更難看了。

棠雪連忙又解釋：「是你自己犯賤惹我，我那是為了打你。」

「呵呵。」黎語冰突然笑了。棠雪這麼迫不及待地辯解，他有七成以上的把握，這傢伙身邊還有別人。黎語冰：「你在音樂教室對我耍流氓的事情怎麼不提了？」

喻言現在想打人了。

事情越搞越複雜，棠雪不得不承認黎語冰就是她的剋星。她扶了扶額說：「這都過去多久的事了你翻出來有意思嗎？我們就說眼前，你也不是我男朋友，我也不是你女朋友，你說，對不對？」

黎語冰這下沒詞了。沉默了一會，他問：「你到底想說什麼？」

「既然我們兩個不是那種關係，那就麻煩你去澄清一下。哦對了，那篇八卦文章也去要他們刪掉吧，看了心情差。」

「你自己怎麼不說？」

「你名氣比我大，說話比我管用，我透明人，人微言輕，懂嗎？再說了，你知不知道，發這篇文章的公眾號叫『黎語冰八卦資訊站』？我就是被你拖累的！」

棠雪掛掉電話，故作輕鬆地朝喻言聳了一下肩。

雖然過程略詭異，但結果是令人信服的。

喻言也不知還在糾結什麼，棠雪見他的臉色並沒有好看太多，推了一下他的手臂：「嘿，我請你看電影吧？」

喻言抿著嘴，點了點頭。

另一邊，黎語冰找到那個叫「黎語冰八卦資訊站」的公眾號關注了。自己關注自己的八卦，這感覺略酸爽。

公眾號發的最新一篇文章就是關於他和棠雪的，他點進去品了品，嘖嘖，真變態，保存了。

然後他才留了個言給公眾號。

退出公眾號後，黎語冰問棠雪：「今晚還要不要一起吃飯？」

棠雪：「不要。」

棠雪也被那八卦搞得心煩，這時和喻言出去權當是散心了。

看電影之前，他們打算先去吃個飯。選餐廳時，棠雪看著民眾評論，問喻言想吃哪家。喻言探過頭，兩人的腦袋緊緊挨著，他指了指螢幕：「這個。」

那是一家西餐廳，評價倒是挺好，不過價格有點貴。棠雪點頭：「這家有點貴哦。」

喻言：「我請你。」

之前賣獎牌的錢，棠雪早已經都還給他了，他自己也沒太多花錢的地方，就這麼成了一個小富翁，現在請客吃飯不在話下。

棠雪聞言擺手：「那倒不用啦，我請我請，今天我包養你。」

喻言還要說話，她打斷他，一本正經地說：「我偷黎語冰的錢養你。」

僵了半天臉的喻言在聽到這句話時終於笑了。他似乎有點不好意思，沒有看她，目光落在不遠處的地上，輕聲說：「你怎麼什麼話都敢說？」

吃飯的時候棠雪滑了一下那篇公眾號文章，已經被刪除了，黎語冰動作還不慢。不過這類東西，就算刪了，意義也不大，因為該看的人都看了，該截圖的也都截圖了。

頭疼，算了不想了，棠雪揉了揉腦袋，起身去洗手間。

喻言趁著她離開的空檔，偷偷把帳結了。

棠雪回來發現後抱怨道：「不都說好了我請嗎？」

喻言的心情已經徹底好起來，他牽了牽嘴角安撫她：「下次你請。」

電影還不錯，看完電影出來，棠雪在電影院的娃娃機前站著，也不說話，就那麼默默地望著娃娃機裡的玩偶。

喻言問道：「想玩？」

「我玩不好這個。」棠雪有點無奈。

「試試吧？」

兩人買了點遊戲幣，棠雪試了兩次都失敗了，然後她把位置讓給喻言：「你要玩嗎？」

喻言走到操控杆前。這是他十七年來第一次玩夾娃娃，覺得很新奇。他回頭看棠雪，眨了眨眼睛，問：「怎麼玩？」

「放準一點，小心一點，一定要穩……」棠雪把自己多年的經驗傾囊相授，但其實跟廢話差不多。

喻言盯著玻璃箱裡的夾子，目光專注，夾到一隻小小兵。

小小兵被慢悠悠地提起來時，棠雪緊張得屏息凝神，不敢說話了，怕他分心。

喻言小心翼翼地操控著夾子，把小小兵運到目的地，棠雪的視線追著小小兵，眼睛都不眨的。

直到小小兵到了她手裡時，她依舊感覺不太真實。

「你確定你是第一次玩？」棠雪問道。

喻言點了點頭。

「那你再試一次。」

喻言再試一次，又成功了，這回夾到一隻小熊貓。

棠雪左手小小兵右手小熊貓，默默地看著喻言。

喻言表情無辜又困惑，問道：「很難嗎？」

「你閉嘴啊！」他這樣囂張，太欺負人了！

喻言見她備受打擊的樣子，撓了撓脖子，問：「還要玩嗎？」

「要！」

最後的最後，棠雪肩膀上掛著兩串娃娃，懷裡抱著個更大的哆啦A夢，就這麼雄赳赳氣昂昂、萬眾矚目地打算打道回府。

「我終於知道他們為什麼都說你是天才了。」棠雪摸著一身的娃娃，由衷地讚嘆。

「不是因為這個……」喻言有些窘，看她這樣子，擔心她太累，於是說：「我幫你拿吧。」

「不用！」棠雪說完這話，又覺得不太好，連忙摘下一串娃娃給他，「哪，這是我們一起夾的，分你一半。」

喻言拿著這串娃娃，把她送回寢室後又還給了她。他以及他全宿舍的人都對這種玩偶不太有興趣。

棠雪把這麼多娃娃拿回寢室，果然收穫了室友們此起彼落的驚嘆，她心情真是美麗啊，蹲在椅子上發娃娃給室友們：「來來來，人人有份。」

夏夢歡抱著滿懷的娃娃，問棠雪：「大王，這哪裡來的？別告訴我你自己夾的，我可不信。」

「喻言夾的，他真是個天才。」棠雪想到喻言抓娃娃的樣子，嘖嘖搖頭，「這個人不能輕易帶出去，能把人家搞破產。」

夏夢歡的關注點完全不一樣：「你今晚跟喻言約會了？」

棠雪被問得愣了一下，目光掃視一圈，發現三個室友都是一臉好奇地等待她的回答，她搖了下頭：「也不算約會。」

夏夢歡一頭霧水：「我有點不明白了，你到底喜不喜歡喻言呀？」

棠雪摸著下巴想了想，悠悠嘆了口氣，答：「說實話，這個人是我的菜，可他現在太小了，我下不了手啊……等養養再說，嗯，養養再說。」

葉柳鶯奇怪地道：「那黎語冰呢？」

棠雪莫名其妙：「黎語冰怎麼了？」說完她想到今天下午那件事，於是搖頭，「唉，今天那件事真的是誤會，別再提了。」

「可是……你不喜歡黎語冰啊？」

棠雪倒吸一口涼氣，差點從椅子上摔下去。看來，群眾對她的誤解很深啊！

她指了指自己的腦袋：「喜歡他？除非我的腦袋被門夾了！」

第二天一早，黎語冰八卦資訊站又發了一篇文章，文章開頭簡單解釋了一下昨晚刪文的原因，然後，重點來了——

就在昨天晚上，黎語冰、棠雪的八卦事件發生之後的七個小時，資訊君收到多名同學投稿，表示在校園裡看到棠雪和另一男子招搖過市。為什麼說他們招搖呢？因為他們拿著好多好多娃娃！這副樣子，想不被人注意都難啊！

文章中放了很多圖片，是各個地點各個角度偷拍的棠雪和喻言在校園裡行走的畫面，那麼多娃娃，真的很搶眼。這系列照片的最後一張是在棠雪的宿舍大樓下，喻言把娃娃還給她之後，她身上掛滿了娃娃，正和喻言道別。

照片裡兩人互相望著，臉上都掛著淡淡的笑意。

「這就是愛情啊！」資訊君如此感嘆。

在文章的末尾，資訊君順道科普了一下這次事件的男主角喻言小弟弟。小弟弟在花滑圈還挺有名氣呢，拿過不少獎，可能因為還是新生，所以關注他的本校學生不如關注黎語冰的那麼多。不過現在大家都認識他啦。

文章最後放了一張喻言十六歲時登台領獎的照片。照片裡的他還沒長大，臉上有明顯的嬰兒肥，眉是眉眼是眼，乾乾淨淨秀氣溫柔。

八卦群眾本來還沉浸在昨天下午操場 play 的戲碼裡沒緩過來呢，今早看到這篇文章，都瘋了。

還有這種操作！棠雪一天之內跟兩個男人約會？還都是男神？這年頭是不是長得好看的男的都視力不好？要不是因為瞎，他們怎麼會看上這種妖豔賤貨？可憐的黎語冰，可憐的喻言，你們睜開眼睛看看啊，棠雪她就是個大騙子！

黎語冰看到這則八卦的時候正在上課。

老鄧也不知受了什麼刺激，發下宏願說要好好學習，於是早上沒有蹺課也沒有睡覺，還主動坐在了黎語冰身邊，企圖接受一點學霸光環的滋潤。

可惜，認真聽課沒幾分鐘，他就開始走神，玩起了手機。

黎語冰正在記筆記，身邊的老鄧突然碰了碰他的手臂，他躲，老鄧繼續碰，黎語冰莫名其妙地抬頭看向他。

老鄧目光充滿同情，把手機遞給他，低聲說：「兄弟，穩住。」

黎語冰接過手機低頭看去，指尖輕輕滑動著螢幕，垂著眼睛，臉上明明沒什麼表情，可老鄧依舊感覺到一種難以形容的低氣壓在蔓延。

老鄧提著一顆心，也不敢吭聲了。

黎語冰看完，把手機還給老鄧時，老鄧聽到了很明顯的咬牙聲。然後黎語冰突然站起身，拿著自己的手機往外走。

黎語冰坐在第三排，與走道之間還隔著一個胖胖的老鄧，這時他想要出去，兩人鬧出不小的動靜，後面的同學們都忘了聽講了，全被他吸走了注意力。

講台上白頭髮的教授被打斷了，但是一看對方是黎語冰，教授很快原諒了他。黎語冰是好學生，肯定有急事才會這樣做。

黎語冰就這麼堂而皇之地走出了教室。

走進走廊裡，他重重吐了口氣，可並沒有把情緒吐出來。那種鬱結而沉悶的情緒，像暴雪前的鉛雲，低垂濃重，盤踞在心頭，久久不散。

他走出教學大樓，拿著手機，撥了棠雪的號碼。

嘟——嘟——

手機響了兩下，不等對方接聽，他突然又將其掛斷了。

打電話又能說什麼呢……黎語冰自嘲地笑了笑，一個無力的事實擺在面前：他連質問她的立場都沒有。

她過去的世界裡有邊澄，現在的世界裡有喻言，而他，算什麼呢？

他甚至從來沒有走進過她的世界。

不，他有的，比邊澄、比喻言都早。

如果當初……

黎語冰突然搖了搖頭。

人生就是一道又一道選擇題，選好的答案不能擦掉，哪有什麼如果？

道理他都懂，可這不妨礙他繼續鬱悶。

黎語冰手插著口袋，漫無目的地在校園裡遊蕩著，像個孤魂野鬼。

他自虐似地一遍遍想像著棠雪和喻言約會的畫面，想到最後，突然想通了——無論如何，他不會容忍他們在一起。

雖然這聽起來很沒道理，但是，不好意思，他就是不同意。

想通了這件事，他再去看那些八卦，便能心平氣和一些了。

可是，看著看著，他又不淡定了——全世界都在罵棠雪。

黎語冰看了一會就看不下去了，他接受不了棠雪被人這樣辱罵，就算是隔著網路也不行。惡言惡語就像刀劍，一刀一劍全往人的要害上捅，棠雪她臉皮再厚也是個女孩子，更何況她還那麼愛面子。

黎語冰正思索怎樣扭轉輿論局勢，突然收到棠雪的微信訊息。

棠雪：「冰狗，打電話給我幹什麼?你知不知道，我被你害慘了！」

黎語冰：「對不起。」

棠雪：「……」

黎語冰這麼快道歉，搞得棠雪有點不適應，而且她覺得這件事情黎語冰其實也是受害者，他現在在全校人眼裡都是綠色的呢。

黎語冰：「你在哪裡?」

棠雪：「我剛才蹺課了，我要去訓練，現在只有運動才能消耗我的負能量。」

黎語冰：「我陪你?」

棠雪：「千萬別。我去滑冰館，不用你陪。我說，我們兩個近期呢，最好別見面，你越靠近我，你在別人眼裡的顏色就越綠，懂嗎？」

黎語冰：「中午一起吃飯。」

棠雪：「喂……」

黎語冰：「叫喻言一起。」

棠雪：「……」

棠雪確實被那八卦搞得心煩，一覺醒來全世界都在罵她「渣女」、「騙子」、「腳踏兩條船禍害小哥哥們純真的心靈」……

我去你大爺的吧！

這件事啊，最令人頭痛的是她根本解釋不清楚，而且別人也未必願意聽她解釋。

她在滑冰館練了半天，把自己搞得汗流浹背，這才稍微舒服了點。

中午她訓練結束，黎語冰竟然跑來堵她，他真的要和她以及喻言一起吃飯。

更神奇的是，喻言也是這麼想的。

於是，就這樣，他們三個其樂融融地坐在了食堂裡。

買飯的時候，黎語冰要幫棠雪搭配增肌午餐，所以拿走了她的飯卡，而棠雪拿著黎語冰的飯卡按照他的要求幫他買飯，買到一半時發現黎語冰的飯卡沒錢了，她便就近找了個陌生人幫忙刷了飯卡，然後用支付寶匯錢給人家。

這只是段小插曲。

總之，三個人坐在同一桌，一起吃飯，氣氛融洽得彷彿一家三口。

食堂裡，一直在關注這樁八卦的圍觀群眾看到這樣的場面，一下子就目瞪口呆了。

這又是什麼操作？出了這種事他們還能心無芥蒂地坐在一起？這肚量也太大了吧！是能裝下一個太平洋？說好的渣女劈腿當場被抓呢？說好的修羅場呢？這氣氛也太祥和了吧？

求求你們了，給我們圍觀群眾一點面子好不好……

可惜身處八卦暴風眼裡的三人並沒有聽到圍觀群眾的心聲，一邊吃還一邊有說有笑。

唉，這樣子搞，大家都很尷尬耶……

尷尬的群眾把現場實況偷偷拍了傳到論壇上。論壇裡本來有人等著看「黎語冰和喻言知道真相後憤怒地甩掉渣女」的戲碼，結果迎來的竟然是盛世團圓大結局，你大爺啊！

於是現場的尷尬成功傳送到論壇裡，熱火朝天討論八卦的人們突然都沉默了。

這感覺就像是，所有人都等著放一支大煙火，敲鑼打鼓準備了半天，等滿懷期待地把煙火點了才發現是個空心炮……

沉默之後，一個新的帖子浮了上來。

【主題帖】求棠雪寫一本撩男祕笈，多少錢我都買！

棠雪也在滑論壇，想感知一下輿論動向，正好滑到這個帖子，一看標題，她就噗哧一樂。

黎語冰見她笑，也牽了牽嘴角，問：「笑什麼？」

棠雪沒有回答，關了手機螢幕，抬頭看向他們，斂容說道：「謝謝你們啊。」

黎語冰靠了靠椅背：「你確實該謝謝我，我以前的外號是『冰神』，現在的外號是『綠冰』。」

棠雪笑了，揮了揮手：「說吧，想要什麼？」

黎語冰狀似思考了一下，最後一挑眉，說：「我也很久沒夾娃娃了。」

棠雪正要說話，喻言生怕她答應什麼，搶先說道：「我陪你們，我特別會夾娃娃。」

黎語冰就感覺這個喻言被棠雪帶得臉皮越來越厚了。他站起身道：「我開玩笑的，小孩子才喜歡夾娃娃。」

喻言莫名中槍。

三人一起離開食堂，棠雪在和黎語冰把飯卡換回來時對他說：「哦對了，你的飯卡沒錢了。」

「嗯。」

黎語冰回到寢室，查了一下銀行帳戶餘額，然後就坐在椅子上發呆。

老鄧走進宿舍，看到黎語冰托著下巴像尊雕塑一樣沉思，圍著黎語冰轉了兩圈，直到黎語冰發現他。

黎語冰問：「你幹什麼？」

「我說，你跟棠雪，你們到底是怎麼回事？我越來越看不懂了……」

「回答我一個問題。」黎語冰說。

「什麼？」

「有沒有時間少、收益高，還不用操心的打工？」

老鄧想了一下，不太確定地看著黎語冰：「呃，賣身？」

黎語冰黑著臉又加了一個條件：「不需要出賣肉體。」

「要有這麼好的事，我自己先去了，」老鄧無奈地搖搖頭，打開電腦，先上論壇溜達了一圈，看了一會，突然一拍桌子，「欸，這個適合你啊，過來看看！」

黎語冰好奇地站在他身後，看著電腦螢幕。

老鄧指著螢幕說道：「看見沒，美術學院招人體模特兒，有半裸的，有全裸的，價位不一樣。美術學院啊，那可是美女雲集的地方，怎麼樣，有沒有心動？」

黎語冰有些抗拒：「有沒有不用脫衣服的？」

「脫衣服怎麼了？」老鄧轉過胖胖的身體，扶著椅背教育他，「這是藝術，你怎麼能用脫衣服來形容呢？再說了，你是脫給美術學院的小姊姊們看，別人想脫還沒機會呢！」

「我不想脫。」

老鄧一臉不解：「怎麼了，你還想為棠雪守身如玉啊？她都跟小弟弟約會了，你真的不介意啊？」

黎語冰一派從容：「正宮，就該有正宮的大氣。」

老鄧差點給他跪了。

棠雪以為八卦事件就這麼平息下去了，沒想到真正的大 boss 在最後呢。

下午，她一到訓練館，就被褚霞叫到一邊。

褚霞也是中午吃飯的時候才聽別人說了那些亂七八糟的事，別人說完了還問褚霞：「聽說那個棠雪現在去你們滑冰隊了？」

人家沒有惡意，可褚霞聽著依舊很不是滋味，現在的年輕人也太亂來了！

這時，棠雪看到褚霞臉色不好，心臟輕輕提了起來。

「照理說你們的私人生活我不該管也管不著，」褚霞看樣子是真動怒了，表情不復平日的溫和，連語速都快了幾分，「可是棠雪，我不得不說，從這件事上我能看出來，你的心不在這裡，不在滑冰上。」

她就這麼說著扎心的話，不遠處有幾個做蛙跳的同學因為距離太近，能清清楚楚聽到褚教練的訓斥，幾位同學也沒心思訓練了，都豎起耳朵聽八卦。

棠雪被褚霞教訓了，忍不住辯解道：「不是那樣的，褚教練……」

褚教練揚手打斷她：「我不想聽解釋，只看事實。事實就是你是整個速滑隊最差勁的，我要是你，肯定沒臉談戀愛。」還一談談兩個！最後這句褚霞沒說，到底還是顧及小女孩的面子。

棠雪知道解釋無用，只好小聲道歉：「對不起，褚教練。」

「別對不起我，你最對不起的人是黎語冰。」

棠雪一陣頭大：「我跟黎語冰真的不是那種關係……」

「哦，那為什麼黎語冰自掏腰包讓你來速滑隊訓練？」

棠雪聽到這句話，愣住了，呆呆地看著褚霞，不太確定地重複了一遍褚霞的話：「褚教練您是說，我能來速滑隊，是黎語冰幫我出的錢？」

「每一分錢都是他出的。」

「不是說隊裡暫時墊的嗎？」

「怎麼可能，隊裡有隊裡的規定。你以為我當時為什麼改主意？黎語冰求了我半天，還一次性為你繳了三個月的訓練支出。」

棠雪愣愣的，目光有些放空，不知在想什麼。

褚霞看她那樣子，又有些恨鐵不成鋼，說道：「總之我就是一句話，速滑隊不是你隨便來玩玩的地方，自費也不行。我給你兩個月的時間，兩個月之後是『騰翔杯』，到時候你要是不給我滑出點成績，那就從哪裡來的回哪裡去。你……喂，你幹嘛去？！」

棠雪已經轉身跑了。

褚霞張了張嘴，看著她遠去的背影，搖頭嘆氣：「現在的小孩啊……」她收回目光，見附近做蛙跳的幾個人都停了下來，朝她這邊張望。

「幹什麼？」褚霞說，「誰讓你們停的？」

其中一個女生說：「褚教練，你真要讓那個小蝸牛報名騰翔杯呀？到時候不是丟我們霖大速滑隊的臉嗎？」

其他幾人哄笑。

褚霞一陣頭痛：「加練二十組。」

哄笑變成了哀號。

棠雪出了速滑訓練館，就一溜煙跑進冰球訓練館，一進去差點撞到一個人。

吳經理正在打電話，被棠雪嚇了一跳，捂著電話，用詢問的眼神看著棠雪。

「我找黎語冰。」棠雪說。

「他在更衣室呢，你去門口等他就行，」吳經理說著，指了個方向，「往前走右拐，第二扇門。」

說完他繼續打電話。

黎語冰換了裝備，提著球杆從更衣室走出來，一眼就看到門口站著的棠雪。她正倚著牆，身體矮下去一些，低著頭也不知在想什麼，只留給他一個烏黑的腦袋瓜頂。

黎語冰沒有看到她的臉，但光憑這個腦袋瓜頂他就認出她了。

「棠雪。」

「嗯？」

棠雪抬頭，立刻發現自己的視野全被一個人的身體擋住。

武裝齊全的黎語冰踩著冰鞋，身穿護具，顯得特別魁梧，像一座小山。他站在她面前，兩人距離有些近，棠雪連和他對視都吃力。她拚命仰著臉，身體離開牆壁，後腦抵到牆上，這才勉強看到他的臉。

黎語冰低頭看著她。她用力仰臉的樣子，給人一種在索吻的感覺。隔著透明的面罩，黎語冰的視線飛快地掠過她花瓣一樣可愛的嘴唇，眸色便不自覺地深了些。

棠雪的目光有些放空，似乎在走神。

黎語冰故意逗她：「棠雪，你竟然偷看我換衣服。」

「我沒有。」

沒有發脾氣，也沒有反唇相譏，這個棠雪像是假的一樣。黎語冰有些意外，奇怪地看著她：「你怎麼了？」

「黎語冰，你為什麼幫我墊錢滑冰啊？」棠雪問道。

「就是覺得你不滑了有點可惜。」黎語冰答道，似乎想起什麼，突然笑了一下，說，「你還記不記得，三年級的時候，你說以後要參加冬奧會，為國爭光。」

那時候她去參加比賽得了獎，拿張破獎狀天天跟他炫耀，牛皮吹了一籮筐；獎金都買了奇趣蛋，拆了一星期都沒拆完。

那時候他老盼著自己也能去打冰球比賽，能拿個比她更厲害的獎，讓她閉嘴。

那時候她天天搶他的旺仔牛奶，那時候他最大的夢想就是長得比棠雪高。

那時候……那時候啊。

棠雪聽到黎語冰如此說，有些窘：「小學三年級的事就不要提了。」

「真不好意思，天生記憶力好，」黎語冰說著，還指了指自己的腦袋，低聲說，「該記的不該記的，我都記著。」

棠雪想到一件事，便問道：「你不會連儲值飯卡的錢都沒了吧？黎語冰你是不是傻子呀？那麼大一筆錢，說掏就掏出去了，都不跟我說一聲。」

「沒關係，等你賺了獎金再還我，不虧。」

黎語冰其實可以跟爸媽要錢，可他不想開口。本來他的打算是做幾天打工應付一下，等下次發補助就好，作為冰球隊的主力，他拿的補助都比別人多。

棠雪說：「你怎麼知道我一定能賺獎金？我那麼久沒滑了。」

「我相信你。」

「為什麼？」

「大概是因為……」黎語冰想了一下，突然笑著引用了她的名言，「你有一個不屈的靈魂。」

棠雪仰著臉看他，也不說話，就那麼看了一會，眼眶忽然紅了，靈動的大眼睛裡漸漸矇上一層水光，映著頭頂上方的白色燈光，盈盈晃動。

黎語冰很少見到這樣的她，感覺心口微微疼著，疼得不是太劇烈，可那感覺還真是要命。他看著她的眼睛，一時間竟有些無措：「你……」

棠雪似乎有些不好意思，突然低下頭不再看他。

「黎語冰，其實我沒有表面上那麼堅強。」她小聲說。

她這幾天過得並不好。落下那麼多功課，訓練強度又大，會苦悶、難過、失眠、暴躁，甚至會自我懷疑，可是她每天還得裝沒事，將所有的負面情緒全部悶在心裡，都快憋瘋了。

這種時候，有一個人無條件地信任著她，這對她來說真的太重要了。

「謝謝你啊。」棠雪最後說道，說完就埋著頭走了。

黎語冰低頭看著她剛才站著的地方，淺灰色的地磚上有一小點深色的水漬。

他看著她的背影，等她走遠了，才自言自語：「那你怎麼不以身相許啊？」

晚飯又是三個人一起吃的，棠雪和黎語冰共用一張飯卡，兩人一起去買飯，喻言老在後邊跟著他們。

黎語冰有點不耐煩。

買好飯坐下時，喻言和棠雪說話，黎語冰低著頭在旁邊一邊看手機，一邊豎著耳朵聽他們沒營養地聊天。

喻言問：「今天訓練怎麼樣？」

棠雪：「還好。不過今天教練當著好多人的面罵我了，可嚇死我了。」

「我也被教練唸了。」

「啊？」棠雪有點詫異，「唸你什麼呀？」

「唸我訓練不專心，效果不理想，這些話。」

棠雪點點頭：「原來天下的教練都一個樣。」

嗯，連喻言都會被罵，她一個透明人挨幾句訓也沒什麼吧？她突然就被安慰到了呢……

棠雪看喻言一臉憂愁，覺得他是好孩子，被罵得少，不習慣，於是安慰他：「教練都喜歡把話說重些，你不要放在心上。」

喻言嘆了口氣，小聲說：「我只擔心會再長高。」

這真是一個憂傷的話題。

黎語冰在論壇裡巡視了一圈，本來想看看還有沒有人罵棠雪，結果看到一條非常有意思的評論，說他和棠雪、喻言在一起吃飯像一家三口，爸爸媽媽帶著孩子。

至於誰是爸媽誰是孩子，還用問嗎？

這條評論看得他龍心大悅，放下手機抬起頭，再看喻言都不那麼礙眼了，目光反而染上了一絲老父親般的慈祥。

喻言有些尷尬，低頭默默地吃飯。

氣氛不知怎麼就轉冷場了，誰也沒再說話。吃完飯，三人走出食堂，棠雪對黎語冰說：「錢我會還你的。」

「不用著急。」

喻言悄悄碰了碰棠雪，說：「我還有錢。」

黎語冰默默地翻了個白眼，關你什麼事？

他真想把這個「不孝子」扔進垃圾桶。

好在棠雪擺了擺手，說：「不用，我已經想到辦法了。雖然我爸比較摳門，不過呢，疼我的大有人在，我打算拉一筆贊助。」

黎語冰和喻言都好奇地看著她。

棠雪當著他們的面，分別打了個電話給自己的爺爺奶奶外公外婆，幾通電話的內容都差不多，就是告訴幾位老頭老太太：他們家的大寶貝決定重出江湖練滑冰了，只不過現在手頭有點緊，還需要一筆贊助費，她打算以競標的形式來募集贊助費，誰給的錢最多，以後她得了冠軍接受採訪時，就會第一個感謝誰……

黎語冰恍惚覺得親眼見證了一起針對老年人的詐騙案件。

喻言也被她這操作搞得眼睛都直了，等棠雪打完電話，他指了指她的手機：「這樣也行？」

棠雪點了點頭道：「我覺得，問題應該不大。」

問題那是相當大。就為了第一個被感謝——這還只存在於未來的可能性中——老頭老太太們都挺激動的，踴躍競標那當然不用提了，相互之間還把對方視作競爭對手，在家裡會鬥嘴，出門遇到親家，會暗暗地互相打聽底價，然後呢又免不了鬥幾句嘴。

鬥歸鬥，老頭老太太們牢記著棠雪的囑咐，沒有把這件事說出去，就他們小團體內部撕來撕去的。

棠校長感覺日子過得不太對勁，家裡的老人們平常修身養性都過得挺好的，怎麼突然間一個兩個的都有點暴躁了？他爸媽是這樣，他岳父岳母也是這樣。難道跟太陽黑子的活動有關係？

這還只是疑惑，真正讓棠校長發覺問題嚴重的，是那天他媽偷偷去銀行匯款，結果因為數字比較大，銀行工作人員不放心，電話打到了家屬這裡來確認。

棠校長趕到銀行，一看收款人是棠雪，氣得鼻子都歪了：「就知道是這倒楣孩子在作怪！」

他把老太太領回家，路上就聽老太太把情況一五一十地交代了。

然後棠校長打了個電話給棠雪，劈頭蓋臉先是一頓批評。

「你有沒有良心啊？人家老頭老太們存錢容易嗎，就讓你這麼套出去？我說你是不是覺得上大學了就無法無天沒人治得住你了？你等著，明天我就去找你！」

「爸，我不是騙錢，我真的要去校隊滑冰了，就是得先自費。」棠雪解釋道。

棠校長的語氣緩和了一些：「那你怎麼不和我說？」

「我這不是怕你不支持我嘛……」棠雪小聲抱怨了一句，「就為幾萬塊錢，你還說我不是你親生的呢。」

「哦，這件事你倒是記得清楚，你怎麼光記壞事不記好事？」

「好事我也記著呢。我記得我第一次滑冰就是你帶我去的，教練說我是Nokia耐摔，你回來後吐槽了好久。」

「哼。」棠校長被她逗得想樂，又不太好意思，就這麼憋著，過了一會突然嘆氣，說：「你就是來找我要債的。」

「爸，別這麼說，等我以後賺了錢，肯定第一個報答你，還有我媽。」

「得了，你想滑冰就繼續滑吧，這點錢我們家還出得起。你自己注意著點，別太逞強。」

棠雪大喜：「謝謝爸爸，你就是我的第一男神！」

「好了好了，少在那油腔滑調。不過有一件事我得提醒你。」

「什麼事啊？」

「這筆贊助是我們掏的，等你得了冠軍，第一個感謝的應該是我和你媽，知道嗎？」

行啊，這有什麼難的。

棠雪拿到錢之後，便第一時間去找黎語冰。

黎語冰下課之後正和老鄧他們一起往外走。他比一般的學生都高，站在人堆裡很顯眼。到教學大樓門口時，外面下起了雨，黎語冰低頭正要掏傘，老鄧突然指著不遠處的馬路對黎語冰說：「嘿，你們家皇上來了。」

黎語冰抬頭一看，棠雪正撐著一把紅色的傘，立在雨中望著他。

他果斷地把書包一扣，重新背回肩上，冒著雨跑向她。

冬天的雨挾著風，灑在他身上、臉上、頭上。

棠雪看到他跑近，舉著傘的手臂抬高了一些，以適應他的高度。

黎語冰走進她的傘下時，面不改色地順手接過她手裡的傘。他接傘時，手習慣性地去找傘柄，便虛虛地攏住了她的手背，乍一看像是用自己的手整個包裹住她的手。

他的掌心火熱乾燥，無意間擦到她手背上細膩光滑的肌膚，她連忙縮回了手。

黎語冰握住傘，傘蓋向棠雪的方向微微傾了傾，然後他低著頭看她，問：「幹什麼？」

棠雪仰著臉，笑道：「還錢啊。」

她一笑，黎語冰也不自覺地笑了。他也不知道自己在笑什麼，好像一看到這傻子笑，他就控制不住被傳染了。

真是魔性啊……

棠雪掏出手機，轉了帳給黎語冰。

黎語冰沒問她為什麼能在網路上還錢還要跑來找他，他認為她這樣做只因為想見他了。

「我還想當面跟你道個謝。黎語冰，謝謝你。」還完錢，棠雪說道。

黎語冰輕輕挑了下眉，問：「就一句謝謝？」

「當然不是，讓我想想該怎麼報答你呢……」棠雪說著，突然搓了搓手，像隻落在西瓜上的蒼蠅，笑得一臉神祕。

這種笑容在黎語冰眼裡可以定義為淫蕩了。

黎語冰瞇著眼，視線在她臉上掃了一圈，最後盯著她的眼睛，有些不確定地問：「你不會是……想對我以身相許吧？」

他這句話把棠雪問得有點尷尬。她搖了搖頭，說：「黎語冰，你可能不了解我的口味。」

黎語冰心想：我太了解了。

棠雪：「你放心，我是不會對你伸出罪惡的雙手的。」

黎語冰心想：我謝謝你。

棠雪：「我承認，你長得很帥。不過你這種受萬千少女追捧的主流爆款男神並不是我的菜，我只喜歡那種白白嫩嫩的美少年。」

黎語冰心想：我以前也是白白嫩嫩的，誰知道後來會長這麼大隻啊！

儘管內心吐槽了千萬遍，黎語冰表面還是擺著一張面癱臉，問棠雪：「那麼，你到底想怎麼報答我？」

「我打算像電視上演的那樣，滿足你一個願望。只要是我能做的，不違反法律和道德的，都可以。」

「電視上演的都是三個願望。」

「這種事情你還能討價還價？黎語冰你越來越無恥了。」

「我本來是個好人，遇到你之後就……」

棠雪抬了抬手指：「我今天心情好，饒你一條狗命。」

「三個願望。」

「好吧，三個就三個，婆婆媽媽的，像個老太太。說吧，你想要什麼？」

黎語冰想要的東西現在還要不起，因此要求先把願望存起來。說完自己的這個訴求，他又暗示棠雪：「在銀行存錢都是有利息的。」

棠雪快被他逼瘋了，揚手作勢要削他。

黎語冰笑著向後躲。人後退了，傘卻沒有，而是向反方向遞了遞，斜斜地將她頭頂上方的天空全部罩住，他自己則因為與她拉開了距離，身體完全暴露在雨中。

棠雪見他被雨淋，收回手說：「這頓打先存著，哦對了，有利息哦。」

與此同時她心裡想的是，這人還挺有紳士風度。

兩人共撐一把傘一起去訓練館，下了雨，不好騎自行車，於是就這樣步行。天氣挺冷的，棠雪出門時穿得少，這時手插著口袋指尖還是發冷，便橫著兩條小手臂，把左手伸進右手的袖子裡，右手伸進左手的袖子裡，手掌貼著小手臂上的肌膚，這樣就暖和多了。只是她那副樣子有點奇怪，像個純樸的老農民。

「傻子。」黎語冰突然說。

棠雪大怒：「黎語冰，我看出來了，你今天特別想挨打，對不對？我現在滿足你。」

黎語冰沒有被她震懾到，反問：「出門不知道穿衣服？」

「誰知道會這麼冷。」棠雪抱怨了一句。

天氣預報只告訴你溫度有多少，又不能告訴你具體該穿什麼。

黎語冰把雨傘塞進她手裡，接著乾淨俐落地將自己的外套一脫，扣到她的腦袋上。

「神經病。」棠雪把他的衣服往下扒拉。

黎語冰特別喜歡看她掙扎著，腦袋從他的衣服裡伸出來的畫面，真的，百看不膩。

他覺得自己可能真是個變態。

「我不用。」棠雪想把衣服還給黎語冰。

黎語冰去接她手裡的傘，與此同時手掌扣在她的手背上，這次兩隻手緊實地疊在了一起，他讓她感知了一下他的溫度，然後說：「我更不用。」

棠雪到了訓練館，先去了更衣室。

更衣室裡本來有幾個人正在嘰嘰喳喳地聊天，棠雪開門時聽得清清楚楚，可是她走進去時，她們突然集體沉默了。

室內鴉雀無聲，最清晰的聲音竟然是棠雪的腳步聲。

棠雪有點尷尬。

她尷尬歸尷尬，可人生在世的第一祕訣就是要臉皮厚，穩得住。所以她若無其事地換好衣服就出去了，根本不在意那幾個人，彷彿她們一個個都是瓜田裡的大西瓜，而她，是高貴的閏土[6]。

今天除了常規訓練，教練還加了一項接力訓練，因為下周霖大速滑隊要參加省錦標賽。

6　魯迅的小說《故鄉》中的一位虛構人物，原型為章閏水。

當然，這裡的「霖大速滑隊」不包含棠雪，但棠雪也混進了訓練的隊伍裡。本來接力比賽的參賽人員就有一定的變動性，多嘗試幾種組合也算是萬全的準備。棠雪特別能理解褚霞的安排，正摩拳擦掌躍躍欲試呢，結果有人不樂意了。

「教練，我不想和棠雪一組。」

說話的人叫張閔微，今年大三，麥色肌膚，眉眼細長，是那種歐美人喜歡的亞洲人的長相。這張臉看起來很高級，氣場強大霸道總裁的樣子，其實張閔微本人是爽直性子，棠雪甚至覺得她有點「中二」。

不過張閔微的成績很不錯，算是女隊的領頭羊。

「為什麼？」褚霞問道。

「因為沒用。」

褚霞不置可否，看向棠雪，問：「棠雪，你怎麼說？」

棠雪自知現在太弱雞，也不好過於高調，此刻只是斜著眼睛看張閔微，小聲說：「我告訴你哦，莫欺少年窮。」

有幾個男隊員聽她這樣講，笑出聲來。

褚霞說：「行了，該幹嘛幹嘛吧。」

「那教練……」張閔微站在原地不動。

「我要你做什麼你就做什麼，」褚霞說，「要不你來當教練？」

階段訓練結束時，隊員們兩兩分組互相按摩放鬆。棠雪和張閱微被分到一組，棠雪趴在地上，張閱微故意用力。

「啊！」棠雪慘叫出聲。

褚霞往她們這邊看了一眼，張閱微便放鬆力道，過一會卻故技重施。

棠雪喘著氣說：「我問你，你們是不是都不太喜歡我啊？」

「你覺得呢？」張閱微的語氣不太友好。

「我覺得，我還挺有個人魅力的。」棠雪說道。

張閱微翻了個白眼。

「你們不喜歡我，不就是因為我滑得慢嗎？」棠雪在那兒自說自話，也不管張閱微回不回應，「我告訴你，雖然我現在成績差，但是總有一天，我會超過你們所有人，到時候你們都得當我的小跟班。」

張閱微本來都不想理她，可是被她囂張的態度氣得不輕，於是鄙夷地道：「你以為你是誰？你能進速滑隊還不是靠黎語冰？」

「那是因為黎語冰慧眼識人，單從這個角度來看，他比你們的層次都高，你不服不行。」

張閱微從棠雪這裡學到了一個道理：不要跟無恥的人鬥嘴，因為對方可以用無恥打敗你，而你不能。

張閱微幫棠雪按完後，兩人該換位置了。棠雪從地上爬起來，興奮地搓著手：「來吧寶貝！」

張閱微：「……」

這神經病一臉狂熱的樣子還挺可怕的。

棠雪對張閔微做的事不過是以牙還牙，但這在張閔微看來已經算大逆不道了，她沒想到棠雪一個小新人真的敢這樣對她。

「我看你是不想混了。」張閔微說。

「讓你知道什麼叫大力出奇蹟。」

「……」張閔微想捶死她。

黎語冰早出來一會，便溜溜達達地去速滑館找棠雪。他走進速滑館，在入口處看到了褚霞。隊員們正在做肌肉放鬆，褚霞也不盯著他們了，低頭在看手機。

黎語冰走過去，說：「褚教練。」

褚霞抬頭，見是黎語冰，嗯了一聲。

「怎麼樣？」黎語冰問，眼睛看著棠雪的方向。

「挺好。」褚霞耳聽著張閔微的慘叫聲，點頭說道，「成績最差，還能天天作天作地，生龍活虎，你還別說，小女孩精氣神真不錯。」

黎語冰仔細把這話品了品，有點不確定地問：「您這是在誇她吧？」不過，用「生龍活虎」這種成語形容小女孩也很神奇，褚教練的語文課一定是體育老師代課的。

褚教練沉思半晌，突然說：「我不建議你們現在談戀愛。」

黎語冰低頭看著地面：「其實我們沒有談。」

「哦？那好，我明天把我兒子介紹給她。」

「別，不用了，」黎語冰連忙制止她，「會讓她分心。」

褚教練沉默地看向棠雪，也不知在想些什麼，這樣過了一會，她突然說：「其實她挺難得的。」

「是啊。」黎語冰有些感慨，附和道。

吃飯的時候棠雪遇到了廖振羽和夏夢歡。

三人不是約好的，就是偶遇。

說起來，自從她回歸滑冰之後，整天馬不停蹄，過得像打仗一樣，偶爾還蹺課，所以都不怎麼和廖振羽、夏夢歡一起吃飯了，一般是和喻言、黎語冰一起吃。夏夢歡還好，她們在宿舍總能遇到，至於廖振羽，棠雪想看見他只能靠偶遇了。

這次偶遇，五個人坐在一塊，找了兩張排在一起的桌子才夠。棠雪、廖振羽、夏夢歡、喻言坐滿了一張四人桌，黎語冰坐在另一桌。

這讓他有點不爽。

廖振羽一臉幽怨地看著棠雪，頗像一個深宮棄婦，說：「老大，你是不是已經拋棄我們了？」

「我這不是忙著去給你們打江山嗎？」棠雪一邊吃飯一邊答道。她最近飯量特別大，夏夢歡看著她面前堆成山的飯菜，感覺心驚肉跳的。

廖振羽聽她如此說，哦了一聲，問道：「那江山現在打得怎麼樣了？」

「嗯，那什麼，剛出新手村。」棠雪有點不好意思，用指背蹭了下鼻尖。

「沒關係，」廖振羽安慰她，「我老大是天選之人。」

黎語冰挺佩服他的，總能精準地找到吹捧棠雪的切入點。

夏夢歡湊在棠雪耳邊悄聲說：「大王，我今天看到變態了。」

「哦？」棠雪看了她一眼，悄悄豎起耳朵，「哪種變態？」

「就是那種在公共場合露雞雞的。」

棠雪有點生氣，最討厭這種猥瑣死變態了，她一拍筷子：「好噁心！在哪裡看見的？我們去駐守打他！」

夏夢歡連忙擺手：「不用不用，我叫他回家把雞雞養大點再出來露，他就紅著臉走了。」

棠雪撓了撓頭。差點忘了，她們家夢妃可以怕蟑螂，但絕不怕流氓。

夏夢歡剛才講著講著音量不自覺地變正常了，所以廖振羽和喻言都聽明白是怎麼回事了，然後兩人都鬧了個大紅臉。

只有坐在另一桌，與夏夢歡隔著一個身位的黎語冰得以倖免，看到喻言和廖振羽臉紅，黎語冰便認定是棠雪開了黃腔。

這流氓！

黎語冰把筷子咬得咯咯響，也不知他在氣什麼。

喻言悶頭吃了會飯，突然想起一件事，翻出書包找了一下，拿出幾張花花綠綠的票分發給眾人。黎語冰感覺他挺像是在發傳單的。

「學長，你要嗎？」喻言發完其他人，拿著票看著黎語冰。

黎語冰最近看他的眼神挺奇怪的，就像看兒子一樣，這讓喻言感覺很彆扭，也很詭異。

「這是什麼？」黎語冰接過票，掃了一眼，唸出票面上最顯眼的幾個字，「冰雪大明星？」

「嗯。」

《冰雪大明星》是一個綜藝節目，由明星去學習和表演花式滑冰，娛樂和花滑跨圈結合，播出後效果還不錯，已經有了穩定的觀眾群。

《冰雪大明星》這期節目要來霖大的滑冰館錄，喻言會作為特別嘉賓表演，節目組給了他一些贈票。

「恭喜你哦，冰雪大明星。」棠雪勾著嘴角，低頭看著手裡的票，看了一會，她發覺不對勁，「為什麼你們的票都是綠色的，而我的是黃色的？」

其他人也發現了這個問題。

喻言抿了抿嘴，解釋道：「你的是 **VIP** 座位。」

「哦哦。」

黎語冰也想要黃票，不想要綠票，他討厭綠色。

「一共幾張 **VIP** 票？」黎語冰問。

喻言垂著視線不和他對視：「一張。」

黎語冰嗯了一聲，也不揭穿喻言。他自己也接受過贈票，這類贈票一般是成雙贈送的，所以喻言不可能只有一張 **VIP** 票，至少有兩張。

當然，黎語冰不認為喻言會把另一張 **VIP** 票給他。

錄節目這天，因為可以見到大明星，所以觀眾們很熱情，還有帶著牌子來的，一看就知道是誰的粉絲。棠雪坐在 VIP 席位上，想像了一下黎語冰擠在普通座拿著望遠鏡的畫面，嘖嘖嘖，可憐……

這麼想著，她無意間一轉頭，啊地驚叫出聲。

黎語冰就坐在她身邊，這時正笑瞇瞇地看著她。

棠雪一臉見鬼的樣子，問他：「你怎麼進來的？」

「翻進來的。」他厚顏無恥地道。

「黎語冰，你能不能注意一下素質？」棠雪莫名其妙，又說，「等一下有人過來，你不還得走嗎？」

「不會有人的。」

「什麼意思？」

意思就是，喻言當然不會把票給他，但黎語冰相信，他也不會給別人。

因為他中午撒謊了。

為了不讓謊言被揭穿，他把那張票毀屍滅跡是最穩當的選擇。

所以，黎語冰才敢堂而皇之地坐在這裡。

大明星們滑冰的節目效果很不錯，粉絲們的吶喊狂歡，令棠雪感覺整個場館都搖搖欲墜。喻言是很後面出來的，不過他一出來，那感覺就是和別人不一樣。

有時候，一個姿勢，甚至只是一個眼神，你就能判斷這人是否專業。

喻言今天的表演服是淺藍色到白色的漸層，像天空到白雲的距離，配樂清新空靈，彷彿一縷從指尖漏過的春風。

他表演時，沒有粉絲吶喊歡呼，但表演結束時，全場的掌聲經久不息。

節目錄製結束後，黎語冰起身要離場，低頭看向棠雪時，發現她從座位下拿出了一捧花。

呵呵，還送花。

棠雪去找喻言，黎語冰跟在她身後，趁她不注意，搶走了她手裡的花，搶完就跑。

「神經病，給我！」棠雪忙拔腿追上去。

黎語冰拿著花一路跑，正好看到喻言從場館裡出來，在朝他們的方向張望。他仗著腿長優勢，嗖地一下就跑到喻言面前，快得像條野狗。

然後他把花遞給了喻言。

說真的，喻言不是很想接，可他也不太好意思拒絕人家的好意，終於還是慢吞吞地接了花。

棠雪這才氣喘噓噓地跑過來，一看花已經到了喻言手裡，她還能說什麼呢？斤斤計較也不是她的作風，於是她只好用眼神狙擊黎語冰。

黎語冰：「要吃宵夜嗎？我請客。」

棠雪看著喻言：「走，我們去把他吃窮！」

之後他們去了美食一條街。

吃宵夜的時候，黎語冰看了眼論壇，發現又有人在討論他們。

「【圖片】【圖片】。」

「暈，美食街偶遇鐵三角一起吃宵夜，他們真的綁定了？」

「這三個人，給我一個就行了，我能看一輩子。」

「越看越像一家三口的只有我一個人？」

「一家三口加一。」

黎語冰莞爾，飛快地用小帳發了則留言，故意問：誰是爸爸誰是媽媽誰是孩子？

他很快收到一波回覆。

「黎語冰是爸爸，喻言是媽媽，棠雪是孩子。」

「還用問嗎，棠雪這身高跟他們一對比只能當個兒童了。」

「我也想要棠雪這樣的女兒。」

「喻言看起來好溫柔，是個好媽媽。冰神是爸爸，嘻嘻。」

黎語冰差點氣吐血。

這些人都是邪教徒！通通燒死！

他把手機往桌面上重重一按，抬頭掃了喻言一眼。

喻言正在吃餛飩，莫名其妙地就挨了黎語冰一記眼刀，那眼神帶著些抗拒和嫌棄，還有一些說不清道不明的仇視，好像要把他砍死。

喻言：「……」

他感覺，黎語冰這人可能有一點精神上的疾病。

第九章

男人，你的名字叫善變

吃完宵夜，棠雪回到寢室，剛放下東西，喻言一個電話又把她叫了下去。

她披了件衣服下樓，看到喻言站在路燈下，身體一半光明一半黑暗，明暗對比之下，身形顯得越發挺拔。周圍有人路過和說笑，他充當了背景板，熱熱鬧鬧的世界裡，他自己劃出了一小塊領地，清冷孤獨、只有他自己的世界。

真是奇怪，棠雪撓了撓頭。明明喻言的外表也不是冷淡那一掛的，可他總是會給人一種孤獨感，難道和他內向不愛說話有關？

棠雪走向他時，喻言抬頭看到她，朝她笑了笑。

他一笑，淺淺的酒窩就把整張臉點綴得格外生動明亮，什麼孤獨清冷，立刻煙消雲散。

「有什麼事？」棠雪緊了緊衣服，問道。

喻言的表情有一瞬間是糾結的，他猶豫了一會，說道：「棠雪，我覺得，黎語冰有點奇怪。」

「哦，我以為是什麼事呢……他一直挺奇怪的，」棠雪抬手點了點自己的太陽穴，「這裡有問題。」

她一本正經胡說八道的樣子搞得喻言都不知道這是玩笑還是事實，於是問道：「他是摔過腦子嗎？」

棠雪還挺像回事似的認真思考了一下，然後搖頭道：「我印象裡好像沒有……怎麼突然說起他？他是不是欺負你了？」

「沒有。可是他看我的眼神很奇怪。」

「為什麼？」

「我不知道。」

棠雪托著下巴思索黎語冰這回想作什麼怪，卻想不出來。

喻言觀察著棠雪的表情，抿了抿嘴角說道：「棠雪，我們明天不要和黎語冰一起吃飯了，好嗎？」

「哦？」棠雪詢問地看著喻言。

「我不想和他一起，而且……」喻言微微低下頭，沒有和她對視，他的目光斜著落向地面，看著地面上她的影子，小聲說道：「我也不想看到你和他在一起。」

棠雪看著他那小媳婦的樣子，越看越可人。她勾了勾嘴角，說：「好哦，我跟他說。」

棠雪也覺得自己應該跟黎語冰保持點距離了，畢竟男女有別嘛，老被人誤會可不好。再說了，說不定黎語冰也有喜歡的人呢，她不能影響人家追求真愛。

於是棠雪用一種事業部門主管體貼關懷的語氣傳了則微信給黎語冰，表示為了雙方考慮，他們最好盡量保持點距離，明天就不一起吃飯了云云。

她發完之後等了一會，沒等到黎語冰的回覆。

棠雪剛準備去洗澡，黎語冰的電話打來了。

「下來。」他就說了兩個字。

於是棠雪披了件衣服，踩著拖鞋再次下樓。

黎語冰抱著手臂靠在路燈柱子上，一條腿撐著地面，另一條腿彎曲著，踩在燈柱的底部，上方的燈光落下來，給他這略顯桀驁的姿勢加了一層柔化效果。

他身材和臉的優勢太明顯了，隨便往那裡一站就自帶漫畫效果，搞得從宿舍大樓前經過的小女孩都忍不住看他，還有人捧臉低呼：「好帥哦！」

黎語冰對妹子們的讚嘆置若罔聞，但他突然之間彷彿心有靈犀般猛地一抬頭。

棠雪恰好從宿舍大樓裡邊走出來，一隻腳還沒站定呢，黎語冰突然看向她，路燈下，他的表情幽暗莫名，她有點猝不及防，愣了一下。

「過來。」黎語冰說。

棠雪走過去，黎語冰還是那樣抱著手臂，瞇著眼睛把她從上到下掃了一遍。棠雪挺不喜歡現在這樣的，確切地說，她不能適應這種在氣場上被壓制的感覺。

黎語冰的目光最後停在她的棉拖鞋上。拖鞋是灰色的，鞋面是綿羊頭，羊角歪在兩邊，羊眼睛沒做好，弄成了鬥雞眼，此刻彷彿在和黎語冰對視，看起來特別魔性。

「你還真是喜歡小綿羊。」黎語冰突然冒出這麼一句話。

棠雪問道：「黎語冰，你找我幹嘛呀？」

黎語冰本來是找她興師問罪的。有那麼一個時刻，他覺得自己被拋棄了。他那麼生氣，窩著一肚子火跑出來，可是出來後被冬夜的冷風一吹，滿腔怒火便慢慢化作一片冰涼的凍雨。

這時，黎語冰神色冷淡，說道：「我忘了跟你說一件事。」

「哦？什麼？」

「褚教練要我轉告你，在滑出成績之前，不許談戀愛。」

「嗯，肯定的。」棠雪點頭。

她答應得這麼乾脆，讓黎語冰有點意外，忍了忍，問道：「那你和喻言到底是怎麼回事？」

棠雪有點不好意思：「喻言還小呢，我得再養養。」

黎語冰覺得心口疼。

黎語冰回到宿舍冷靜一想，發覺此事有些可疑。以他對棠雪的了解，這傢伙要是有這個覺悟早就有了。前一刻兩人還在一起吃宵夜，後一刻她就翻臉不認人，多半是聽了某些人的讒言，才臨時起意。

這人，要麼是她的室友，要麼就是喻言。

黎語冰傾向於後者。

第二天，喻言在更衣室被黎語冰堵了。

當時更衣室裡有好幾個人。黎語冰提著根球杆，氣勢洶洶地走進花滑隊的更衣室，樣子好兇，像個霸王，更衣室裡的人都嚇了一跳，有點害怕……

雖然大家都是練體育的，他們的身體條件也不差，可黎語冰拿著武器，最重要的是他太高了。練單人花滑的男生一般個子不會太高，這時再跟XXXXL的黎語冰一對比，一個個都顯得頗為嬌小，站一列像一排小貓咪。

黎語冰用球杆指了指喻言：「我找他，你們先迴避一下，謝謝。」

真是一個有禮貌的流氓呢……

其他人先出去了，有人不放心，忙去找教練。

喻言立在原地，不動聲色地看著他，問：「你想幹什麼？」

黎語冰回手把更衣室的門關了，然後提著球杆走近一些，說：「是你在棠雪面前胡說八道。」

他的語氣很篤定，彷彿他在現場偷聽過。

喻言眼珠動了一下，抿著嘴，沒說話。他不想承認，也不想否認——撒謊對他來說是一項艱難的工程，於是只好默不作聲。

「今天中午，」黎語冰又以命令般的口吻說，「你去和棠雪說，還要和我一起吃飯、一起活動。」

喻言一臉莫名其妙：「我要是不呢？」他怎麼可能這麼說？

黎語冰聽聞他這樣說，突然將手裡的球杆提了起來。喻言見到他這動作，本能地退了一步，防備地看著他。

黎語冰卻帥氣地把球杆往肩上一甩，說道：「別害怕，我不會用暴力解決問題的，我只會以德服人。」

喻言並沒有放鬆戒備，冷眼盯著他。

「你要是不聽話，」黎語冰老神在在地說，「我就去告訴棠雪，你已經和我在一起了。哦對了，棠雪還欠我三個願望，就算她不信我們在一起了，我也可以要求她把你讓給我。」

喻言被他的無恥驚到了，久久不能說話。

黎語冰朝他微微一笑：「要死大家一起死。」

他這個笑容，真的太欠打了，喻言長這麼大第一次有打人的衝動。

砰砰砰！外面突然有人敲門。

「喻言？黎語冰？你們是不是在裡面？開一下門。」是花滑隊的教練。

黎語冰走過去拉開門，教練不放心地探頭張望，看到兩人沒打架，鬆了口氣。

「我們只是聊一下天。」黎語冰對教練說，說罷和他們揮手告別，然後對著喻言的方向擠了擠眼睛，「中午見。」

如果他此刻照照鏡子，就會發現，擠眼睛的自己彷彿被棠雪上了身。

中午下了訓練，棠雪出門習慣性地往冰球訓練館走，都快到門口了，突然想起來她今天不和黎語冰吃飯，於是又折回去找喻言。

從以前的三人行突然變成現在的兩人行，她還挺不習慣。

棠雪和喻言剛出西區，好巧不巧地在大門口又碰到黎語冰。

黎語冰也剛出來，還是像以前那樣，單肩背著個包，兩手插著口袋，悠閒地邁著長腿，目不斜視地從他們面前走過。

棠雪跟他打了個招呼，他只是端著架子點了一下頭，也不說話，依舊目不斜視。

「真會裝。」棠雪自言自語。

黎語冰經過他們身邊時，腳步放得慢了些。

一步、兩步、三步……

就在他即將走遠時，喻言突然叫住他：「學長。」

黎語冰腳步驟停，立在原地，轉頭看向他們：「什麼事？」

棠雪也不解地看著喻言。

喻言小聲對棠雪說：「學長在球隊挺可憐的，也沒什麼朋友……」

隨著他這句話，有幾個黎語冰的隊友經過，一個個跟黎語冰打招呼、拍肩膀，「冰哥」前「冰哥」後地叫著，好不親熱。

棠雪默默地看著喻言。

喻言也有點尷尬，但還是堅持把自己的台詞講完了：「要不，還是讓學長和我們一起吃飯吧？」

棠雪：「……」

當初是你要分開，分開就分開，現在又要用同學愛，把他喚回來？

男人，你的名字叫善變。

十二月下旬，黎語冰收到中國青少年男子冰球隊的徵召，要去參加在波蘭舉行的一年一度的「世界U二〇冰球錦標賽」。「U二〇」是一個年齡標準，意思是二十歲以下。

一起去的還有另一個人，同在霖大校隊的蔣世佳。

兩人要先去哈爾濱與所有人會合進行集訓，等一月份再飛往波蘭。蔣世佳本身就是哈爾濱人，這次去集訓，相當於回一趟老家了。

他們兩個出發這天正好是省滑冰錦標賽的前一天，滑冰隊這邊沒有安排太多訓練任務，不過棠雪沒有比賽，所以想自己加訓一下，結果黎語冰要求她去送行，理由是沒人送行沒面子。

「黎語冰，你是小公主嗎？」棠雪吐槽道。

黎語冰也不惱，低笑道：「等你。」

棠雪對著手機翻了個白眼，翻完白眼還是答應了。

去機場的時候他們叫了輛計程車。兩個大行李箱太大，計程車後備廂只能放下一個，無奈只好把另一個放在副駕駛那裡，三人一起坐後面，黎語冰坐中間。

一般情況下計程車後座坐三個人問題不大，可黎語冰和蔣世佳都太高了，雖然不胖，但是壯啊，這時三人擠在一處，棠雪就感覺空間挺狹窄的。黎語冰的坐姿還大刀闊斧的，像個土匪，她的大腿都跟他的貼在一起了。離得那麼近，遠超過安全距離，被男生陌生又熟悉的氣息侵襲著，搞得她一陣不自在。

氣氛略奇怪，一車人都沒說話，計程車司機有點委屈，感覺自己的輪胎都要被壓扁了，想抱怨又不敢。

還是黎語冰先開口了，問棠雪：「你就沒點臨別贈言？」

「你又不是走了就不回來了，」棠雪撇了一下嘴，沒什麼臨別贈言好說，想了想說道，「要不我為你們唱首歌吧。」

黎語冰連忙制止她：「別唱，自己人。」

棠雪一怒之下動了動腿，用膝蓋去撞他，黎語冰一邊笑一邊躲。

一旁的蔣世佳默默地看向窗外。

兩人正鬧著，轎車突然顛簸了一下，棠雪身體晃動，腦袋不受控制地撞向車窗。黎語冰手疾眼快，長臂一抬，寬闊的手掌像扇小屏風一樣擋在了車玻璃前。

於是棠雪的腦袋結結實實地撞進了他的掌心裡。

她起初是有點蒙的，抬頭看到他貼在車玻璃上的手掌，才醒悟過來是怎麼回事。

棠雪呆呆地看著黎語冰掌心上的紋路，不知道該作何反應。

這樣體貼的黎語冰，她真的好不適應……

快把那個妖豔賤貨「黎有病」交出來啊……

見棠雪發呆，黎語冰動作自然地收回手，說道：「本來就傻，再撞就更傻了。」

棠雪瞪了他一眼。

上午訓練期間休息時，喻言一邊喝著電解質飲料，一邊發呆。

他在想，棠雪什麼時候回來，飛機會不會晚點，黎語冰那個無恥的人會怎樣對她，會不會……

「言言。」背後突然有人喚他。

喻言從紛亂的思緒裡猛地回頭，看到來人時，愣了一下：「媽，你怎麼來了？」

喚他的人正是他媽媽梁女士。

梁女士穿一套淺灰色的西裝和半身裙，妝容修飾得精緻得體，皮膚白得發亮，看起來氣色很不錯。可惜的是額上豎紋明顯，加上嘴唇太薄，現在年紀稍大，這個缺點更為突出，使她看起來有點刻薄。

梁女士一見到喻言，臉上舒展開笑意，說道：「你不是快比賽了？我來看看你。」

「我比賽還有好幾天呢。」

省滑冰錦標賽分短道速滑賽、速滑賽、花式滑冰比賽，短道速滑賽最早開始，花式滑冰的比賽在五天後。

「那我就在這裡陪你幾天。」梁女士說，見兒子欲言又止，她斂了笑容問，「你不想看到媽媽？」

「啊？不是……」

喻言只是覺得有點奇怪。

跟媽媽聊了會天，他暫時按下疑惑，接著去訓練了。

這邊，梁女士找到楊教練，兩人站在一旁說話。

喻言是花滑隊最好的苗子，楊教練愛屋及烏，對梁女士客客氣氣的，聽到梁女士打聽兒子的近況，於是對喻言好一頓誇。

誇完之後，楊教練又說：「不過，我感覺他最近訓練有一點分心，是不是家裡有事情？」

「家裡沒事，我跟他爸爸都很好。」

「嗯，可能是因為年紀還小吧，還需要成長。當然了，這次比賽肯定問題不大。哦對了，前些天，國家隊的主教練馬銳教練看過他的比賽，覺得無論是技術還是藝術表現力都是一流的，特別是藝術表現力，這一點對中國運動員來說挺難得的。我聽馬銳教練的意思，挺願意接納喻言進國家隊的，不知道你們是什麼想法？」

梁女士對於兒子的職業生涯有清晰的規劃，這時聽楊教練如此說，笑道：「我倒是覺得，言言跟著楊教練你就挺好的，沒必要去國家隊。」

楊教練被她捧得有些開心，笑得合不攏嘴，擺擺手說：「國家隊還是挺不錯的。」

梁女士抿了抿嘴，突然說：「楊教練，我想跟你打聽一個人。」

「哦？」

「是一個小女孩，叫棠雪。」

是了，梁女士此次急急忙忙地趕來，不單單是賽前陪兒子那麼簡單。她為了多了解兒子的生活，安裝了霖大的 App，摸索著進了論壇，然後在論壇上搜了一下「喻言」兩個字，莫名其妙地搜出一堆桃色新聞。

這還得了！言言只有十七歲！

更離譜的是，桃色新聞的主角不是兩個人，而是三個人。一個女孩子，心安理得地腳踏兩條船，把兩個男生玩得團團轉，怎麼會有這樣的女孩子？她這樣做她爸媽知道嗎？

看完這些亂七八糟的新聞，梁女士立刻坐不住了，匆忙來找喻言。

剛才聽到楊教練說喻言訓練分心，梁女士更篤定了心裡的猜測。

看來，她得會一會這個棠雪了。

棠雪從機場回來後，風風火火地去了訓練館。一進訓練館，她就看到張閱微她們幾個沒在訓練，在休息聊天。

「讓一讓讓一讓，我閏土又回來了。」棠雪說。

幾人並不理解棠雪為什麼自稱閏土。這時看到棠雪，張閱微首先翻了翻白眼，然後才說：「蝸牛，你媽來找你了。」

「啊？」棠雪愣住了。

「在休息室等你。」張閱微和她說話的語氣全程硬梆梆的，接著她便不再搭理棠雪，繼續同其他人說笑。

棠雪簡直不敢相信，她媽竟然能來看望她。媽媽是個兒科醫生，每天忙得要死，連女兒的教育都有些疏忽，平常主要是棠校長帶女兒，所以，現在是怎麼回事？難道媽媽終於良心發現，想起自己還有個女兒來了？

嗷嗷嗷！好感動！

棠雪一路狂奔跑去休息室，一推門，人未到聲先至：「媽，您總算來了！」

然而一進去看到裡頭的人，她立刻傻眼了：「呃……」她媽可不長這樣啊……

梁女士想過兩人第一次會面會是什麼情形，劍拔弩張或者陰陽怪氣或者指桑罵槐，都無所謂，反正氣氛不會太和諧，但她萬萬沒想到，這女孩一見面就喊媽。

對方也太不把自己當外人了！

梁女士氣得面容扭曲，嘴角重重地壓了下去，這樣一來，本來就有些下垂的面部肌肉更加明顯，神情看起來頗為陰鬱。加之她膚色白得過分，這時因憤怒，臉上隱隱透著一股青白色，乍一看像電視上的女鬼。

棠雪嚇了一跳。她覺得這位陌生女人的憤怒是可以理解的，因為她把人家喊老了。女人都很在乎自己年齡的，她跟自己親媽出去逛街時，還要昧著良心哄一句「你看別人都以為我們是姐妹」。只有他老爸比較耿直，有一次一家三口出去，爸爸聽到她這麼說，來了一句「那你們的媽媽是不是五十歲才生二胎」，結果可想而知被她老媽捶成什麼樣，嘖嘖嘖……

棠雪收起思緒，對陌生女人欠了欠身：「對不起啊姊姊，我認錯人了。」

「誰是你姊姊！」梁女士更不高興了。

棠雪知道這位女士氣還沒消，又說了句「對不起」，說完轉身想出去，心裡想著她媽估計是在休息室坐不住，出門溜達去了。

身後那位女士卻突然叫住她：「棠雪。」

棠雪這一下驚奇了，轉身看她：「您，您認識我？」

「嗯，」梁女士收斂表情，點了一下頭，「我專程來找你的。」

棠雪一拍腦門，明白了。她媽來看她是不可能的，這輩子都不可能，張閲微說的人就是眼前這位女士。

都怪張閲微，你覺得這是我媽她就真是我媽了？

明白之後又是疑惑，棠雪悄悄打量了一眼這位女士，確定自己不認識，於是問道：「您是？」

梁女士容色冷淡地看著她：「我是喻言的媽媽。」

棠雪從她的眼神裡讀出了幾個字：來者不善。

棠雪到底沒能訓練，而是跟喻言的媽媽一起去了咖啡廳，因為後者希望「聊聊」。

那就聊聊吧。

咖啡廳是就近選的校內咖啡廳，梁女士點了一杯義式濃縮咖啡，嚐了一小口就放下不喝了。

棠雪從她微微隆起的眉峰解讀出，這咖啡大概是沒能入她的眼。

梁女士擦了擦嘴，對棠雪說：「你知道我第一次看到你的名字是在哪裡嗎？」

棠雪不是很懂她的套路，眼珠轉了轉，問道：「是喻言跟你說的？」

「不是，」梁女士搖了搖頭，「是在你們學校的論壇上。」

好吧，棠雪明白了。

她挺慚愧的，不自覺地用指背掃了一下鼻尖，笑道：「阿姨您還挺時髦，我爸媽就都不會上論壇。」

「嗯。」梁女士抿嘴望著她，目光沉靜，卻也有些銳利，彷彿一眼能看到人的心底裡去。

棠雪感覺這位阿姨像是被照妖鏡附體了一樣。可就算您是照妖鏡，我也不是妖怪啊……

棠雪挺不自在的，忍著心裡的不舒服，解釋道：「阿姨，我知道，您可能在論壇上看到了一些亂七八糟的東西。說出來您可能不信，那些都是假的，是別人寫的看圖說故事，開始一張圖，後面全靠編。」

梁女士點了點頭，又嗯了一聲，心裡是一個字不信。

棠雪看她那樣子，一陣無力：「是真的……」說實話，要不是因為對方是喻言的媽媽，棠雪也沒耐心坐在這裡和她解釋。她感覺自己跟這位阿姨性格不搭，坐在一塊說話真難受。

梁女士也不太想和棠雪辯論這件事的真偽，沒意義。她說道：「棠雪，你怎樣做人、做事，那是你爸媽該管的，輪不到我說話。」

棠雪一聽這話，唰地一下站起身，黑著臉看著梁女士。這話不就是說她沒教養缺管教嗎？有必要這樣陰陽怪氣，連她爸媽都捎上？

她冷冷地盯著梁女士。也就是看對方是個長輩，否則她早還擊了。

梁女士到底是年長一些，不像棠雪那樣沉不住氣，這時神色鎮定地靠在沙發上，淡淡地看了棠雪一眼，接著說道：「但是涉及我兒子的事，我該管。」

「哦？」棠雪一扯嘴角，挑眉，「您打算怎麼管？」

「言言只有十七歲，他現在的重心全放在事業上，不會談戀愛的。而且，」梁女士在棠雪身上掃視了一下，語氣極冷淡地說，「他很單純，你們兩個不適合。」

棠雪聽她這樣指桑罵槐，終於忍不住了，從善如流地點頭，說：「嗯，我們兩個確實不適合，」此話一出，梁女士都愣了一下，然後棠雪繼續說，「我媽媽特別通情達理，心地善良，做事坦蕩，光明磊落，他媽媽就……」說到這裡她撇了下嘴，聳聳肩道，「就未必了。」

梁女士被她刺得終於受不了了，皺著眉說：「你還真是伶牙俐齒。」

「不過阿姨，」棠雪依舊站著，一手扶著桌面，微微欠身，鄭重地看著梁女士，自上而下的角度使她看起來頗有威嚴，搞得梁女士忍不住身體向後靠了靠，「我還有一件事情要說明一下。談戀愛呢是兩個人的事情，一個巴掌拍不響。我衷心地建議您，與其去管教別人家的孩子，不如先跟自己兒子溝通一下。」

說完這話，棠雪不再看對方一眼，拎起書包馬上離開。走到吧台時，她看著收銀員，手指朝身後指了指：「那位結帳！」

棠雪其實有點後悔，覺得自己不該那樣兇人，畢竟對方是喻言的媽媽，但她是個無賴個性，所以很快又想通了：做都做了，後悔也沒用，那就這樣吧，愛誰就愛誰。

不過呢，她想通歸想通，心情依舊不美好。

晚上在寢室，棠雪做了會高級數學題。快期末了，她要是掛太多科的話，回去沒法跟父老鄉親們交代，而且，要壓歲錢的時候也不方便。

「大王你怎麼開始做作業了？我不是瞎了吧？」夏夢歡在她身後說。

「期末考試啊愛妃，我沒時間通宵自習。」棠雪答。她得保持良好的狀態去訓練，後邊還有個「騰翔杯」等著她呢。

棠雪終於體會到黎語冰的不容易了，不僅能把學習和愛好兼顧好，還都能做到一級棒，這得需要多強大的精神力啊。

「大王不要著急，你看我的新暱稱。」夏夢歡說。

夏夢歡把 QQ 名和微信名都改成了「瞎矇歡」。棠雪看完，一臉黑線地放下手機說：「真會玩。」

「取個好暱稱，相當於一種心理暗示，會獲得強大的精神力量，這是廖振羽教我的。」

棠雪一臉匪夷所思：「先別說廖振羽的理論科不科學，你先告訴我，『瞎矇歡』這種暱稱哪裡好？」

「我覺得挺好的，不會寫的都能瞎矇。大王你也試試唄。」

棠雪找了一下自己名字的諧音，只有一個「淌血」……

最後她悄悄把暱稱都改成了「世界第一考王」。

剛打算放下手機繼續寫作業，她就看到黎語冰傳來視訊邀請。

棠雪把書桌簾拉上擋住身後，整個人封閉在書桌前的小空間裡，然後點了「接受」。

視訊接通，黎語冰的臉進入手機螢幕。他那邊在下雪，潔白輕盈的雪花像一隻隻白色的小蝴蝶，紛紛揚揚地飄飛下來，他淺灰色的帽子和圍巾上已經堆積了一層雪。

黎語冰在紛揚的雪花裡對著鏡頭笑著，清澈的目光在白雪的映照下竟然有一種說不出的乾淨溫暖的感覺。

雪真是一種奇怪的東西，明明是冰冷的產物，卻給人以溫馨的感覺。

棠雪朝他眨了眨眼睛。

黎語冰撥了撥擋在唇前的厚圍巾，一張口又是笑，漂亮的唇形彎起，笑容像一彎明亮的小月亮。然後他說：「傻子。」說話時嘴裡冒出明顯的白霧。

棠雪發現這傢伙竟然拿著自拍杆，與鏡頭距離適當，顯得臉小又好看，真是一隻心機狗。

她默默地把手機放在手機架上，推到書桌的前端，然後趴在桌子上看他。

論心機誰不會。

「笨狗。」棠雪說。

黎語冰：「我這邊下雪了。」

「我又沒瞎。」

「你肯定沒見過這麼大的雪。」黎語冰又說。

棠雪這次反駁不了了。她生長在南方，平生見過的雪都是一小粒一小粒的，老天爺吝嗇地一點點灑下來，過不多久全化掉，那感覺和炒菜放鹽非常類似。

鵝毛大雪什麼的，只存在於課本上。

「給你見識一下。」黎語冰說著，掉轉鏡頭，棠雪便見識到了什麼是真正的鵝毛大雪。滿螢幕的雪花緩緩落下，動態的視覺效果非常震撼。大街上堆滿了積雪，從這頭到那頭，全世界都被白色覆蓋住，整座城市像是裹了一層厚厚的純白色毛毯，安睡在燈影幢幢的夜色裡。

照完大街，鏡頭轉過來，一座西式建築映入棠雪的眼簾，風雪之中，金碧輝煌。

「這是什麼？」

「索菲亞大教堂。」

拍了一會索菲亞大教堂，黎語冰的鏡頭又對準了一堆糖葫蘆：「想吃嗎？」

棠雪托著下巴，看著手機，不說話。

黎語冰見她神色游離，像是有什麼心事，問道：「你怎麼了？心情不好？」

「沒有啊。」

黎語冰說：「心情不好，我講個笑話給你聽吧。」

棠雪以為黎語冰要講什麼冷笑話，他卻說：「今天剛剛聽到的，是隊裡司機的親身經歷。司機來自吉林長白山，小時候家裡是賣松子的……你知道松子是怎麼來的嗎？」

「當然是松樹上摘的，黎語冰你當我傻子嗎？」

「好，別打岔。松樹林是在山上承包的，松子成熟時需要看守，否則有可能被人偷竊……」

「為了看好松子，松農們會在松樹林間搭建臨時的房子，住在那裡，日夜監守。話說那一年，球隊司機還只有十三歲，有一次晚上跟著爸爸去松樹房子裡玩，同玩的幾個人在那裡打撲克牌解悶。幾人玩著玩著，突然，有一隻在附近大樹上玩耍的黑熊失足掉落，砸穿屋頂，直接落到了炕上。

「幾個人嚇尿了，趕緊往外跑。黑熊也嚇尿了，也往外跑。一時間人也往外跑，熊也往外跑，場面一度十分壯觀，又透著那麼一絲絲尷尬……」

棠雪想像著人和熊一起慌不擇路往外跑的畫面，笑得趴在桌子上直不起腰。

黎語冰笑望著她。才一天不見，竟然有一肚子話想對她說。他心裡有一句話特別想問問她，可是話到嘴邊又變了，他只是輕聲說：「心情好點沒？」

還沒等棠雪說話，兩人之間的連線突然斷開了。

黎語冰拿下手機，看到是沒電自動關機了，有些意外：「耗電這麼快？」

一旁的蔣世佳無語地看著他。零下三十度的哈爾濱街頭，您大哥玩手機已經算怪胎一個了，還打視訊，能玩這麼半天才關機，已經是上天被你們的愛情感動了好嗎！

黎語冰將手機一收，招呼蔣世佳：「走了，回去。」

他們本來就也不能離隊太久。

黎語冰和蔣世佳住在球隊的臨時宿舍裡，兩人一間屋。回到宿舍，黎語冰把手機充好電，傳了則訊息給棠雪：「剛才手機沒電了。」

棠雪：「哦。」

黎語冰發現棠雪的暱稱改了，世界第一考王？什麼鬼。

他找了一張烤紅薯的照片，往圖上加了幾個字「世界第一烤王」，傳給棠雪。

過不久，棠雪回他：「黎語冰，我殺了你！」

黎語冰握著手機，低頭悶笑。

蔣世佳坐在一旁，冷漠地看著他，看了一會，蔣世佳突然開口叫他：「冰哥。」

「嗯？」黎語冰抬頭看向蔣世佳。

蔣世佳：「你知道電視上那些殺室友的兇手，都有一個什麼共同點嗎？」

「都是變態？」

「錯。他們都沒有女朋友。」

「……」

連續兩天，梁女士參加了兩個飯局，一個飯局是和花滑俱樂部的人一起吃的，另一個是和楊教練、省隊教練及領導、冬季運動中心的領導一起。

喻言像件展覽品一樣被他媽帶著，他本來就話少，又不太習慣這樣的社交模式，因此大多數時候是緘默的，別人不問他話，他絕不主動說什麼。

領導們稱讚他「沉穩」、「有大將風度」，一個個講話都圓滑漂亮。

這樣的飯局令喻言感到疲憊。

飯局散時，梁女士和兒子一起回學校。下了計程車，喻言送她去會議中心飯店——梁女士就近住在那裡。

走在路上時，喻言問梁女士：「媽，我有一個問題不明白。」

「什麼？」

「為什麼我要簽俱樂部，而不是像其他人一樣，進省隊、國家隊？」

「俱樂部相對自由一些，我們的自主性會強很多。不過，我們還是要跟體制內的人搞好關係。」梁女士答道。她心情不錯，看向兒子的目光溫和而慈祥。

當然了，還有一件事她沒有告訴喻言，那就是，進國家隊雖然好處多多，但也處處受制於人，而她不能接受兒子的人生被別人控制。

梁女士答完喻言的問題，反過來問他：「我也有一個問題。」

「媽，您說。」

「言言，你是不是有喜歡的女孩子了？」

喻言沒猶豫便點頭：「嗯。」

梁女士心內不悅，表面卻不動聲色地問：「是那個棠雪嗎？」

喻言沉默，低頭看著腳下，過了一會，突然抬頭看她：「媽，你是不是私下找過棠雪？」

梁女士被問得愣了一下。

喻言的目光不復溫順，反而帶著些受傷，他看著她，說道：「棠雪現在不理我了。你到底跟她說了什麼？」他說後一句話時，語氣不自覺帶上了一點質問。

梁女士已然不爽至極，卻又故作無辜地愣住，說：「我跟她說了什麼？你倒是該問問她，她跟我說了什麼。我只是問一下你們是怎麼回事，就被她說了好一頓，嘖嘖嘖，小女孩嘴巴像槍口一樣，我連還嘴的機會都沒有。」

喻言怔了怔，隨即搖頭：「棠雪不是這樣的人。」

「你的意思是媽媽在撒謊？」

「啊？我不是這個意思……」

梁女士悠悠嘆了口氣，看著他，語重心長地說：「言言，我承認，我不喜歡那個女孩，但這不是重點，我要說的是，你現在不可以談戀愛，無論對象是誰，懂嗎？」

「為什麼？」

「因為你必須專注於事業，你的目標、你的夢想是世界冠軍，除此之外沒有別的。你也不要覺得我是專制家長，不給你自由。你也知道全家人這麼多年在你身上投入了多少精力、多少金錢，對你寄予了多高的期待！不光我們，你知道有多少人在為你付出嗎？你現在不是你自己的，你的人生也不是你自己的，你的夢想更不單單是你自己的。」梁女士一口氣說了許多，說到後來情緒漸漸有些激動，語速變快。

喻言辯解道：「我知道，我一直在努力，不辜負所有人的期待，可這與談戀愛不衝突。」

「怎麼不衝突？她會讓你分心的。」梁女士抱著手臂，盯著他的眼睛，氣勢變得咄咄逼人，「你敢說她沒讓你分心嗎？你訓練的時候沒有想她？比賽的時候沒有想她？沒有因為她耽誤時間？」

「我……」

梁女士打斷他道：「有沒有，你自己心裡清楚。」

喻言垂下視線，小聲說道：「我可以調整的。」

「哦，你可以調整，那你要調整多久？你怎麼不問問自己有沒有時間和機會去調整？言言，你多高了？已經一百七十八了！這個身高對花式滑冰來說意味著什麼你不會不知道吧？誰知道你什麼時候會再長高，長到多少？你的夢想隨時有可能中斷，而你現在還整天想著那些兒女情長，你也太把夢想當兒戲了！」梁女士越說越氣，最後深深地吸了口氣，搖頭，「言言，我對你很失望。」

「媽……」

「夢想和愛情，你只能選一個。」

省錦標賽期間，棠雪沒人管束，白天自行練習，晚上累得像條死狗一樣回宿舍，洗完澡就開始複習。她覺得自己高考都沒這麼辛苦。

而且黎語冰又來煩她，傳視訊邀請給她。

棠雪拒絕了邀請，回了則訊息：「要期末考試了大哥。」

黎語冰：「我也複習，一起，互相監督。」

棠雪：「你都去為國爭光了還用考試？」

黎語冰：「回去要補考。」

得了，他比她還慘呢。

黎語冰又傳來視訊邀請，棠雪這次點了「同意」。

手機架在書桌上，對著一張人臉學習，這感覺有些怪異，好在她適應一下就好了。

棠雪低頭專心做數學題時，黎語冰的注意力全在手機螢幕上。他手按在課本上，抬頭偷偷看著她，看她時而舒展時而微蹙的眉，看她低垂的眼睫彎出一個好看的弧度，看她挺翹的小巧鼻樑和櫻花瓣一樣的嘴唇。她思考問題時，喜歡挺著筆桿，咬著下嘴唇，柔軟的嘴唇被她的牙齒硌出各種形狀。

黎語冰伸出食指的指尖，在她微蹙的眉間撫了撫，接著指尖慢慢向下移動到眼睛、鼻子、臉頰……緩緩地描繪著她的臉龐。

最後他的指尖停留在她的唇瓣上，留戀般輕點著。

蔣世佳洗完澡出來，身上裹得超級嚴實，不像是洗完澡，倒像是冬眠結束剛從洞裡爬出來。沒辦法，這是冰哥的硬性要求。

蔣世佳一眼看到黎語冰隔著手機摸人家妹子，眼神著迷的樣子好變態。他現在特別擔心冰哥會對著手機來一發。

幸好冰哥並沒有那麼猥瑣，他只是收回手指，指尖在自己的嘴唇上輕輕蹭了一下。

這個小動作搞得蔣世佳老臉一紅，想背過身去，又實在忍不住，於是繼續看著。蔣世佳也搞不懂自己一個單身狗為什麼要看別人恩愛，反正他這幾天已經被虐習慣了，現在內心超級平靜，甚至想開包瓜子。

棠雪凝眉思索了一會，突然抬頭。黎語冰立刻恢復一本正經看書的模樣，動作快得不可思議，蔣世佳恍惚產生了一種跳幀的錯覺。

棠雪看著螢幕上的黎語冰，這傢伙垂著眼睛看書的樣子還真有點賞心悅目。她用筆敲了敲螢幕，喚他：「黎語冰。」

黎語冰抬頭：「幹什麼？」

「這題你會嗎？」棠雪把作業紙拿到鏡頭前。

她終於開發出這種複習方式的新功能了。

黎語冰三兩下算出來，仔細地跟她講了。

棠雪聽著，心裡有些疑惑。是因為距離產生美嗎？為什麼她感覺黎語冰的聲音聽起來好溫柔？她都快醉了……

講完題，黎語冰見她呆愣，便喂了一聲。

「啊？謝謝謝謝。」棠雪提筆在作業紙上照著黎語冰的思路飛快地寫起來，空出來的左手不自覺地在臉上胡亂揉了揉。

黎語冰說：「不用謝，別忘了幫我的朋友圈點讚。」

「神經病哦。」

黎語冰沉默了一會，突然用一種大哥問候小弟的語氣說道：「喻言最近怎麼樣了？」

「別跟我提他。」棠雪沒好氣地說。

複習完功課，棠雪和黎語冰互道晚安，之後她沒忘了去幫黎語冰點讚。最近她忙得根本沒時間滑朋友圈，等點進黎語冰的主頁才發現，我的老天，這傢伙出門比個賽而已，有必要發這麼多動態嗎？嘖嘖嘖，看你騷的，都要騷成彩虹色的了。

黎語冰收到棠雪的一大波點讚後，正要表揚她呢，突然又收到自己媽媽傳來的訊息。

黎媽媽：「你是不是談戀愛了？」

黎語冰傳了個問號過去。

黎媽媽：「裝，繼續裝。」

黎語冰繼續傳問號過去。

黎媽媽：「你以前的朋友圈都長草了，現在天天發、餐餐發，發給誰看呢？」

黎語冰：「……」

棠雪和喻言的冷戰一直持續到省錦標賽的最後一天。

最後一天是花式滑冰的決賽。棠雪坐在觀眾席的角落裡，戴著帽子口罩，把自己裹得像個粽子。觀眾席裡有不少冰迷，看到喻言出場時忍不住鼓掌。喻言曾得過全國青少年賽事的單項金牌，名氣雖比不上那些名將，但作為新秀也被不少人關注著。近期關於他的最熱門的新聞，是有人自稱在拍賣上買過他的這塊獎牌，這個新聞還被某論壇網友投票評選為「年度十大笑話」之一。

喻言臉色蒼白，神色疲憊，棠雪看到他這樣，便有些自責。也許她不該把怨氣發洩到他身上，畢竟有一個強勢霸道的媽媽並不是他的錯，他不是幫兇，甚至也可能是受害者。

喻言今天的自由滑選曲是一首爵士樂，性感迷人風情萬種的音樂竟被他演繹出一種憂鬱的氣質。棠雪不懂音樂，可她能感覺到他不開心。她很難過，很想跑下去跟他說一聲對不起。

她正糾結呢，突然，喻言在做三周半跳時，騰空落下後冰刃打滑，整個人不受控制地摔向冰面。

轟——棠雪彷彿聽到了血肉之軀與冰面撞擊的沉悶聲響。

她猛地站起了身。

花式滑冰的危險指數就像它的觀賞指數一樣高，高速旋轉的身體在落下時，運動員往往要承受幾倍於體重的衝擊力，可想而知喻言現在有多疼，但他沒有猶豫，立刻爬起來，迅速接上動作繼續滑。

有人在沉默，更多的人則是在鼓掌。

比賽結束後，棠雪想去找喻言，可她看到他在向他媽媽揮手，「唉……」棠雪嘆了口氣，起身走了出去。

晚上，棠雪回宿舍時，在宿舍大樓外看到了喻言。

他穿著運動服，立在路燈下發呆，身形挺拔清瘦，側臉看起來有些憔悴。

棠雪走近時，他正好轉了下頭，兩人的視線便對上了。

互相看了一會，兩人同時開口了。

「對不起。」

「對不起。」

棠雪不自在地撓了撓頭，說：「你幹嘛要道歉啊？」

喻言愣了一下，說道：「我為我媽媽感到抱歉，雖然不知道她對你說了什麼，但……棠雪，請你不要生氣了。」

「沒事啦。」棠雪搖了搖頭，「那個……我其實不該把氣發到你身上，不好意思啊。」她一說軟話就挺難為情的，這時也不看他，視線移開，落在燈光外的草叢上。
喻言望著她的臉，沉默不語，兩人又安靜下來。
這樣過了一會，棠雪想到他今天那樣子，便開口問道：「你的身體還疼嗎？」
喻言連忙搖頭：「不疼了。」
「嗯，還是要看看醫生的。花滑摔跤很常見的，那麼多世界名將都摔過呢，你不要太放在心上。」
「棠雪。」喻言突然輕聲喚她。
「嗯？」棠雪收回目光，看向他。她感覺他的目光不像平時那樣溫潤乾淨了，好像多了很多心事。
她看著這樣的他，莫名地有些傷感。
喻言問棠雪：「如果，夢想和愛情只能選一個，你選什麼？」
棠雪張了張嘴，突然明白他在糾結什麼。心裡湧起一陣難過，她看著他的眼睛，有點委屈地反問他：「不可以兩個都選嗎？」
「不可以。」
棠雪認真地想了一下，最後嘆了口氣道：「我大概會選夢想。」

晚上棠雪和黎語冰一起複習功課時，她總是走神、發呆。
黎語冰只當她是太累，說：「睏就去睡。」
棠雪回過神，托著下巴看著他。
黎語冰喜歡她這樣注視他的樣子，就好像她的眼裡只有他一樣。

「黎語冰，我問你個問題。」棠雪說。

「問。」

「如果夢想和愛情只能選一個，你選哪個？」

黎語冰瞇著眼睛看棠雪，反問：「為什麼這樣問？」難道這傢伙要為了夢想放棄喻言？嗯，幹得漂亮。

「哦？」

棠雪催促他：「你快說，選什麼？」

黎語冰思索了一下，搖頭道：「這個問題不科學，正確答案只有一個，沒得選。」

「選擇一個，就要放棄另一個，這是前提，對吧？」

棠雪點頭：「對。」

「如果為夢想放棄愛情，你會得到夢想；但如果為愛情放棄夢想，你最後什麼都得不到。」

棠雪有些迷茫：「為什麼？」

「因為，假如你為了愛情放棄夢想，你會把失去夢想這筆帳全部算到愛情上，覺得自己為他付出了很多。你與夢想的距離越遠，你對愛情的怨念就越大，浪漫就是這麼慢慢慢慢地被磨平的。」黎語冰一臉高深莫測，像個資深騙子，說完又補上一句，「別不相信，這就是人性。」

棠雪覺得黎語冰說得好有道理，更加傷感了，問黎語冰：「黎語冰，你有夢想嗎？」

「我小時候的夢想就是欺負你。」

棠雪一陣黑線：「小時候的事情就不要一直提了好嗎……那現在呢，現在你的夢想是什麼？」

「現在啊……」黎語冰的語氣有些意味深長，低頭牽著嘴角，笑而不語。

現在，我的夢想還是欺負你。

過了幾天，喻言要去北京參加中國花式滑冰大獎賽，問棠雪能不能去送他。

他總是希望自己能擁有和黎語冰一樣的待遇，總是在較勁。

棠雪把喻言送到機場，兩人一起在機場吃了午餐。

午餐是牛肉拉麵，很鹹，一點也不好吃。

往後的很多日子裡，這頓午餐都是喻言印象裡最深刻的一頓飯。鹹到發苦，很難吃，但是他一小口一小口地吃著，捨不得結束。

吃完午餐，兩人在餐桌前沉默地對坐著。

也不知從何時起，沉默成了他們之間的常態。彷彿有什麼東西發生了徹底的改變，可他們都不願意道破。

喻言突然從背包裡翻出一個盒子，推到棠雪面前。

「這是什麼？」棠雪問。

「送給你的，打開看看。」

棠雪拆開盒子，見裡頭是一個半舊的銅製地球儀。地球儀做得很精緻，圖畫精細，手輕輕一撥，地球便靈活地轉動起來。

棠雪撥著地球儀：「這個，有些年紀了吧？」

「嗯，這是我爺爺給我的生日禮物，那年我五歲。」

棠雪一陣奇怪：「為什麼要送我這個？」

喻言低頭，不知想起什麼，突然笑了笑：「其實，我從小最大的夢想是環遊世界，想走遍每一個國家，看看全世界的人都在怎樣生活。」

棠雪怔了怔。

「我從六歲開始學花式滑冰，所有人都說我是天才。天才意味著你必須不辜負所有人的期待，比別人付出更多，更努力。我幾乎所有的精力都花在花式滑冰上面，也沒機會出去晃晃，去看看這個世界。」喻言說到這裡，嘆了口氣，又無奈地笑，「花式滑冰不是我的夢想，但它是很多人的夢想，所以我會堅持下去。」

棠雪一陣難過，安慰他：「以後你肯定有機會去環遊世界的。」

喻言低頭看了眼時間：「走吧。」

棠雪把他送到安檢口，他們要分別時，喻言說：「棠雪，我可以抱抱你嗎？」

棠雪主動抱住了他。

喻言緊緊擁著她的身體，閉著眼睛，貪婪地呼吸著，陶醉於這片刻的溫存中。

「棠雪。」喻言突然喚她。

「嗯？」

「我……」

我喜歡你。

第一眼的你、第二眼的你，讓我越來越喜歡。
高興的你、不高興的你、囂張的你、失落的你、調戲人的你、鬧脾氣的你，所有的你我都喜歡。
我那麼喜歡你，現在卻要放棄你。
「我走了。」喻言深吸一口氣，終於只說了普普通通的一句話。
「嗯，一路順風。」
喻言放開她，拉著行李箱，轉身走向安檢口。他離開時，棠雪聽到他輕聲說了一句「對不起」。
對不起，因為我放棄了你。
棠雪看著他的背影，紅了眼眶，突然叫住他：「喻言。」
喻言頓住身形。
「其實，」棠雪在他身後說道，「每個人都會像你一樣選擇的，所以你不要說對不起。」
喻言轉過身，立在原地望著她：「棠雪，你沒有心絞痛的感覺嗎？」
「我……」
「如果沒有心絞痛的感覺，就說明你其實不喜歡我。」
棠雪怔了怔。
「棠雪，你不要被自己騙了。」

第十章
自帶狗頭

棠雪回去的時候心情像是下了雨，霧氣朦朧，潮濕低落。她買了點啤酒，回到宿舍，要夏夢歡陪她喝。

夏夢歡擺出了一大堆零食。棠雪都到這個時候了還嚴格遵守自己的食譜規定，一口零食也不吃，就坐在地板上喝酒。

「大王，你怎麼了？」夏夢歡問她。

棠雪嘆了口氣道：「我挺心疼他的。」

沒頭沒尾的一句話把夏夢歡搞糊塗了，她問：「誰呀？」

棠雪沒有回答，又搖頭嘆了口氣，滄桑的樣子，像個街頭賣藝的老頭。她問夏夢歡：「你說，喜歡是一種什麼感覺呢？」

「嗯……」夏夢歡想了想，答道，「我覺得是心動，就是那種，噗通、噗通……」

棠雪看了她一眼，見她一臉蕩漾，像朵含苞待放的嬌花，樂了：「喲，你還挺懂的嘛！」

「咳。」夏夢歡有點不好意思，轉過頭喝了口酒，拿著條小魚乾在那裡啃。

棠雪神情帶著些傷感，說道：「其實我對喻言，確實沒有對邊澄那種怦然心動的感覺，就是你說的那種噗通噗通的感覺。」

「那你不喜歡他？」

「還是喜歡的，只不過，不是噗通噗通那種喜歡。唉，我也說不清楚了，喝酒喝酒。」

她沒說清楚，夏夢歡倒是聽清楚了：「就是一點點喜歡，喜歡得沒有那麼多而已。」

棠雪點頭：「你說得對。本來我覺得以後會越來越喜歡的，只要給我們時間培養感情。誰知道根本沒有以後了。」

棠雪並沒有太多時間去整理失戀的心情，因為考試週來了。她除了複習考試還得兼顧訓練，晚上經常挑燈夜讀，裝得像個學霸。

黎語冰他們已經去了波蘭比賽，兩邊有六個小時的時差，所以他沒再加入她的複習活動裡。棠雪忙得要死也沒怎麼跟他聯繫，倒是每天晚上睡覺前堅持去他的朋友圈讚一遍，作為他之前幫她輔導功課的回報。

雖然棠雪和黎語冰的聯繫變少了，他的名字在她耳邊出現的頻率倒不降反增。因為黎語冰在國外打比賽，霖大很多人在關注他的動向。冰球本來是小眾項目，托黎語冰的福，現在它在霖大有著很廣泛的群眾基礎。

就連棠雪的室友們也在關注黎語冰的比賽，偶爾還會看直播。室友們第一次在宿舍看黎語冰的比賽直播時，棠雪剛好結束了訓練回寢室，看到三個女孩擠在電腦前，她便好奇地走過去看電腦螢幕。電腦裡正在直播中國隊和冰島隊的比賽，這時鏡頭拉得很遠，沒有特寫。

就在這時，她聽到趙芹問：「哪個是黎語冰呀？」

棠雪一陣黑線，指了指其中一道身影，指尖隨著那道身影移動著，說道：「就這個，」看到那人轉身，背後的球衣號碼露了出來，她說，「19號球衣的……你們都是什麼眼神。」

三個室友不看比賽了，通通轉過頭看她。

室友們都是一臉驚奇，搞得棠雪一陣莫名其妙：「怎麼了？」

夏夢歡問：「大王，你是怎麼認出他的呢？明明鏡頭那麼遠，身材又都差不多，還穿著厚厚的護具。」

棠雪岔開食指和中指，指了指自己的眼睛：「他在我眼裡，自帶狗頭。」

室友們呆住了。

棠雪裝完蒜就走，沒跟著看比賽。她回到自己桌前，放下書包，掏出課本，坐下來，打算開始進行愉快的複習活動。

夏夢歡起身走過來，扶著她的椅背，神祕兮兮地說：「大王，我覺得你跟黎語冰挺適合的。」

「適合什麼呀？」棠雪轉頭看她。

「在一起呀！你不覺得你對他很了解嗎？」

棠雪聳了聳肩：「實驗室的小老鼠，每一隻我都很了解，難道我要跟老鼠結婚？」

夏夢歡被說服了，由衷地感嘆：「大王，你這口才不做傳銷挺可惜的。」

期末這段時間，棠雪和黎語冰之間的唯一一次聊天，是黎語冰有一天跟棠雪視訊，問要不要幫她帶點琥珀，那是波蘭特產，他可以買一些帶回國，原石或者成品都行。

「有塑膠的琥珀嗎？給我來一斤。」這是棠雪的回答。

「沒有。真琥珀，你到底要不要？」

「大哥……」

她還沒說完呢，黎語冰立刻嗯了一聲，先把這個便宜占下了。

棠雪：「你覺得我多有錢啊，買琥珀？我拿什麼買？難道要我去賣身嗎？」

「你的意思是你用身體交換？」

「我說黎語冰，我怎麼覺得你現在越來越像個禽獸了？你這才出去幾天啊，都跟外國人學了什麼？」

黎語冰就低頭笑，也不說話。

好些天沒聽她講話，心裡的思念濃得像酒，現在就算被她罵兩句，他都覺得甜蜜，他覺得自己沒救了。

棠雪看到黎語冰的樣子，感覺他越來越像個變態了，搞得她心裡毛毛的，都不好意思罵他了……

期末考試結束後，棠雪就馬不停蹄地開啟了比賽模式。

「騰翔杯」短道速滑大賽的主辦方是霖城冬季運動中心，由一個叫「騰翔」的運動用品公司冠名，賽事級別談不上多高，不過因為獎金比較豐厚，所以也吸引了一些高水準的玩家參賽。

棠雪目前的主項是五百公尺，這次比賽報名了五百米和一千公尺。

「我對你要求不高，兩個項目，有一個能進半決賽就行。」褚霞說。

「褚教練，我對自己的要求很高。」

「哦？」

「每一個站在賽場上的選手，目標都是冠軍。」棠雪一臉高深莫測相，此刻如果她照照鏡子就會發現，她可能被黎語冰附體了。

張閱微正好經過，聽到棠雪吹牛，忍不住翻了個大白眼：「呵呵，蝸牛也能得第一，做夢吧。」

棠雪說：「張閱微你什麼意思？我要是拿了冠軍，你學狗叫嗎？」

張閱微脖子一梗，冷漠地看著她：「你要是拿不了冠軍呢？你學狗叫嗎？」

褚霞一陣頭疼：「行了你們兩個，又是蝸牛又是狗，我們滑冰隊都被你們搞成動物園了。」

黎語冰是在棠雪比賽這天回到霖城的。一下飛機他就往外跑，可憐的行李箱被他拖在身邊，滑輪幾乎要離了地面。比行李箱更可憐的是蔣世佳，不想追又不得不追，跟在冰哥身後兜風，滿機場就他們兩個最耀眼。

兩人好不容易上了計程車，黎語冰報了霖大的地址——騰翔杯在霖大的滑冰館舉辦，然後他不停地催促司機：「大哥麻煩您快點，謝謝。」

師傅挺不耐煩的：「別催了。你們這些年輕人怎麼這麼沉不住氣？能有什麼事啊？」

蔣世佳說：「大哥，他老婆快生了，您就快點吧。」

司機從後視鏡裡看他們：「當我傻子嗎？老婆快生了你們去學校幹嘛呀？」

「在校醫院生呢。」

司機一踩油門，感慨道：「現在的年輕人可真強。」

托蔣世佳的福，一路上司機跟黎語冰聊了許多育兒話題，把黎語冰搞得沒脾氣，到後來，一閉上眼睛，他都能想像出棠雪懷裡抱著個大腦袋娃娃的樣子……

噗哧，他禁不住笑出聲來。

蔣世佳默默地挪了挪身體，離冰哥遠一點兒。

車子好不容易到了霖大，黎語冰下車就跑，留蔣世佳慢吞吞地拿下行李箱，跟司機結帳。結完帳，蔣世佳拖著兩個大行李箱立在寒風之中，默默地憂傷了一會，這才打道回府。

褚霞在教練席上一邊看著場上隊員熱身，一邊跟身旁的人聊天，一轉頭突然看到黎語冰，嚇了一跳：「你怎麼來了？」

黎語冰穿著標誌性的紅、黃、白三色運動服，胸口上還印著小小的五星紅旗，這時跑得滿頭是汗，喘著氣問褚霞：「比到哪了？」

「半決賽，她還在呢。」褚霞朝著冰場上仰了仰下巴。

「嗯，我看見了。」黎語冰早就看到棠雪了，他剛進來的時候就朝她招手了，不過她沒看見他。

黎語冰怕棠雪分心，也就沒再試圖吸引她的注意力，待在教練席默默地看著她。

褚霞發現黎語冰胸前掛著個通行證，也不知道是從誰那兒扒來的。褚霞感覺黎語冰這人很神奇，平常話不多，也不是那種喜歡交際的性格，但很多人，上到教練，下到隊員，就是喜歡他，難道真的是因為臉嗎？

褚霞見黎語冰的視線一直追著棠雪的身影，便說道：「她進步很大，說實話，我挺意外的。」

黎語冰收回視線，解釋道：「她每天給自己加訓，吃的方面也控制得很嚴格。」

「難怪呢。」褚霞臉上難得地浮現出欽佩的神色。

黎語冰覺得心裡莫名地就湧起一股自豪的情緒。

說話間，場上的比賽開始了。黎語冰看到棠雪像模像樣地擺好預備姿勢，禁不住牽了牽嘴角，目光柔和了幾分。

「小傻子，加油。」他自言自語。

其他人關注點都在場上，沒注意到他，只有褚霞距離他比較近，聽到這句話，一瞬間雞皮疙瘩就起來了。

褚霞默默地往一旁挪了挪。

砰——發令槍響。

棠雪的起跑不錯，排在第二位，不過整體來說四位選手的能力比較接近，沒有誰被落下太多。看得出領滑的那位經驗豐富，棠雪幾次想要超越她都沒得手，那人背後彷彿長了眼睛，知道棠雪的動向，一直擋在她身前。

一圈、兩圈、三圈……五百公尺的短道速滑總共就四圈半，快得轉瞬即逝。

黎語冰的心漸漸提了起來，他自己比賽都沒這麼緊張過。

棠雪其實有機會從外道過人，但她沒有那麼做。外道過人意味著要滑更大一個圈，比別人滑更多距離，她並不是盲目自大的人，現在這個情況大家都咬得這麼緊，如果貿然走外道，搞不好要落在第三名、第四名，而半決賽只有每組前兩名才可以晉級。

棠雪沒有行動，後面的人可不願意坐以待斃，第三名突然找機會想要在內道插過去，可惜的是沒控制好動作，腳下一打滑直接摔了。

那人摔向了棠雪。

棠雪猝不及防感覺到一股力量撞到身上，整個人不受控制地飛向賽道外，身體貼著冰面滑行了不久，咚地一下，屁股撞到了冰場邊緣的塑膠隔板。

她坐在地上，一臉茫然地四下望瞭望。

場館裡嘈雜一片，成功滑到終點的兩個人正在向親友團揮手致意，而她坐在冰面上。

一切都顯得很不真實。

「對不起啊。」突然有人說。

棠雪目光聚焦，看到了剛才那位罪魁禍首。罪魁禍首一臉愧疚，彎腰想把她扶起來。

棠雪擺了擺手，自己從冰面上爬了起來。

短道速滑的規則就是這樣，賽場上充滿著不確定性，這是殘酷，也是魅力。既然敢來比賽，就該接受規則，不要輸不起，她在心裡這樣對自己說。

然後她滑完剩下的那點距離，也沒心思看成績了，捂著屁股滑行到休息區入口，套上冰刀套，離開冰面。

她剛踏出冰面，一抬頭，竟然看到一個人。

這人這次沒穿白色運動服，而是穿了「蛋炒飯」在身上。設計上一言難盡的衣服，竟然也被他穿出了玉樹臨風的氣質。

真是，她好幾天沒見到他了啊……

然而，一想到自己剛才狼狽的樣子都被他看見了，她又覺得特別彆扭，於是沒有看他，目不斜視地從他面前走過，說了一句：「你從哪裡冒出來的？」

黎語冰把她往懷裡一扯，棠雪冷不防被迫撞進他懷裡，她正要罵人，他突然收攏手臂，抱住了她。

棠雪怔了怔。她整個人陷在他懷裡，鼻端全是他的味道，風塵萬里的氣息，有些陌生，也有些親切。與此同時，兩人靠得那麼近，她又本能地感到抗拒。

黎語冰的手掌按在她的後背上，像是哄孩子那樣輕輕拍了拍，他柔聲說道：「沒事的。」

棠雪本來也覺得沒事，她都把自己勸成一個頂天立地的好漢了，可是現在黎語冰這樣說，她又莫名其妙地有事了，肚子裡突然冒出很多委屈，鼻子酸酸的，眼淚不受控制地往外湧。

她閉上眼睛在黎語冰的衣服上蹭了蹭，感覺到一片濕意。

你妹啊……

黎語冰不敢抱太久，只拍了拍她便鬆開了。他低下頭，見她眼裡掛著淚，心一陣抽痛，問她：「還有機會吧？」

「那要看裁判了。」棠雪被他看到掉眼淚，那叫一個彆扭，抬手蹭了蹭臉，「也不知道錄影有沒有拍清楚，不知道會不會判我橫切。」

兩人當時離得太近了，速度又快，棠雪不太記得別人插進內道時，自己的手臂有沒有對對方造成干擾。賽場上有些犯規是無意識的，具體的得交給裁判。其實裁判也不是萬能的，有時候對於同樣的情況，不同的裁判會給出不同的判罰結果。

棠雪站在賽場邊等著，心裡忐忑得不行，手還忍不住揉屁股。黎語冰看她那樣子，又心疼又莫名覺得好笑。他特別想替她分分憂，又擔心被打。

沒多久，裁判席那邊看完錄影重播，分析了一下，最後給出的結果是：棠雪在排名第二位時遭到干擾，直接判晉級。

棠雪大大地鬆了口氣。

黎語冰莞爾，抬手敲了敲她的頭盔：「不錯嘛。」

棠雪正要和黎語冰講話，見張閱微從他們面前經過——她要滑另一組半決賽。走到他們身邊時，張閱微看了黎語冰一眼。

黎語冰還在研究棠雪的頭盔。

棠雪對張閱微說：「你加油。」

張閱微破天荒地沒有翻白眼，也沒有瞪她，更沒有嘲笑她，而是小聲地答了一句「好哦」，聲音竟然帶著幾分溫柔靦腆，像個古代的大家閨秀。

棠雪快嚇死了：「張閱微你吃錯藥啦？摸摸胸口告訴自己，你可是男孩子！」

張閱微的背影踉蹌了一下，棠雪彷彿聽到了她的磨牙聲。

棠雪收回目光，見黎語冰在看她，她朝張閔微的背影指了指，說：「這是我在滑冰隊新收的小妹，怎麼樣，聽話吧？」

黎語冰的手掌往她頭盔上一拍：「有出息。」

整天就知道收小弟小妹，有本事你收個老公啊。

張閔微順利挺進決賽，這樣一來，霖大有兩個人進了女子五百公尺的決賽，褚霞對這個結果表示很滿意。

賽道分配時，張閔微成績最好，在最內道。棠雪由於是被判進來的，在最外道，處於劣勢中的劣勢。這種劣勢直接體現在出發身位上——雖然她出發不比別人慢，但就是排在最後一個。

黎語冰目光追著冰面上最後那道身影，對褚霞說：「不到三個月練成這樣，可以交差了。」

「是啊，」褚霞點頭道，「能進決賽就挺出乎我意料的。」

黎語冰稍稍放了心。

不過褚霞還是有點遺憾，說：「她經驗太少了。」

短道速滑這項運動，想要過人，只有速度是不行的，還要有技巧。看得出來棠雪一直在努力超越，但三圈過去了，一直沒成功。

第四圈的時候，褚霞對棠雪已經沒要求了，滑完就行，反正張閔微一直領滑，不出意外金牌還是他們的。

棠雪卻突然爆發了。她猛地加速，像枚導彈一樣從外道上突進過去，找準時機切入了內道，佔據位置。她爆發得太快了，被她反超的兩個對手根本沒有防備，只看到一道身影咻地一下就穿插過去，眼睛都來不及眨。

追！

可她們追不上啊……

就這樣，棠雪保持著第三的位置滑完了剩下的距離，最後半圈的時候她還在嘗試超越，可惜沒有成功。

不過，她第一次出征就得到一塊銅牌，也還不錯啦！

下了領獎台，棠雪捧著花回到休息區，看到黎語冰正靠在牆邊抱著手臂看她。棠雪想到他剛才給她的那個擁抱，嗯，心裡有點暖。

於是她把手裡的花遞給他：「戰利品，送你了。」

黎語冰接花的時候，視線一直落在她的臉上，要笑不笑的樣子，目光清澈晶亮。

棠雪挺彆扭的，移開目光。

黎語冰拿到花，放在鼻端聞了聞。與此同時，他右手放在衣口袋裡，手心裡握著一塊琥珀原石，摩挲著，猶豫著，最後都快把它掏出來時，手又一鬆，琥珀落回到衣袋裡。

現在還不是時候，不要嚇到她，他心想。

有些人呢，就得小火慢燉。

第二天比的是一千公尺。棠雪這些天訓練的重點是五百公尺，中長距離也就是意思意思，既無經驗又無實力。到了賽場上來真的，前半程她還算威武，後半程就疲軟無力了，頗像一個只能金槍不倒一分鐘的男人。

所以她最後止步四分之一決賽。

張閱微實力了得，一千公尺決賽也拿了冠軍。領完獎接受完採訪，張閱微跑去找棠雪，對棠雪說了一句她憋了好久的話。

「你沒有拿冠軍，是不是該學小狗叫了呢？」張閱微說，說完不經意地看了眼黎語冰。

黎語冰就在棠雪身邊，一聽這話，來了精神，挑著眉看棠雪。

棠雪一手插著腰，瀟灑地撫了一下腦袋，說道：「這有什麼難的呀。汪。」

張閱微沒想到她真的就這麼汪出來了，一時驚訝得有些語塞。

棠雪：「汪汪汪，汪汪汪，汪汪汪汪汪……」她還汪出節奏感了呢，屈著一條腿，腳掌輕輕點著地面，幫自己打著拍子。

張閱微本來是找棠雪打臉的，可現在她又一次被棠雪的無恥打敗了，她臉一黑道：「你這個神經病。」

黎語冰在一旁突然笑出聲。

張閱微看向他。

他的嘴角彎起一個好看的弧度，嘴唇是那種健康的淺緋色，英俊的眼睛裡蕩漾著笑意，視線落在棠雪的發頂上。

「你說得對，」黎語冰說，「她真的是個神經病。」

張閔微的臉騰地一下子紅了，她低著頭不說話，轉身就走。

這傢伙，剛才還像隻驕傲的公雞，現在一下子變成謙遜的紅高粱，搞得棠雪一臉莫名，伸長脖子看著她的背影，發現她的後頸有些紅。

「有古怪。」棠雪自言自語。

黎語冰在棠雪的腦袋上揉了一把，將她的髮型搞亂，然後說：「你把人家嚇跑了。」

棠雪偏頭躲他，捂著腦袋瞪了他一眼：「本王的腦袋是能隨便摸的嗎？」

「你也可以摸我的，只要你搆得著。」

棠雪一陣黑線：「沒像你這樣欺負人的……」

黎語冰莞爾，垂著視線笑了一下，想到一件事，又問她：「什麼時候回家？」

「臘月二十八。你呢？」

「速滑隊也這麼晚？」

「嗯，」棠雪點了點頭道，「冬季集訓，自願參加，速滑隊的人都報名了……你呢？」

「我差不多，球隊要訓練，年後還有比賽。」黎語冰說著，跟棠雪要了她回家定的車次。

下午，棠雪在更衣室裡遇到了張閔微。張閔微剛換好衣服，這時手臂下夾著瓶礦泉水，單手就把瓶蓋擰了下來，特別威武霸氣。

棠雪想到張閔微這兩天的異常，走過去叫她：「小張子。」

張閔微沒好氣地道：「幹什麼？」

棠雪覷了她半天，突然問：「你是不是暗戀我呀？」

張閱微差點把礦泉水扔到棠雪臉上。

「你神經病。」張閱微說。

棠雪覺得張閱微真是一個小可憐，罵人都不會，翻來倒去就那幾個詞。

張閱微也不知想到什麼，眼神有些心虛，提著礦泉水瓶匆匆離開了。棠雪立在原地，對著她的背影說道：「我可是直的，筆直筆直的！」

樓道裡傳來張閱微的怒吼：「你去死吧！」

棠雪聳了聳肩膀，換了衣服坐在凳子上看手機，發現一則新訊息。

喻言：「恭喜。」

棠雪：「謝謝。我還沒恭喜你呢，這次比賽成績很好……你什麼時候回來？」

喻言：「我進了國家隊，暫時不回去了。」

棠雪：「哦，恭喜啊。」

兩人之間彷彿隔了一層東西，講話都小心翼翼的，客套且克制，這讓棠雪有些不適應。他們這才分別多久啊……棠雪握著手機，幽幽地嘆了口氣。

又一個人要走散了啊。

棠雪突然想到黎語冰。那黎語冰算什麼呢？走散了，走著走著又繞回來了？

騰翔杯結束後，棠雪她們又火速進入集訓狀態。大部分學生已經放寒假了，整個學校都冷冷清清的，晚上出門特別有氣氛——拍鬼片那種氣氛。

廖振羽和夏夢歡都回家了，喻言也不在，棠雪一下子就孤獨寂寞冷了，尤其晚上一個人在宿舍，老覺得身後有什麼東西在貼近她，外面稍微有點響動她就嚇得夠慘。

第一天晚上，她不敢關燈，在床上躺到十一點，還是睡不著，翻著通訊錄想找個膽大的人跟她說說話。

廖振羽怕鬼，夏夢歡怕鬼，爸爸媽媽……算了她還是不要讓他們擔心了……

棠雪翻來翻去，發現最適合的人竟然是黎語冰。

她挺糾結的，在「要面子」和「要命」之間稍稍做了個抉擇，最後點了通話。

「喂？」

「嗯，黎語冰……」

「是我。怎麼了？」

棠雪有點不好意思，小聲說：「我覺得你陽氣應該蠻重的，是吧？」

黎語冰：「什麼意思？你這是要——採陽補陰？」

「啊？」棠雪一陣尷尬，「不是，我就隨便問問。」

黎語冰卻突然笑了，低沉悅耳的笑聲通過手機傳到她的耳朵裡，屋子裡很安靜，安靜得只餘他的笑聲。

黎語冰想到他們小時候，有一次班上同學討論當時流行的一部恐怖電影，棠雪說自己也看了，結果在別人提到那些鬼怪時，她總是一臉如臨大敵的樣子。

呵呵，這傢伙怕鬼啊……

棠雪在黎語冰的笑聲中感覺被看穿了心事，臉上禁不住生出一股燥熱。她拉了拉被子，自欺欺人地把自己整個蓋住。

黎語冰笑夠了，卻並沒有揭穿她，只是問道：「今天訓練怎麼樣？」

「嗯，還行。這幾天重點練跟滑，學了很多技巧，還沒消化掉。」她一板一眼地匯報完，又扯了些別的，重點吐槽了張閱微，還信誓旦旦地懷疑張閱微暗戀她。

黎語冰覺得這個世界不能好了，連女孩子都來跟他搶人了。

棠雪說完自己的情況，又問黎語冰今天過得怎麼樣。黎語冰的關注點全被那個張閱微帶偏了，這時他便答得心不在焉的。棠雪覺得黎語冰似乎不太想和她說話，說道：「那要不就這樣，你睡覺吧。」

黎語冰說：「我講故事給你聽吧。」

「哦？」

黎語冰打開電腦，搜索了睡前故事，隨便選了一篇，照著唸給她。

那是一篇童話故事，主角是小豬和小青蛙，適合三到六歲的兒童。棠雪聽了一會，不滿地道：「黎語冰，你是想把我當小孩哄嗎？」

黎語冰笑：「別打岔。」

好嘛，小孩就小孩吧。

黎語冰便繼續講小豬和小青蛙的故事。他的聲音低沉而緩慢，細膩溫柔得彷彿要融化在無邊的夜色中。棠雪聽在耳裡，身體漸漸放鬆，感覺那聲音越來越遙遠……

睡著前的最後一刻，她腦子裡只剩下一個意識：他的聲音可真好聽啊。

從那之後，直到集訓結束，棠雪每天晚上都厚著臉皮給黎語冰打電話。黎語冰突然變厚道了，從來沒有嘲笑過她，還講故事給她聽。

棠雪反倒不太適應了，白天的時候跟張閱微說：「黎語冰怎麼變乖了呢？」

「我怎麼知道？」

「有沒有可能他也暗戀我呢？」棠雪說完，嚇得身體一抖，立刻搖頭，「不不不，那太可怕了。」

她覺得自己可能過於敏感了，一下張閱微一下黎語冰，不分年齡不分性別，全世界都暗戀她嗎？她好像太自戀了啊……

棠雪決定用請客吃飯來回報黎語冰的好意，黎語冰欣然接受。這傢伙飯量特別大，到回家前的最後一刻，棠雪徹底被他吃窮了。

她連在高鐵上買個便當的錢都沒有了，臨上車前提著一袋子泡麵，黎語冰數了數，一共四碗。

黎語冰第一次見到有人不遠萬里把泡麵背回家，問她：「你這是幹什麼？」

「在車上吃。」

「四碗？」

「還有你的。」都這個時候了棠雪還惦記著請他吃飯呢，可以說是很有做飼養員的覺悟了。而且她還帶了一根香腸，玉米口味的，「到時候可以讓你咬一口。」她對黎語冰說。

黎語冰啼笑皆非，搖頭道：「我不想咬這個。」

「那你想咬什麼？」

他偏著臉，彎著嘴角，視線落在遠處，就在那笑，也不說話。

高大帥氣的年輕人，笑容溫柔，立在川流不息的人群裡十分矚目，走過路過的男女老少都往他身上瞄。

棠雪說：「我知道你想咬什麼。」

「哦？」黎語冰收回視線，低頭看她。

棠雪朝他擠眼睛：「等回去我買個磨牙骨給你。」

黎語冰一陣無語，抬手捲袖子：「你給我過來。」

棠雪怎麼可能過去，轉身繞著行李箱就開跑。黎語冰動作比她快，腿還長，只邁了一步就走到另一邊堵她，沒等她換方向跑開，他一把扣住她的肩膀，輕輕鬆鬆就把她拽過來了。

黎語冰手臂繞著棠雪的脖子，單手卡住她往自己懷裡拖，笑聲有點邪惡：「跑啊，怎麼不跑了？」

「別別別，別這樣，有話好好說。」棠雪能屈能伸，扯著他的手臂想脫離他的控制。兩人離得很近，她的肩背抵在他的胸前，他呼吸時胸膛的起伏準確無誤地傳遞到她的身體上，這讓她有一種說不出的彆扭以及羞赧的感覺。

黎語冰往她腦袋瓜頂上敲了一下，換來她吃痛時身體的輕顫。他感受著懷裡少女軀體的顫動，心裡有一種異樣感，好像有些滿足，又隱隱地渴望更多東西。大腦裡浮現出一些夢境裡的片段，支離破碎卻香豔十足，搞得他呼吸不穩，連胸膛的起伏都變得劇烈了。

棠雪正賣力掙扎呢，黎語冰突然一鬆手，放開了她。

她揉著腦袋：「小肚雞腸。」
黎語冰轉身沒看她，拉著行李箱去驗票口。
棠雪一陣莫名其妙，拉上自己的行李箱，跟了上去。

棠雪先上車。地面放行李的地方滿了，她拉著行李找到座位，想把行李放到行李架上。二十六吋的行李箱被她抬起來時，周圍的乘客都敬佩地看著她。

棠雪心裡苦啊，她往行李箱裡塞了很多東西，這時太大意了，舉到半路就有些搖搖欲墜，可是大家都這麼敬仰她，搞得她又不好意思放下。

一雙手臂突然出現，穩穩地抓住行李箱。

棠雪發覺黎語冰站在她身後，他的手臂從她左右兩側伸過去抓行李箱，這樣一來，她整個人就像是被他從身後環抱住。而且，黎語冰的動作和她一樣，都是一手扶著行李箱的尾端，一手抓著行李箱的提手。提手那麼小，沒有多餘的空間留給他，所以他半個手掌都覆在她的手上。

這和剛才不一樣，剛才她彷彿一隻鵪鶉被他掐住，光顧著撲動翅膀，而現在，他們緊密地貼在一起，她甚至能感覺到他的呼吸。棠雪輕輕轉動脖子，腦袋撞到了他的下巴。

「別動。」他低聲說。

棠雪難得這麼聽話，真沒再動了。

黎語冰扶著行李箱往上托，棠雪也跟著用力。其實根本不需要她用力，她幾乎感覺不到行李箱的重量了，現在她感受最清晰的是右手手背上疊著的他的手掌，寬大、火熱、乾燥，包裹著她，像一個小爐子，烘烤著爐膛裡的凍白梨。

黎語冰成功把行李箱放到行李架上時，手臂抬起一個角度，棠雪比他矮二十公分，稍一偏頭，眼裡全是他的手臂，那感覺，像是被圍在一個人形的籠子裡。她人生中從沒有哪一刻像現在這樣，實實在在感受到男生和女生的差異，身高和體格上的。

並且她終於能理解那些小女生為什麼喜歡高大的男生了。

黎語冰動作自然地收回手，低頭看了她一眼：「發什麼呆？」

「沒。」棠雪趕緊坐在自己的座位上。

黎語冰放好自己的行李，坐在她身邊。他是後來才買這趟車次，座位不在這裡，只能過一會和人換座位。

高鐵開動後，棠雪扶著下巴，看窗外的風景，那樣子很像一個文藝的小女生。

黎語冰看著她黑亮柔軟的髮絲，問她：「在想什麼？」

棠雪便轉過頭來看他，眨了眨眼睛：「我在想……」

她在想，如果當時我們一起上了初中和高中，結果會是什麼樣呢？

黎語冰等了一會沒等到下文，忍不住問：「到底在想什麼？」

棠雪卻不說話了，翻出小枕頭和眼罩，整理好後往椅背上一靠，開始睡覺。

黎語冰在一旁安靜地看著她。

過了一會，棠雪摘下眼罩：「睡不著，聽點音樂。」她把包包拿來翻了一會，問黎語冰，「你有耳機嗎？」

黎語冰看著她折騰，也不覺得煩，找到自己的耳機遞給她。

「謝謝。」棠雪插上耳機，將一個耳塞塞進耳朵裡，見黎語冰直勾勾地看著她，她把另一個耳塞遞向他，「你聽嗎？」

黎語冰接過耳塞，放進自己的耳朵裡。

棠雪調好歌單，繼續努力睡覺。

第一首歌是一首輕快甜蜜的男女對唱，歌名《愛上你的好天氣》。

黎語冰指尖一下一下地勾著白色的耳機線，眼睛望著窗外。今天陰天，遠處山巒起伏，雲幕低垂，不知會不會下雪。

人心情好的時候，無論怎樣的天氣——晴空萬里還是烏雲密佈，都算是好天氣。

黎語冰看了會風景，眼睛有些疲勞，便收回視線，看向身旁的棠雪。

她側著臉，呼吸均勻，看樣子已經睡著了。

黎語冰撩了一下她的瀏海，她沒反應，他又戳了戳她的臉蛋，還是沒反應。

黎語冰的手便向下滑，沿著她的手臂一路向下，最後，他握住了她的手。

他把她的手抓到自己的手心裡，翻來覆去地玩，揉揉手心，捏捏手指。女孩子的手真的不一樣，纖細漂亮，柔軟得不像話，他都不敢太用力，生怕捏壞了。

玩了一會，黎語冰突然低頭，把她的手送到嘴邊，嘴唇輕啟，捉住她的食指，輕輕咬了一口。

第十一章
江湖險惡黎語冰

棠雪這一覺睡得很沉。她自從恢復訓練之後，睡眠品質就相當好。

她再醒來時，是黎語冰叫她，要她吃飯。

棠雪摘下眼罩，看到面前的小桌子上擺著一份豪華便當，有牛肉燉馬鈴薯、清炒蝦仁，還有些素菜。

她摸了摸肚子，還真是餓了。

黎語冰遞給她一份真空包裝的熟食。棠雪接過來一看，是滷豬腳。

「謝謝。」棠雪撕開包裝咬了一口，味道不錯。空虛的胃部被食物填充的感覺相當美好，她有些高興，看到黎語冰面前只有便當沒有豬腳，便問：「你怎麼不吃？」

「我吃過了。」黎語冰說著，臉偏向一側不看她。

棠雪在一旁，只看到他線條優雅的下頜和微微牽起的嘴角。

她一陣莫名其妙：神經病哦，吃個豬腳而已，有必要笑得這麼淫蕩？

「黎語冰，你是不是沒吃過幾頓好的呀？」棠雪問。她感覺還真有這個可能，運動員嘛，對食譜要求比較苛刻，尤其是這種優秀的運動員。

「不是。」黎語冰否認了。

棠雪沉浸在自己的猜測裡：「回頭我請你吃好的。牛腳筋、豬耳朵、小魚仔，還有鴨脖、鴨掌、鴨舌……」她如數家珍地羅列著自己認為的人間美味。

黎語冰打斷她：「鴨舌？」

「是啊，你不會沒吃過吧？」

「舌頭？」

「對啊，請你吃。」

黎語冰低頭掰著筷子，說：「好啊。」語氣慢悠悠的，有些意味深長。

棠雪老覺得他有點不正常。

不過嘛，黎語冰正常的時候本來也不多見，不正常才是他的屬性。這麼一想，她又釋然了。

他們的火車是下午一點多到站的。今天來迎接棠雪的是廖振羽。

棠校長的老同學生病，他去外省探望同學了，明天才能回來。年底棠媽媽的醫院特別忙，這段時間是小朋友們呼吸道疾病的高峰期，還有些熊孩子放了假因惹是生非而受傷，什麼偷偷放小鞭炮啦，砸玻璃啦，招惹流浪狗啦……各種稀奇古怪的原因。

所以就只有廖振羽來迎駕了。

實際上廖振羽也沒必要來，只不過他在家待得發黴，實在無事可做，於是出來找老大玩耍。

黎語冰和棠雪兩個人都是顏值高、身材好，走在人群裡很搶眼，他們兩個一出站，廖振羽就看到他們了。

「老大，這裡！」廖振羽朝棠雪揚了揚手。

三人會合後，棠雪就要和黎語冰分道揚鑣，問他：「你怎麼走？」

黎語冰的視線往廖振羽身上掃了掃，俯視的角度，不怒自威，搞得廖振羽壓力很大，與此同時還有一點點委屈和莫名其妙。

黎語冰說：「我爸媽還沒回家……你們打算做什麼？」

棠雪也不知道要做什麼，想了想，說：「我先回家把東西放下吧。」

黎語冰那樣子，很明顯是不想一個人孤獨寂寞地回去，於是棠雪把他也捎上計程車了。

回去的車上，三人商量了一下，棠雪和黎語冰都是風塵僕僕的，不想搞得太疲憊，於是決定在棠雪她家社區附近新開的茶館裡鬥地主[7]，健康休閒又益腦。

下車時，天空飄起了小雪，丁點大的雪花落在身上立刻化掉。棠雪站在車外看著黎語冰付車費，突然意識到一個嚴重的問題——

她的流動資產，目前是十五塊錢整，這還是留著今天坐地鐵的……

她拿著這十五塊錢去茶室找樂子，恐怕會成為傳說。

棠雪是個死要面子的人，總覺得把黎語冰和廖振羽拐到她的地盤上就該她請客。這時她頗有點英雄

7　一種中國人發明的紙牌遊戲。

氣短的尷尬，表面卻還得裝一下。她略一沉思，說：「反正我家沒人，要不去我家吧。」

於是陣地就這麼轉移了。

這還是黎語冰第一次走進棠雪的家。大三房，格局方正，客廳很寬敞，裝潢風格乾淨、大方、溫馨，細節處透著點生活的小情趣。透過窗戶可以看到陽台，那裡貼著牆擺著不少花草，正中間放著茶几、躺椅。

棠雪搞了點零食和水果端上來。她讓黎語冰和廖振羽坐在沙發上，自己則坐在茶几對面的地毯上，在那裡洗牌。

打牌嘛，就是要賭點東西，否則就沒意思了。棠雪現在是窮光蛋，賭錢肯定不行。她想了一下，起身跑去房間找了支眼線筆。

「贏的人在輸的人臉上畫東西，一次畫一筆。」

第一局的地主是用抽牌的方式決定的，棠雪抽到了地主。廖振羽在學校聽過傳聞，說黎語冰智商很高，所以他感覺跟黎語冰當隊友，這局穩了一半。

事實證明，他真是太天真了。黎語冰拿一手好牌，卻閉著眼睛亂打，簡直不堪一擊，廖振羽都要懷疑他是機器人託管了。

因為豬隊友的拖累，廖振羽就這麼把勝利拱手相讓了。

棠雪拿著眼線筆，淫笑著站起身：「嘿嘿嘿……誰先來？」

廖振羽看著黎語冰，抱怨道：「你到底會不會玩啊？」

「會。」黎語冰語氣不容置疑，超自信的。

棠雪先走到黎語冰身邊，單膝跪在沙發上，笑嘻嘻地說：「閉上眼睛。」

黎語冰聽話地閉上眼睛，樣子有些溫順。

棠雪握著眼線筆，黑色的筆尖緩緩地接近他的眼瞼，見他要動，她連忙制止：「別動。」說著，她忍不住抬手按住他的臉。

黎語冰感受著臉頰上那柔軟溫熱的指尖，心臟禁不住微微顫動，有些緊張，又有些歡快。他刻意放緩了呼吸，裝作很正常的樣子，睫毛卻不受控制地劇烈抖動。濃長密實的睫毛撲簌簌地顫抖著，像是在凜冽寒風中瑟瑟發抖的黑色小蝴蝶，有一種脆弱的美感。

棠雪只當他睫毛抖動是被異物觸碰的正常反應，她安慰他：「就畫個眼線，不要緊張。」

廖振羽冷眼旁觀，覺得黎語冰的表情，呵呵，那不叫緊張，那叫享受。

棠雪幫黎語冰畫了一道眼線，離開時，視線不經意間掃到了他的嘴唇。她第一次這樣近距離看他的嘴巴，感覺他的唇形真好看啊，擁有恰到好處的飽滿度，唇線清晰柔和，唇色是天然的櫻花粉，健康潤澤，像蜜桃果凍。

她好想摸摸哦。

棠雪意識到自己這個想法很危險，於是有些尷尬，連忙放開他，朝廖振羽招手：「你，過來。」

黎語冰隔在他們兩人中間，看到廖振羽往這邊挪時，他將棠雪手裡的眼線筆輕輕一抽，說：「我幫你畫吧。畫哪裡？」

「呃，也畫眼線吧。」

黎語冰照做，畫完了，第二局開始。

第二局，棠雪覺得自己的牌不好，就沒有叫地主，輪到廖振羽叫。廖振羽打定主意不要和黎語冰當隊友了，於是爽快地當上了地主。

「老大，我很同情你。」廖振羽幸災樂禍地說。

很快，廖振羽發現他真是太天真了，他最該同情的是自己。

黎語冰這個傢伙取消機器人託管模式了，智商突然上線，和棠雪配合默契，殺得他片甲不留。

廖振羽：「……」

他終於知道什麼叫江湖險惡，什麼叫禽獸不如了。

三人玩了一下午鬥地主，棠雪只輸了兩把，都是黎語冰當地主的時候輸的，她臉上被黎語冰畫了兩撇小鬍鬚。

黎語冰則被她勾畫了精緻的眼線。她描了好多次，還將眼線尾部拉長上挑，黎語冰原本英俊的眼睛被修飾得嫵媚動人。

他輕輕地眨了眨眼睛，然後緩緩地看了棠雪一眼，勾魂攝魄，傾國傾城。

喲呵——棠雪誇張地捂了一下心口：「嘖嘖嘖，真是妖孽。」

黎語冰一個沒繃住，笑了。

廖振羽笑嘻嘻地湊過來，一臉求誇獎的樣子：「老大，那我呢？」

「你是妖怪。」

「……」

廖振羽攬鏡自照，黯然神傷。

其實這件事情，他的顏值不該背鍋。要知道他臉上那麼多道，絕大部分是黎語冰畫上去的。一開始黎語冰還幫棠雪給廖振羽畫眼線，可問題是，黎語冰作為一個直男，連畫眼線都是直的，一道一道，枯草一樣糊在眼瞼上，這畫風，讓廖振羽想到小時候畫太陽，也是用直線來強調明亮。

後來黎語冰放飛自我不畫眼線了，在廖振羽的左臉上畫了一輛自行車。

一輛！自！行！車！

他到底輸了多少把啊……

廖振羽備受打擊，沉默不語。

棠雪說：「勝敗乃兵家常事，我請你們吃飯。」

廖振羽打起了一些精神：「哦？老大你要請我們吃什麼？」

「那要看我們家冰箱裡有什麼了。」

廖振羽默默地把「想吃海鮮自助」這樣癡心妄想的話咽了回去。

棠雪去廚房看了看，冰箱裡東西還真不少。

廖振羽跟在棠雪身後，看她開著冰箱門清點東西，看起來好專業的樣子。

黎語冰抱著手臂靠在廚房門口，用一種監視的姿態看著他們。他個子高，配上白皙的面龐和妖孽的眼線，這麼面無表情以俯視的姿態看人時，很有一種女王氣場。

棠雪掂著手裡的馬鈴薯，掃了黎語冰一眼，說：「黎語冰，你現在好像東方不敗哦。」

黎語冰想到東方不敗身上少的那個東西，臉黑了。

廖振羽問棠雪：「老大，你還會做飯呀？」

「開玩笑，」棠雪指了指滿滿的冰箱保鮮層，「這一冰箱的東西我都會做。」

「這麼厲害？」廖振羽肅然起敬。

「那當然。去，把朕的七寶玲瓏大火鍋呈上來。」

廖振羽：「我信了你的邪！」

黎語冰抱著手臂看他們兩個作怪，看到最後輕輕扯了一下嘴角，雖然很鄙視，可還是忍不住輕笑。

火鍋的底料和調料都是現成的，除了保鮮層的蔬菜，棠雪還在冷凍層裡找到了魚丸、牛肉丸、羊肉片以及巴掌那麼長的冷凍海蝦，三人把菜洗乾淨，就圍在餐桌邊開動了。

三個人飯量都挺大的，在騰騰熱氣裡一邊撈一邊吃，餐桌上的菜品以肉眼可見的速度在減少。廖振羽吃著吃著，抬頭一看這熱火朝天的情形，突然噗哧笑出聲。

棠雪莫名其妙：「笑什麼？」

「我只是突然想到小學的時候參觀養豬場的情形。」

棠雪和黎語冰都默默地看著他，不說話。

廖振羽也覺得自己這個聯想不太恰當，尷尬地咳了一聲，又故作輕鬆地問：「老大，你們也參觀過吧？」

「我們參觀的是養雞場。」黎語冰說。

「哦？好玩嗎？」

「還行，回來之後你們老大做了一件事，比參觀養雞場更好玩。」

廖振羽好奇地道：「什麼事啊？」

黎語冰正要開口，棠雪連忙舉著筷子打他：「你不許說！」

他笑呵呵地向後仰著身體躲她。等她收回筷子，他坐直身體，假裝又要開口，結果她繼續舉筷子打他。

廖振羽快好奇死了：「到底是什麼事啊？求求你們不要玩了，我要瞎了！能不能在我失明之前告訴我……」

可惜，廖振羽的心願並沒有得到滿足。黎語冰最後屈服在棠雪的淫威之下，什麼都沒說，只是笑著遞給她一個雞蛋。

棠雪在桌下踢了他一腳。

廖振羽長嘆一聲，低頭傳了則訊息給夏夢歡。

廖振羽：「在幹麻呢？」

夏夢歡：「吃飯，看電視，怎麼了？」

廖振羽：「我現在有點需要你。滄桑點煙.jpg。」

夏夢歡：「廖振羽你是不是進派出所了需要人撈你呀？說吧，黃、賭、毒你沾了哪一樣？」

廖振羽：「原來你是這麼想我的！」

夏夢歡：「那你為什麼需要我呀？」

廖振羽：「你知道嗎，我老大被一個江湖騙子盯上了。」

夏夢歡：「是黎語冰嗎？」

廖振羽：「Bingo。」

夏夢歡：「嗷，我還懷著大王的孩子呀！」

廖振羽爆汗。他差點忘了，夏夢歡也是戲精學院的高才生，人家畢業之後還去流氓學院當了博士生導師，他真是病急亂投醫啊……

夏夢歡：「我倒要看看外面那些妖妃是怎麼迷惑大王的。」

廖振羽：「……」

夏夢歡：「你幫我直播好不好？一定要圖文並茂。」

廖振羽：「我……」

夏夢歡傳了一套小蘿莉賣萌的貼圖給廖振羽，廖振羽鬼使神差地就答應了。

一定是因為貼圖太可愛了！

吃完飯，廖振羽和黎語冰很自動地幫忙把餐具收進了洗碗機裡。

棠雪洗了幾個蘋果，一邊吃蘋果一邊指揮他們。

廖振羽說：「老大，等一下叔叔阿姨回來，看到我們把你家冰箱吃空了，會不會嚇到？」

棠雪撇了撇嘴：「他們今天不回來了。」

黎語冰聽到這裡，揚了揚眉，想到這傢伙怕鬼的事。他倒是挺願意留下來哄她睡覺，就是怕被打出去。

等忙活完了，棠雪坐在客廳看電視，黎語冰坐在她身邊，拿走了遙控器。

然後他調了調，調到一個下圍棋的節目停下來。

棠雪啃著蘋果，斜著眼睛睨他：「傻孩子，又裝，你看得懂圍棋？」

黎語冰用遙控器指著電視，開始講棋給她聽。

棠雪也不確定他說得對不對，反正她一個字都沒聽懂，感覺像是在和外星人交流。圍棋下得很慢，黎語冰耐心地講了一會，棠雪開始打哈欠：「好了，知道你厲害了，換個頻道行嗎……」

黎語冰超級聽話，握著遙控器按了按，換到了釣魚頻道。

棠雪也是才發現原來電視上還有專門釣魚的頻道。一個大男人站在河邊，握著魚竿紋絲不動，背景裡有個翻譯腔的男低音在喋喋不休地解說。這是電視台嗎？這是ppt吧？

「我再跟你講講釣魚。」黎語冰說。

棠雪仰著身體靠在沙發一側，抬腿作勢要踢黎語冰：「你誠心不讓我看電視對吧？」

黎語冰一把扣住她的腳踝，慢慢放下去：「別鬧。」

棠雪：「……」

可能是因為他太孔武有力了，她被他捉住腳踝時，有一種被脅迫的局促感以及不知從哪裡冒出來的淡淡的羞恥。

真是莫名其妙。棠雪揉了揉臉蛋，默默地掙脫他。她沒再說話，側過身體看向電視，看了沒多久就睡著了。

黎語冰調低電視音量，放下遙控器湊過去，俯身在她眼睛前晃了晃手，棠雪呼吸均勻，黑長挺翹的睫毛紋絲不動。

他彎腰想要將她抱起來，廖振羽終於看不下去了，出聲制止：「喂，你想對老大做什麼？」

黎語冰嫌廖振羽太吵，朝他做了個噤聲的手勢，然後輕聲說：「她怕鬼。」

廖振羽一臉恍然。黎語冰以為他要說什麼，結果他突然低頭，手指飛快地開始傳訊息。

廖振羽：「黎語冰擔心老大怕鬼，一個人不敢睡覺，所以要先把她哄睡了再離開！」

夏夢歡：「好吧，這件事情我做不到，我也怕鬼。妖妃得一分。」

廖振羽：「他把老大抱起來了！我老大一百六十八，現在像隻小雞一樣嗖地一下就被他抱起來了！以後他要是欺負老大，我肯定打不過他！」

夏夢歡：「照片照片！」

廖振羽舉著手機，拍到黎語冰抱著棠雪離開的背影。大晚上的曝光不好，角度也不好，他還拍糊了。照片上大部分畫面是黎語冰高大的背影，濃重如山。棠雪只露出小腿的一部分，腳上掛著一雙粉色的拖鞋。

夏夢歡就靠著這截小腿和粉色拖鞋完整腦補出棠雪陷在黎語冰懷裡的畫面。

夏夢歡：「我的天，我被萌到了，怎麼辦？好想把大王剝光了打上蝴蝶結送給黎語冰啊！」

廖振羽：「你清醒一點！」

黎語冰的動作有點僵硬。女孩子柔軟的肢體完全陷入他懷中，使他怦然心動又不敢輕舉妄動。棠雪平常活蹦亂跳，真睡著了安靜不動時，黎語冰難得地從她身上感覺到了女孩子特有的柔弱感，這使他的動作都變得小心翼翼，像是抱著一件稀世珍品瓷器。

黎語冰將棠雪抱進臥室，腳向後一推關上門，走到床前，輕輕把她放下，幫她脫下鞋，蓋好被子。然後他坐在床頭，端詳著棠雪的臉。

棠雪微微側著頭，一邊臉上蓋著髮絲，臉上的小鬍鬚還沒洗掉，看起來很搞笑。黎語冰伸手，撥了撥她的頭髮，將其都攏在耳後。

攏完頭髮，他的手卻沒收回來，停在她的臉頰上，用指背輕輕地蹭了蹭她的臉蛋。

「我怎麼會喜歡你呢？」黎語冰自言自語，似表白，也似喟嘆。

他突然彎腰，緩緩地靠近，一手撐在枕頭上，低著頭，在她額上親了一下。蜻蜓點水一般，他只是輕輕地碰一下，不敢停留太久，但這已經足夠使他心跳快得像密集的鼓點。

「黎語冰。」棠雪竟然開口了。

黎語冰嚇了一跳，身體僵硬，輕輕地應了一聲：「嗯？」

「遙控器給我啊……」

黎語冰鬆了口氣，轉頭見床頭櫃上放著個手電筒，拿過來塞到棠雪手裡：「給你。」

棠雪滿足了，不鬧了。

黎語冰幫她蓋好被子，站起身，在房間裡轉了一圈。

棠雪的書架上擺著不少高中課本，還有習題冊，剩下的是課外書、漫畫、小擺飾，牆上貼著明星的

海報。所有這些，在他眼裡都是陌生的，那是他不曾觸及的時光。

他有些不甘心，仔細地尋找屬於他的那一份。終於，他在書架的最底層找到一個有拱形玻璃罩子的木盤，盤裡擺著好多拇指大小的塑膠拼裝玩具。

這些玩具，都是從奇趣蛋裡搜集的，而奇趣蛋，大部分是用他的錢買的。

黎語冰抱著木盤，微微一笑，又突然嘆氣。

嘰——門突然被推開一道縫，廖振羽的腦袋伸了進來。

黎語冰看了他一眼。

「你沒對我老大做什麼吧？」廖振羽問。

黎語冰把木盤放回去，站起身：「走了。」

「洗把臉再走。」

是，是得洗臉，兩人一個妖孽一個妖怪，大晚上的這樣出門搞不好有人會報警。

兩個直男都天真地以為眼線筆和鉛筆差不多，洗起來很容易，結果現實教會他們了……

廖振羽一籌莫展地看著鏡子，感覺自己更像妖怪了。

黎語冰用手機搜尋了一下眼線的洗法，說是要用卸妝液。他們在洗手間這方寸之地尋找了一下，終於找到一瓶叫「卸妝油」的東西。

黎語冰的眼線是貼著眼瞼畫的，他吃力地擦了好多油，都快瞎了。這一刻他感覺那些化妝的女孩子真是偉大，天天做這些竟然沒瘋。

總算搞完這項工程，兩人都挺疲憊的。他們一起出了門，廖振羽被外頭的冷風一吹，突然攏了攏大衣，問黎語冰：「你想當我老大的男人，對不對？」
黎語冰插著口袋走在前面，問：「你喜歡什麼？」
廖振羽呵呵一笑：「你想賄賂我嗎？我告訴你，我可是不會背叛老大的。」
黎語冰停住腳步，轉身看著他：「一雙喬丹的限量版球鞋。」
「……」
「兩雙。」
「……」
據說男生對球鞋的癡迷程度不亞於女生對口紅的狂熱。
黎語冰不再看廖振羽，轉身繼續走，臉上掛著淡淡的笑意。
廖振羽追上他，說：「你以為有錢就可以為所欲為嗎？我告訴你，真的可以！」

黎語冰回到家時，他爸媽正在看電視。
他站在玄關處換鞋時，聽到媽媽在客廳問：「你回來了？吃過飯沒？」
「嗯。」
「那過來吃點水果。今天的哈蜜瓜好甜。」
黎語冰放好行李，在客廳坐著跟父母聊天。他爸爸斯文沉靜不愛講話，在家一般都是媽媽說話，爸爸只負責聽話。
「今天去誰家玩了？」黎媽媽問。

「一個同學家。」黎語冰答得含混。

黎媽媽豎起耳朵：「哦？小學同學還是中學同學？男的女的呀？」

黎語冰沒說話，捏著牙籤吃哈蜜瓜，眼睛盯著電視螢幕，裝作看得很認真的樣子。

黎媽媽悄悄打量他，本想觀察一下他的神情有沒有不同尋常，可是這一看，注意力漸漸被他的眼睛吸引了。

那之後她的表情一直是震驚又憂傷的，還帶著點委屈，搞得父子二人都有點莫名。

晚上睡覺的時候，黎爸爸問她：「你怎麼了？」

「老公，語冰他畫眼線了！」

「……」

「是真的，」黎媽媽扶額，愁眉緊鎖，「他沒洗乾淨。」

「……」

黎媽媽越想越難受：「本來還希望他帶個女孩回來呢，現在倒好，他把自己變成女孩了！」

棠雪第二天早上起來時，她爸爸已經回家了，正在廚房煮麵條吃。番茄濃湯掛麵，加點蔥花，平底鍋上煎兩個雞蛋，香氣四溢，大清早的聞了就餓。

棠雪靠在廚房門口吞口水。

棠校長不經意間一轉頭看到她，嚇了一跳：「你怎麼還長鬍子了？」

棠雪拍了拍腦袋：「忘了洗了。」

不過，她昨天晚上是怎麼睡著的呢？棠雪回憶著，唯一有印象的是她躺在沙發上看電視，黎語冰那個神經病鍾愛各種老年人活動，搶了她的遙控器。

然後她似乎就睡過去了。

至於她是怎麼從沙發上挪到床上去的……

棠雪突然有些臉熱，抬手不自在地摸了摸側頸窩。

她轉身去洗漱，棠校長往鍋裡添了些熱水，又拿了麵條要加，問她：「你吃多少啊？」

棠雪頭也不回，霸氣地說道：「你放多少我吃多少。」

棠校長：「……」

等她從洗手間出來，麵條也煮好端上來了，父女二人坐下來吃早飯。棠雪問爸爸：「媽呢？」

「忙了一晚上，剛睡，等她起來我再幫她做飯。」

棠雪有點幽怨：「整天在外面照顧祖國的花朵們，家裡的花朵就不管了。」

棠校長樂了：「你自我評價還挺高。」他想到一事，問棠雪，「我才把冰箱裝滿，今天一早發現快被搬空了，你說，你是不是最近手頭緊，把裡面的東西拿去賣了？」

棠雪差點被麵條卡住嗓子，順了半天氣，不滿地看著她爹：「我有必要那麼道德敗壞嗎？就是請同學吃了個火鍋。」

「可太謙虛了，你是請大象吃的火鍋吧？」

棠校長之所以不怎麼信，是因為廚房和餐廳都太乾淨了，根本沒留下任何與食物相關的痕跡。他哪知道，那是因為黎語冰和廖振羽兢兢業業打掃得徹底，臨走之前還把垃圾給收了。

「原來我在你眼裡是這樣的人。」棠雪一陣受傷，「好吧，我知道你肯定不想要我了，我等一下去找爺爺奶奶。」

棠校長知道她去了肯定是告狀，抖了抖筷子：「行行行，吃你的吧，大過年的，別給我惹事了。」

「不過我最近確實手頭有點緊，要不您先借我幾個錢花花？我拿了壓歲錢再還您，借一百還一百零五。」

「你就是來跟我討債的。」

棠雪磨了半天，從爸爸那裡磨來一千塊錢。

她白天在社區裡活動了一下筋骨，又踩著輪滑鞋練了一會。雖說輪滑算是一種替代訓練的方法，不過地面還是和冰面不一樣。保持對冰面的熟悉很重要，這就是所謂的「冰感」。

棠雪摸著自己口袋裡可憐的兩張紙鈔，正糾結要去哪裡滑冰呢，黎語冰這個傢伙突然傳訊息來了。他傳來一個遊樂場的連結。那遊樂場是本市新建的，有一座很大很漂亮的摩天輪，摩天輪下邊是露天冰場。

這地方倒是挺好的，又漂亮又熱鬧，棠雪有些心動，拉下去看價格，立刻眼前一黑。

這哪裡是遊樂場，這是土匪窩吧，搶錢呢！

黎語冰：「我今天叫外送，抽到兩張夜場券，免費。」

棠雪：「說吧，要我怎麼做你才能帶我去玩？」

黎語冰：「叫聲好聽的。」

棠雪：「爸爸！」

黎語冰：「……」

黎語冰晚飯吃得很早，吃過飯收拾了一下，背著包站在玄關處換鞋時，黎媽媽端著杯水假裝路過，停在不遠處偷偷看他。

她兒子那副春風得意的樣子，看起來有點危險啊。

「語冰，你要去約會嗎？」黎媽媽狀似不在意地問。

黎語冰勾了勾嘴角，沒有承認也沒有否認，只是說：「我今天會晚點回來，你和爸早點睡。」

兒子走後，黎媽媽端著杯水在家裡飄蕩，樣子疑神疑鬼的。黎爸爸忍不住說：「孩子已經成年了，理應有自己的世界，你不要操心了。」

「我只是擔心。」黎媽媽說著，突然一臉神祕地看著他，「老公，我想起一件事。」

「什麼事？」

「語冰好像從小就不喜歡女孩子。」

黎爸爸呆了一呆：「不、不會吧？」

「真的。」黎媽媽坐到黎爸爸身邊，「他小學同桌叫棠雪，你還有印象嗎？」

「有的有的，我沒見過但是聽你們說過。」

「棠雪是校長的女兒，又好看又聰明，特別特別可愛，他們班小孩都喜歡她，就語冰不喜歡。語冰跟我說過想換同桌，我問為什麼，他說就是不喜歡棠雪。我問他想跟誰做同桌，他的回答是誰我忘了，反正是個小男孩。」

「哦，那後來呢？」

「後來我覺得，因為不喜歡人家就換同桌，這太驕縱了，對他自己的性格也不好，所以我沒跟老師說，想等兩個孩子相處看看。結果呢，相處了六年也沒培養出同學愛，他要畢業時還擺了人家棠雪一道，鬧得我都沒臉面對棠雪的家長了。」

黎爸爸點頭道：「對，這事你說過。你這麼一說我也有點奇怪了，語冰中學六年，照理說在學校裡挺受歡迎的，可也沒聽說跟哪個女孩走得近……」

夫妻二人對視一眼，突然抓緊了對方的手，互相安慰。

「應該是我們想太多了。」黎媽媽搖頭。

「是啊，現在的年輕人，想法多著呢。你先不要瞎想，我們抽空跟他談談。」黎爸爸摟著老婆的肩膀拍了拍。

「嗚——老公。」

「嗯？」

「我還想要孫子呢……」

「別瞎想，會有辦法的。」

「對，實在不行還能生第二胎，來得及。」

「……」

此刻，遠在遊樂場的黎語冰並不知道自己的父母思路已經打開到何等地步了。他站在遊樂場的大門外等著棠雪。馬上要過年了，遊樂場外步行道的上空高高地搭了許多平行的架子，類似葡萄架，上頭掛滿了方形的雕花仿古紅燈籠。紅色的紗布攏著燈光，一盞一盞鋪排開去，放眼一望，橘色如火，滿天皆是。

黎語冰立在燈籠架下等著棠雪，心情很好。

原來等待也可以是快樂的，只要對方是你想等的人。

棠雪從地鐵站出來，走得近一些時，第一眼就看到了黎語冰。

沒辦法，這傢伙的身高太顯眼了……

黎語冰今天終於沒穿運動服了，而是穿了工裝褲和休閒風衣，寬肩細腰大長腿，往那邊一立，就像模特兒街拍似的。

這人，隨便穿穿就是玉樹臨風的氣質，身材好了不起哦？

黎語冰一轉身也看到了她，朝她笑了笑。

可能是因為背景裡那些燈籠太漂亮了，他站在暖色系的燈光下笑望著她，整個人像是散發著柔和的光芒，笑容溫暖又好看。

棠雪以前也知道黎語冰好看，可從來沒有哪一刻像現在這樣，感覺他的好看是如此清晰而生動，是那種直擊心底的好看。

她沒來由地有點不好意思，沉默地走過去。

等她走到他近前時，黎語冰看到棠雪戴著頂紅色的毛線帽，毛線帽頂端有個很大的白色絨球，隨著她的動作一顫一顫的，特別好玩。他一時手癢，抬手在絨球上扇了兩下。

「喂。」棠雪捂著腦袋，瞪他。

她仰頭瞪他時，烏亮水潤的大眼睛映出他身後無數的小燈籠，碎星一般，漂亮得不像話。

黎語冰心弦輕顫，呆了一呆。

棠雪一臉莫名其妙：「喂，你怎麼了？」

「嗯？」他轉過身，理了一下書包，「沒事，走吧。」

兩人沿著步行道走向驗票口。燈籠輕擺，光影幢幢，棠雪走在他身邊，沐浴著橘色的燈光，一時間感覺氣氛挺奇怪的：她明明是來滑冰的，怎麼搞得像約會一樣？

她沒話找話，說道：「你說外國的紅燈區是不是也是這樣的？」

黎語冰想堵她的嘴：「我又沒見過。」

「以後可以去見見世面，不用遠，泰國就行。我聽夏夢歡說……」棠雪講到這裡突然沒聲音了。

黎語冰好奇地道：「說什麼？」

棠雪不好意思地撓了撓後腦勺：「驗票，驗票吧……」

黎語冰知道那不是好話，所以也沒追問。

驗票口排隊的人好多，等兩人過了驗票口已經是十五分鐘之後了。棠雪取了張園區地圖正在研究，黎語冰突然冒出一句話：「你不准去。」

棠雪抬起頭，迷茫地看著他：「啊？」

黎語冰扯走她手裡的地圖，轉身道：「走吧。」

「神經病啊你。」棠雪小跑著跟上去。

進門後，他們隔三岔五就能聽到附近的小廣播提醒遊客保管好物品，看好自己的小孩……

黎語冰一聽到「看好小孩」這句話，就按著棠雪的腦袋說：「看好了。」

棠雪感覺威嚴掃地，忍無可忍道：「走開，你才是小孩。」

「哦，是誰管我叫爸爸來著？這麼快就不認了？」

棠雪無話可說，默默瞪他。

黎語冰在口袋裡摸了摸，掏出一塊糖遞給她。

「黎語冰，你當爹上癮了是吧？去去去！」棠雪推開他的爪子，「真把我當小孩了？！」

她黑著臉朝前走，黎語冰在她身邊呵呵笑著，一邊走一邊剝糖紙。過了一會，棠雪突然感覺到肩膀被人按住。

黎語冰站在她身後，一手按住她的肩膀，另一隻手繞到她面前，往她嘴裡塞了一個東西。棠雪沒有防備，自然也沒來得及反抗，嘴唇和牙齒依次被頂開，一塊硬硬的物體被推入了口腔中。

隨即，帶著橘子味的甜蜜在口腔裡蔓延開來。

黎語冰的手離開時，帶著薄繭的指尖無意間擦到她柔軟的嘴唇，這使她一陣臉熱。她聽到了頭頂上方他壓抑不住的笑聲，低沉悅耳，帶著說不出的愉悅。然後他笑著低語。

「爸爸愛你。」

棠雪：「……」

是你冰狗飄了，還是我棠王提不動刀了？

黎語冰見棠雪要發作，毫不猶豫轉身就跑，一邊跑還一邊笑，那副賤樣令人不忍直視。棠雪本來不想打他，現在都禁不住要打他了。

不過她也不是那種忘恩負義的人，一想到今天這次滑冰還是他請的——雖說沒花錢吧——她就決定饒他一條狗命。

於是兩人平安到達滑冰場。

那座摩天輪特別大，彩色的燈光一層一層變幻，蒼穹之下，流光溢彩的巨輪緩緩旋轉，很漂亮。

黎語冰見棠雪仰臉看摩天輪，嘴巴微微張著，呆呆的，像隻小雞，問她：「想坐嗎？」

棠雪搖頭：「我是來幹正事的。」

正事呢就是滑冰。

不得不說這片冰場做得挺好的，除了人多幾乎沒有缺點。不過年底大家都放假了，每座滑冰場都有很多人。棠雪不可能像在學校那樣訓練，這時的目的就是保持在冰上的感覺。

黎語冰也差不多是這樣。

所以兩人滑得比較放鬆。

冰場人多，他們一開始在一塊，後來就滑開了。棠雪溜達了一圈，幫助了兩個摔倒的小朋友，之後立在場邊，放眼看向人群，尋找黎語冰的身影。

黎語冰真是太好找了，全場最浪的那個就是他。倒不是說他故意這樣，人家本來就是專業的，他覺得小兒科的，放別人眼裡就算身手了得了。加上這傢伙身材好、臉蛋好，背著手繞著摩天輪滑行，悠游自在的樣子，像一隻優雅的黑天鵝。

有些妹子想搭訕，看準時機故意摔在他附近，可黎語冰就彷彿一隻眼瞎的黑天鵝，只顧滑自己的。

妹子有點尷尬，默默地爬起來。

棠雪樂不可支，正想要過去，突然看到她附近又有人摔倒。那人一看就是個生手，掌握不好平衡，必須扶著冰場邊上的隔板才能勉強站立，剛邁開步子又失足要摔，連忙繼續抓緊隔板。

他就這麼貼著隔板踉踉蹌蹌地滑，很是狼狽，折騰了一會挪到棠雪身邊。棠雪見他身體向下滑，扶了他一把。

扶起他後，棠雪看到了他的臉。

兩人都是一愣。

「是你？」

眼前這人竟然是邊澄。

棠雪沒想到會在這裡遇到他，世界可真小。

他還是那樣，清秀安靜，文質彬彬，幾乎沒什麼變化。棠雪看到他時，心裡突然湧起一些情緒，也不知算感慨還是唏噓。

邊澄站穩之後，推了推眼鏡，看著她。

在厚眼鏡片的掩藏下，他眼底的情緒有些看不清楚。

棠雪問他：「你怎麼突然想滑冰了？」而且還滑得那麼爛。

「我聽說你又去滑冰了。」邊澄說。

棠雪怔了怔。

邊澄似乎有些不好意思，說：「我想，想了解一下。」

棠雪看著他的臉，過了好久，才哦了一聲。

邊澄不敢看她的眼睛，視線一直瞟向摩天輪的方向。

棠雪朝左右看了看，問他：「你一個人？」

「嗯，你呢？」

「我……」

沒等棠雪開口，邊澄突然看到一道身影由遠及近地滑向他們，速度極快，眨眼之間就到了眼前。高大的身影陡然衝過來，邊澄本能地感覺要被撞到，不禁向後退了一下，這一下，冰刀又打滑，他再次站不住了，身體突然向下墜去。

然而那人並沒有撞上來，而是單腳變向，一個漂亮的急停，穩穩地站住，剎腳時，刀刃橫在冰面上擦起一大片冰屑。邊澄坐在冰面上，剛好看到雪白的冰屑四散飛開，他臉上也被濺了一些細小的冰渣，涼絲絲的，有些難受。

沒等邊澄反應過來，他的手臂突然又被抓住，那力道大得驚人，直接把他從冰面上提起來了。

邊澄：「……」

作為一個男生，他很少處於這種弱勢的境地。

「對不起，」那人拍了一下他的手臂，「沒想到你膽子這麼小。」

邊澄有些不悅，抬起頭，隔著鏡片——以及鏡片上細小的冰渣——看到對方是黎語冰。

「你們……」他疑惑地開口。

黎語冰笑了一下，說：「我們比你們認識得早。」

邊澄看向棠雪。

棠雪感覺邊澄狼狽得像個受氣包。她指了指黎語冰，又指了指自己，解釋道：「小學同學。」

「是同桌。」黎語冰強調。

棠雪斜著眼睛看黎語冰：「你不是不樂意和我做同桌嗎？」

「樂不樂意都是事實。」

邊澄不動聲色地觀察了一下兩人的表情，然後淡定地低頭擦眼鏡，一邊擦，一邊對棠雪說：「杜老師生小孩了你知道嗎？」

杜老師是棠雪他們高一的班主任。她驚訝地道：「啊？什麼時候的事呀？」

「前幾天，臘月二十三……我們班群裡聊過這件事。」

棠雪有點不好意思：「我關閉通知了。」她自從恢復訓練後比皇帝都忙，班級聊天群叮叮咚咚地來訊息，感覺十分聒噪，所以她都關起來了，只在想起來的時候進去瞄一眼別人在說什麼。

「嗯，」邊澄戴好眼鏡，抬頭看她，「我們班同學打算正月初四去看望杜老師。」

棠雪反應超快，立刻找了小弟來背鍋：「廖振羽怎麼也沒跟我說這件事？」

「你要去嗎？」

「去，怎麼不去？」

黎語冰站在一旁聽他們聊天，插不上任何話，心裡那個酸啊。

邊澄講完杜老師，又說了其他一些同學的近況，有些棠雪知道，有些不知道。其實她高一的時候除了和周染不對頭，跟別人關係都還不錯。當然了，邊澄是個特例。

一旁被無視的黎語冰終於忍不下去了，輕輕推了一下邊澄的肩膀。

邊澄立刻站不穩，眼看著就要摔下去。

黎語冰又在他摔跤之前抓住他的手臂，把他提回來。

就跟貓玩耗子似的。

「你幹什麼？」邊澄皺眉說道。

「我教你滑冰。」黎語冰說，與此同時心想，省得你抓著她喋喋不休。

邊澄想拒絕，但黎語冰已經不由分說地把他拎到了一旁。

棠雪慢悠悠地跟著，黎語冰教邊澄的時候，她在一邊插嘴：「身體前傾，注意重心，屈膝，別站起來，不要怕摔，越怕越容易摔……」過了一把當老師的癮。

邊澄的運動神經遠沒有他的大腦發達，動作僵硬，不忍直視。幸好黎語冰算是個盡責的老師，至少在防摔這方面做得很不錯，否則邊澄這時恐怕已經摔壞腦子了。

棠雪玩了一會就覺得無聊，背著手，瀟灑地溜向別處。

她離開之後，邊澄問黎語冰：「你是什麼意思？」

黎語冰樂道：「你是什麼意思？」

邊澄滑到冰場邊緣的隔板那裡，扶著隔板站直身體，轉頭看著黎語冰。兩人都是面無表情，針鋒相對地看著對方，寂靜無聲地對視，周圍空氣裡彷彿彌漫著刀光劍影。

這樣過了一會，邊澄突然笑了。他推了推眼鏡，說：「如果我說，她跟我表白過，你會怎麼樣？」

黎語冰聽到這話，肺都快氣炸了，心裡又酸又疼，難受得要命，可表面還要保持鎮定的姿態。他回望著邊澄，牽了牽嘴角，也笑了，說道：「當然是選擇原諒她啊。」

說完這些，兩人開始第二輪的針鋒相對刀光劍影。

最後是邊澄感覺這樣的對視有些無聊，轉開視線，看向遠處，搜尋棠雪的身影。

看到她時，邊澄的臉色一下子難看了幾分。黎語冰一陣莫名，順著邊澄的視線看過去，好，他也黑臉了。

這才過多久，棠雪身後已經多了兩個男的，穿著打扮像小混混。她在前面滑得昂揚自得耀武揚威，那兩個小混混跟得心甘情願服服貼貼。

「你去。」邊澄沒好氣地道。

黎語冰沒等他開口，已經掉頭滑向棠雪。他繞著她兜了兩圈，動作敏捷又輕鬆，輕鬆到了一種輕盈的地步。

「這是誰？」黎語冰問。

兩個小混混先是看了看黎語冰的身高，繼而看了看他靈活的動作。這人的冰刀就跟養熟了的貂似的，惹不起惹不起。

於是他們走了。

棠雪看到黎語冰，笑了：「那兩人想泡妞，要教我滑冰。」

黎語冰一陣心塞，對這個人，就得像孵雞蛋一樣時時刻刻把她捧在手心裡，稍一鬆懈就不知道跟誰跑了。

「下次再有人纏著你，你叫我。」黎語冰說。
「不用，」棠雪搖了搖頭，「讓他們先追上我再說。」
然後她在前他們在後，始終保持距離，他們怎麼追都追不上，她就像遛狗一樣遛著兩個小混混玩。
黎語冰好氣又好笑，忍不住扇了一下她頭頂的毛線球：「你可真有出息。」
兩人在冰場又玩了一會，黎語冰這次一直跟在棠雪身邊，沒有離開，棠雪沒再看到邊澄，以為他走了。
之後他們離開冰場時，在出口處遇到了邊澄。
黎語冰心內冷笑，這一手守株待兔玩得好。
既然遇到了，三個人就一起往外走。遊樂場裡依舊熱鬧得很，棠雪其實玩心挺大的，想玩過山車又想坐自由落體，可惜到處都要排隊，過年了，大家可真閒。
她不想浪費時間去排隊，最後只好玩玩打氣球。
玩具手槍，塑膠子彈，氣球有大有小，小的還分不同的顏色，打到不同的氣球會有相應等級的獎勵，獎品有大小公仔和各種時興的玩具。
所有氣球裡獎勵最高的是一個紅色的小氣球，打到它，就可以在大型公仔裡隨便挑一個帶回家。
棠雪看著獎品架上的一隻粉色恐龍，以前不相信一見鍾情，現在信了。
「我要它。」棠雪指了指恐龍。
「淘寶上買。」黎語冰為她指了條明路。

但是棠雪已經掏了錢遞過去：「先玩二十塊的。」

二十二十又二十，棠雪越玩越上癮，越玩越不服氣。

五百塊錢就這麼玩進去了，到最後一槍時，黎語冰突然按住她的肩膀。

棠雪轉頭看向他，以為他也想玩，把槍遞給他。

黎語冰沒接。他根本不相信這玩具手槍能打到對面那個小氣球，雖然說不上原理，但他直覺這裡面有鬼。

「走吧，我買一個給你。」黎語冰說，頓了頓又強調，「一模一樣的。」

「我來試試吧。」一直在旁邊靜靜觀察的邊澄突然開口了。

兩人都看向邊澄。

邊澄走上前接過玩具槍，瞄了瞄氣球，解釋道：「這把槍的準星調得不對，有偏差，所以你瞄準的東西都打不中。」

棠雪一愣：「啊？那怎麼辦？閉著眼睛打嗎？」

邊澄搖頭：「不用，偏差是固定的，只要估算出角度差，瞄準的時候自己添加一個數值，矯正一下就行。比如現在……」他說著，托槍的手向下移了一點點，左眼緊閉，右眼盯著準星，過一會抬起頭，看著對面。如是再三。

棠雪感覺好神奇，伸長脖子湊到他旁邊看。

黎語冰也想看，就突然擠進來，高大的身軀夾在他們兩人中間，顯得特別擁擠。過了一會，他好像是嫌棠雪礙眼，拎住她的後衣領便往旁邊一丟。

棠雪：「……」

邊澄總算瞄準完畢，突然扣動扳機。

砰——

啪！小小的紅氣球已經爆得沒了影。

棠雪震驚了足有三秒鐘，然後狂拍巴掌：「哇——厲害厲害，不愧是學霸！」

邊澄笑笑，推了推眼鏡，把玩具槍還給她。

棠雪拿著槍往前台一放，指了指架子上的粉色恐龍，對老闆說：「我要它！」

老闆將恐龍拿下來遞給她，棠雪搓著手去接，手還沒碰到呢，恐龍突然改了方向。

黎語冰先她一步把恐龍接過，往懷裡一摟，說：「我的。」

棠雪簡直不敢相信還有這種操作，呆了一呆，問道：「黎語冰，你要臉嗎？」

黎語冰摟著恐龍不為所動，答案是顯而易見的：臉是什麼玩意啊，能吃否？

「你講講道理，」棠雪又打不過他，只好和他講道理，「這是我花的錢。」

「我請你滑冰了。」黎語冰振振有詞。

「那……氣球還是邊澄打的，應該給邊澄。是吧邊澄？」棠雪說著，看向邊澄。

邊澄剛要開口，黎語冰立刻打斷他，說道：「我教你滑冰了，這是學費。」

邊澄也沒辦法了，拉了一下棠雪的衣角安慰她：「要不然，再打一個給你？」

老闆聽到這話，把玩具槍一收，沒好氣地道：「不好意思，沒有了。」

就這麼著，棠雪花了一百塊錢，到頭來給黎語冰買了個粉色的恐龍。

黎語冰一百八十八的個子，懷裡抱著個少女心爆炸的公仔，那個視覺衝擊力，真是要人命。
三人出了遊樂場，黎語冰問棠雪：「你怎麼回去？」
「我坐地鐵。」
黎語冰本來已經掏手機準備叫車了，聽到這話，放下手機說：「我也坐地鐵。」
邊澄……邊澄也坐地鐵。
不過邊澄和棠雪不是同一個方向，他想偽裝一下還偽裝不了，因為棠雪指了指地鐵線路圖說：「邊澄你家不是住鼓樓嗎，我們方向相反。」
呵呵，連人家住哪裡都知道。黎語冰心裡又開始冒酸水，還酸得無可奈何。
總之，三個人就這麼分道揚鑣，黎語冰和棠雪一起進了地鐵車廂。
晚上人少，他們兩個還能有座位，挨在一起坐下後，棠雪還對恐龍耿耿於懷，不搭理黎語冰。
黎語冰自己在生悶氣，也不說話，靠在座位上閉目養神。
這樣過了十幾分鐘，棠雪悄悄斜眼睛，偷偷打量黎語冰。
黎語冰坐得還挺端正，後腦抵著車廂壁，呼吸均勻，雙眼緊閉，看樣子是睡著了。
棠雪悄悄地、悄悄地去拽他懷裡的恐龍。
恐龍慢慢地、慢慢地被倒拖著尾巴離開黎語冰，然後又默默地、默默地……爬回黎語冰懷裡。
棠雪：「……」
恐龍活了？
她仰頭看向黎語冰，恰好看到他閉著眼睛在笑，櫻花色的嘴唇彎起漂亮的弧度，在車廂燈光的映照下顯得色澤盈潤，柔軟又Q彈的樣子，看起來特別可口。

棠雪突然打心底深處湧起一股悸動，或者說，衝動，她特別想嚐嚐這漂亮的嘴唇……

這個轉瞬即逝的想法大概來自身體的本能，當她反應過來，用理智鎮壓住這股莫名其妙的衝動時，她聽到了自己吞口水的聲音。

嗯，也許……她只是餓了？

棠雪撓了撓頭，挺不好意思地低下頭，看到恐龍已經完全回到黎語冰懷裡，而黎語冰的手墊在恐龍的腹部，抓著它的腳。

棠雪大窘，難怪呢。

之後棠雪消停了，到站下車時，她走在前面，黎語冰跟在她身後，一起出站。

棠雪問道：「你不會是想告訴我，你和我住同一個社區吧？」

「這麼晚了，我送你回去。」

從地鐵站到她家社區門口也就幾百公尺，棠雪走慣了其實不害怕。不過被人這麼體貼入微地照顧，她多少有點感動。

然而，當看到黎語冰懷裡的恐龍時，她又感動不起來了：「你不要以為這樣我就能原諒你。」

兩人出了地鐵站，人一下子變少了。

兩人並肩走在路邊，身影被路燈拉長又縮短，縮短又拉長，如此反覆。棠雪低頭踢著小石子，這樣走了一會，就到了自家社區門口。

她還是說了聲謝謝。

黎語冰低頭看著她，突然開口：「我很好奇一個問題。」

「哦？」

「我記得，你是討厭邊澄的。」

棠雪撓了撓頭，答道：「也沒有很討厭，就是不想見他。你說得對，為了愛情放棄夢想，人就會不停地耿耿於懷，最後把愛情也消磨掉。唉，黎語冰，我有時候覺得你是個神經病，有時候又感覺你是哲學家。」

「那你更多時候感覺我是什麼？」

「更多時候感覺你是一條狗。」

又來……黎語冰扶了扶額，輕聲問她：「現在呢？現在對邊澄是什麼感覺？」

「現在啊？現在我對過去都釋然了，兜兜轉轉，我還是得到了自己想要的，命運對我挺好的，我不會對任何人有怨恨了。」棠雪說到這裡，突然嘆了口氣，感慨道，「說起來，有時候我們討厭一個人，也許並不是真的討厭他，而只是討厭與他有關的那段時光，討厭那個時候的自己……」

黎語冰愣了一下，繼而無奈地笑了笑。他心想，誰又不是呢。

棠雪摸了摸恐龍的腦袋，對黎語冰說：「你把它讓給我吧，我再叫你一聲爸爸。」

就在這時，一道中氣十足的男聲打斷他們，那聲音裡帶著濃濃的不爽：「你再給我說一遍，你叫誰爸爸？！」

棠雪轉頭，看到她真正的爸爸站在不遠處。她嚇了一跳：「爸……」

棠校長手裡提著外帶盒，一臉怒氣，他瞪了棠雪一眼，接著又瞪黎語冰。這是誰家的豬沒看好，來挖我們家小白菜？！

黎語冰沒料到會在這樣的場合見到棠雪她爸。他從沒像現在這樣緊張過，局促得身體僵硬，手都不知道放哪裡好了，平常的從容不迫到這時候已不翼而飛。

「叔叔你好。」黎語冰說。

他的禮貌並沒有讓棠校長放鬆警惕。不過，棠校長把黎語冰從上到下觀察了一番之後，跟自己女兒對比了一下，突然有點不確定兩人誰算是豬了。

棠雪拉著黎語冰介紹道：「爸，這是黎語冰，你還記得吧？我小學同桌。」

棠校長的反應像是摸了電門——身體震了一下，彷彿不太相信自己的耳朵，他提高聲音問了一遍：「你說誰？！」

他這反應太大了，把棠雪都嚇了一跳，小聲說：「就是黎語冰啊。我們做了六年同桌，你天天要我向他學習的那個，黎語冰。」

棠校長又看向黎語冰。他這個充滿戒備和抗拒的表情，不太像是看自己女兒的學習榜樣。

黎語冰理想中的見面情形，至少該是帶著禮物登門拜訪，現在倒好，在外面被棠雪亂認爸爸，被她真爸爸撞見，第一印象壞到極點；而且他也沒帶東西，全身上下就有個粉紅色的恐龍勉強能算禮物，但把這東西送給一個中年男人，怕要被當神經病看待。

這時他硬著頭皮接受棠校長視線的狙擊，感覺棠校長的眼神大有深意，遠不只是被霸佔身份的憤怒，但他又想不通他們之間能有何過節。

這個情況不宜久留，黎語冰跟棠氏父女道了別，趕緊溜了。他需要回去好好思考一下。

黎語冰離開後，棠校長看著他遠去的背影，問棠雪：「你別告訴我你跟他交往呢。」

棠雪聽到此話時，腦海裡登時浮現出一張櫻花色的嘴唇，嘴角帶著點淡淡的笑意。她臉上一陣燥熱，輕輕甩了一下腦袋，答道：「爸，您想太多了。我要真跟他在一起，他能連個毛絨玩具都捨不得給我？」

「倒也是。」棠校長對自己女兒超有信心，她臉皮厚著呢，不會因為害羞而否認，說不是就真不是。

「那你們這是幹什麼呢？」棠校長又問，「怎麼突然又聯繫上了？之前都沒聽你提過。」

「在學校裡遇見的。你說多巧呀，我們兩個又是一所學校，他是冰球隊的，我是速滑隊的。」棠雪說著說著笑了，「你別看他那樣，像個神經病，其實還是有兩把刷子的，今年剛代表中國參加世青賽，主力隊員。不過他平常在外面主要靠臉裝蒜。」

棠雪在那兒滔滔不絕，棠校長狐疑地看著她，她被看得有點莫名其妙，於是停下來，見爸爸手裡拎著外帶，便問：「這是什麼呀？」

「你媽想吃鴨血冬粉，我剛出去幫她買的。」

「您二位一把年紀了還秀恩愛，我真受不了。我要離家出走，去一個全是單身狗的地方。」

父女二人一邊往回走一邊說話。

「明天去爺爺奶奶家？」

「嗯，一起吃年夜飯。」

「爸，您今年打算給我包多少壓歲錢呀？先透露一下？」

「呵呵。」

「要不這樣，我先給您透露一下我現在的飯量，您有個譜……」

「我說，你跟那個黎語冰……」

「爸，我不是都解釋清楚了嗎，真沒有的事。」

「現在沒交往，以後也不許，知道嗎？我告訴你，我是不會同意你們在一起的。」

「咦？為什麼呀？」

「因為……我就是不同意！」

——未完待續

高寶書版集團
gobooks.com.tw

YH 005
冰糖燉雪梨（上）

作　　者　酒小七
責任編輯　陳柔含
封面設計　黃馨儀
內頁排版　賴姵均
企　　劃　何嘉雯

發 行 人　朱凱蕾
出　　版　英屬維京群島商高寶國際有限公司台灣分公司
　　　　　Global Group Holdings, Ltd.
地　　址　台北市內湖區洲子街88號3樓
網　　址　gobooks.com.tw
電　　話　(02) 27992788
電　　郵　readers@gobooks.com.tw（讀者服務部）
　　　　　pr@gobooks.com.tw（公關諮詢部）
傳　　真　出版部(02) 27990909　行銷部 (02) 27993088
郵政劃撥　19394552
戶　　名　英屬維京群島商高寶國際有限公司台灣分公司
發　　行　英屬維京群島商高寶國際有限公司台灣分公司
初　　版　2020年 2 月

本著作物由北京晉江原創網絡科技有限公司授權出版。

國家圖書館出版品預行編目(CIP)資料

冰糖燉雪梨（上）／酒小七作;
-- 初版. -- 臺北市：高寶國際出版：高寶國際發行, 2020.02
　面；　公分. --

ISBN 978-986-361-794-5(上冊：平裝)

857.7　　108022573

GOBOOKS & SITAK GROUP©